瓢虫贴纸

于凡 著

Piaochóng Tiēzhǐ

山西出版传媒集团 北岳文艺出版社

· 太原 ·

图书在版编目（CIP）数据

瓢虫贴纸 / 于凡著. -- 太原 ： 北岳文艺出版社，
2025. 3. -- ISBN 978-7-5378-7053-5

Ⅰ. I247.5

中国国家版本馆CIP数据核字第20259GA275号

瓢虫贴纸

于凡 / 著

选题策划
刘文飞

责任编辑
刘文飞

助理编辑
郝宇琦

封面绘图
NewJin

书籍设计
张永文

印装监制
郭 勇

出版发行：山西出版传媒集团·北岳文艺出版社

地址：山西省太原市并州南路57号　邮编：030012

电话：0351-5628696（发行部）　0351-5628688（总编室）

传真：0351-5628680

经销商：新华书店

印刷装订：山西新华印业有限公司

成品尺寸：145 mm×210 mm

字数：232千字

印张：9

版次：2025年3月第1版

印次：2025年3月山西第1次印刷

书号：ISBN 978-7-5378-7053-5

定价：58.00元

情人节之夜，月光酒店 520 房间。

床头柜那盏散发出紫色灯光的灯罩上，赫然趴着一只瓢虫，那是一张贴纸。瓢虫似乎在光滑的玻璃灯罩上爬来爬去，男人轻拍一下秦晓卉的肩膀，伸手从灯罩上揭下那张瓢虫贴纸，一只手抚摸着秦晓卉的头发，另一只手把那只"瓢虫"贴在她脸上，靠近眼角儿的地方。

"我是谁……现在我是谁？"

秦晓卉的情人节游戏文案

《月光之夜》

时间：2月14日 情人节

地点：月光酒店

主题词：

"两个人的化装舞会，你能否敞开心扉？

情人节的夜晚，我愿化作一朵玫瑰，为你美丽绽放。"

男主演：张大光

编剧／导演／女主演：秦晓卉（饰演雪儿、秦晓卉、女护士）

这是一个游戏。

你可以理解为，这纯粹只是一场两个人的游戏，夫妻之间的偶尔浪漫；你也可以把它当成一个无聊的情景剧，一个有关爱情、婚姻、家庭的情景剧；或者，还可以把它上升为一个拯救家庭的治愈系游戏。

这个游戏，从情人节开始，这个游戏因我而起。

我叫秦晓卉，32岁，是一家公关策划公司的创意总监，这个游戏或者叫家庭情景剧的始作俑者——

在这个游戏中，我身兼编剧、导演、制作人、观众、旁白叙述者，同时饰演包括自己在内的三个女性角色。

也就是说，在游戏中，我不是我，我不光是我，我是三个女人——

这个世界上，男人总是喜欢朝三暮四。

也许，每个男人都希望自己有三个女人。

那么，在这个游戏中——

就由我来扮演这三个女人好了。

这场闹剧，以及前前后后一切灾难的根源，都是因为这个破文案。

必须承认，这个文案本身经不起推敲，存在着巨大的BUG（缺陷）。

但是，任何事情，谁能保证中间不会出现差错呢？

现在，游戏暂停了。

我们后来的故事，继续开始。

目 录

　　仿佛有一只无形的大手，在操控着一切，彻彻底底把事情变得更加糟糕，要完完全全置她于死地。秦晓卉像一头掉入陷阱的困兽，毫无抵抗能力，只能束手就擒。

　　疼痛的感觉很真实。这种疼痛让她真实地意识到，这一切不是在梦中；这种疼痛也在提醒她，生活还得继续，眼前乱麻一样的困境，还得想办法解开。

　　婚姻又是一场博弈，更像是一场战争，婚姻里的两个人，彼此都是对面战壕的人。这是一场持久战，没有胜负，分不出高低。这场战争，无论有多少个回合，都必须咬牙坚持到最后。

　　男人解决问题的方式，女人很难搞懂。当战争的阴霾聚集起来，必须用拳头解决，必须用暴力的方式，谁也无法阻挡。

　　那种疼痛，沿着胳膊，迅速扩张到每一寸皮肤、每一块肌肉、每一根骨骼，最后传递到心底。那是一种翻来覆去反复发作的疼痛，让人全身战栗的疼痛，令人眩晕的痛。

没有信号灯，没人指明方向，不知道该往左还是往右……四个方向的红绿灯，不约而同地朝他眨了眨眼睛，而且，眼神儿意味深长，明显不怀好意。

如果不用去工作，两个人羽毛挨着羽毛，每天紧紧依偎在一起，那该有多好啊。不仅是两个人羽毛挨着羽毛，身体紧紧相依，而且，秦晓卉现在开始孵蛋了。

头绪的确有点儿乱。秦晓卉似乎明白了，但又什么也没有明白。其实，生活里的很多事情，似是而非，充满巧合，稀里糊涂，不过如此。

情人节游戏

意外发生的时候，慌乱像电流一样传遍全身。被子被掀开的那一刻，甚至来不及感到耻辱，两个人就这样赤身裸体，呈现在所有人的目光里。这不是秦晓卉设定的情节，在秦晓卉的剧本里，绝对没有这样尴尬的场景。

房间霎时间灯火通明。

灯光照射下的两具裸体紧紧抱在一起，骨骼和肌肉由柔软变得坚硬，凝固成一对城市雕塑。时间节奏放慢，一切都混乱得一塌糊涂。众目睽睽之下，秦晓卉从房间地板上捡起自己的内裤、胸罩、裙子，能抓到手里的外衣只有那件护士服了，顾不上太多，一件件穿起来。比起秦晓卉的不慌不忙，张大光手忙脚乱瑟瑟发抖，慌里慌张找出裤子，双腿怎么也伸不进裤管儿。

"快点儿，快点儿，别磨磨蹭蹭的！"

在严厉的警告和呵斥中，秦晓卉帮助他，从慌乱的裤管儿中拽出一只脚，穿到另外一只裤腿儿里。

"抓紧点儿，干吗呢，磨磨蹭蹭的，立刻双手抱头，蹲在地上！"

荒谬透顶。

不得不承认，这是一个糟糕得不能再糟糕的场景。情人节游戏搞砸了。冷不丁出现的陌生人，破坏了游戏本应该有的美感，毁掉了游戏的规则。就像一场电影的拍摄现场，情节刚刚进入高潮，演员都已经入戏，因为和电影无关人员的闯入，打断导演的思路，来不及说"咔"——但是只能戛然而止。一切的一切，都来得那么突然。一切的一切都陷入混乱。后面的游戏变得扑朔迷离不可控制，原本的游戏者只能听天由命，或者说由这几个闯入者说了算。

秦晓卉和张大光，被警车从月光酒店拉到派出所，一路上警灯闪烁警笛嘹亮。派出所的房间阴冷，两个人分别被带到两个房间。情人节之夜的后半场，是在派出所里度过的。眼前的场景绝对真实震撼：一男一女两名身着警服的警察坐在对面，秦晓卉光腿穿着一件护士服，护士服外边披着一件羽绒服，坐在警察面前，场景是典型的制服诱惑。

"你叫什么名字？"

"秦晓卉。"

"年龄？"

"32 岁。"

"从事不良职业多久了？"

"什么叫不良职业？"

女警一脸不屑："我问你，来这里，这是第几次？"

秦晓卉哆嗦了一下："第一次……"

"来这里的，都说自己是第一次，你以为我傻啊？"女警瞪着她。

"我，我真不是，真的不是，不是……"秦晓卉看着警察。

"那你俩啥关系？"

"他是我老公。"

"老公？男人嫖的时候，小姐都管他叫老公。"女警笑了。

"真是我老公。"

"老公？"旁边的男警官拍了一下桌子，"他给你多少嫖资？"

"这……"

"还不老实？快说！"男警官拿起秦晓卉的手机，从椅子上站了起来，"他给你多少钱？"

"给是给了……520。不过这不是真的，这是个游戏！"

"不是真的？卖淫嫖娼难道还有假的？"

"你们这是卖淫嫖娼！按照法律规定，卖淫嫖娼，没收非法所得，拘留15天，罚款3000元。"

隔壁房间，对张大光的审讯同时进行着。

"你舒服了，害得我们还得加班。"一个瘦巴巴的老警察哈欠连天，"大李，你先别开机器，记录仪好像也没充电。"

旁边的胖警察从口袋里掏出一包烟，放在桌子上："好不容易跟老婆吃顿饭，没想到半截儿给叫了回来，以为出了多大的事儿呢。"

"情人节被搅了，你说谁这么不长眼，非得今天打电话报警。"瘦警察看了一眼张大光，"小子，说吧，今晚咋回事儿，详细说说。"

"我啥也没干啊。"张大光怯生生地回答。

"没干啥？没干啥抓你干吗？"旁边的胖警察瞪着眼睛说，"还想抵赖是不？我告诉你，再不老实，可没你好果子吃！"

"我真的没做犯法的事儿啊。"张大光抬起头来，看看两个警察。

"招嫖卡，安全套，安全套用过俩，还有小姐，人赃俱获，你还抵赖？"瘦警察说。

"得了，得了，旁边那屋，那女的早承认了，你就别装神弄鬼了。"年轻警察随声附和。

"警官，你们……你们真的搞错了，不是你们说的那个样子。"

"手机我们检查了，嫖资收了，套子也用了，事实成立。"

"她是我老婆。"张大光低下头，"这个，是我俩的一个游戏。"

"游戏？真有点儿邪乎。"瘦高个儿老警察从屋子里出来，又把秦晓卉屋子里的女警察叫了出来。

老警察手里拿着那张招嫖卡片，对女警说："你看，这张卡片有点儿特别，不像统一印刷的，上面的电话号码，好像是手写上去的。"

"还有，转账的嫖资……"女警察打开秦晓卉手机的微信页面。

"这俩是搞对象？"两个人异口同声地说。

"不可能，搞对象弄个招嫖卡干吗？"女警察说。

"对啊，搞对象，也不用给嫖资啊。"瘦警察说。

"难不成是搞破鞋？"女警察看看瘦警察，两个人各自回了刚才的房间。

"你们俩到底是啥关系？"女警察瞪着秦晓卉。

"快点儿说吧，别想糊弄，抵赖不是办法。"男警察附和着。

"我俩是夫妻。"秦晓卉恢复了平静。

"得了吧，你说这大晚上的，你俩搞个破鞋，还得我们一堆人陪着。"瘦警察恶狠狠地说。

"承认了吧，到底咋回事，搞破鞋不至于拘留。快点儿说吧，都半夜了，大家都等着回家呢。"女警察嘴巴微微抖动，"没人有空儿陪你们玩游戏，你们俩爽了，我们都得在这儿加班。"

"我们真的是两口子。"

"两口子，结婚几年了？"

"三年多。"

"真是夫妻，把结婚证拿来，就让你们走。"女警提高了音调。

"没，没有……"秦晓卉低下了头。

"没结婚证就不是夫妻，还给了钱，就是卖淫嫖娼！"

两个男警察这边，瘦警察敲了敲桌子："到底咋回事？"

"我俩是两口子，两口子住酒店，咋就不行了？"张大光愤愤地说，"好好的一个情人节，就这样被你们搅了。"

"我们给搅了？我们愿意大半夜不睡觉，陪你们玩？夫妻住酒店，得有结婚证，懂不？"胖警察拿出一支烟，叼在嘴里，看了看墙上的"禁止吸烟"标识，又取下烟放回烟盒，"别逗闷子了，回家给我把结婚证拿来，就放你们走，我也想睡觉了。"

"我俩真的……"

"拿结婚证来！没有结婚证，就不是两口子。得，闹半天还是逗我们玩儿啊。没结婚证，说啥也没用，再狡辩就是妨碍公务，更得拘留！"年长的瘦警察瞪圆了眼睛。

"得了，我看就这么着吧，有套子，有嫖资，直接拘留算了，我还等着回家呢。"旁边的年轻胖警察不耐烦了。

"到底是两口子，还是搞破鞋啊？直接说吧！"瘦警察绕到张大光身后，拍了拍他肩膀，"能证明是搞破鞋的话，也能放了你。"

"真是两口子。"

"是两口子，把结婚证拿出来。"胖警察开始咆哮。

绝对是一个吵闹的夜晚。警察的出现，情人节游戏变得令人啼笑皆非——游戏场景中，平白无故出现了非规定人物和非规定情节。游戏被人按下暂停键，秦晓卉不知道该如何收场了。

情人节游戏，演砸了！

第一章

祸不单行

01.爆炸性新闻

秦晓卉所在的紫标公司，办公地点在北京最繁华的CBD（中央商务区）区域。这座标志性大厦里，每天出出进进的靓男俊女，都是衣着光鲜、标新立异、谈吐不凡。在公司里，秦晓卉有单独的办公室，窗户朝东正对着电视台——那个著名的"大裤衩"建筑。每天早晨，初升的太阳越过"大裤衩"头顶，爬升到秦晓卉的窗前，对着她微笑。公司老板王立春的助理Maggie觊觎秦晓卉这间屋子已久。她说，阳光每天早晨先来到秦晓卉的办公室，之后，才会再去王立春的办公室。

秦晓卉喜欢太阳升起来的那一瞬间，喜欢一个人在阳光温柔的照射下，沉浸在思考和冥想中，写出各种各样稀奇古怪的创意脚本，理清工作中的万千思绪。下午，房间里不再有阳光的时候，秦晓卉一般会溜到楼下的咖啡厅，找个靠窗而且有阳光的位置坐下来继续工作。

两天没来上班，走进大厦，秦晓卉感觉公司里的气氛有些奇怪，经过前台，两个小姑娘在交头接耳。办公区里，见她走过，很多人都是一副欲言又止的样子。助理没有在工位上，她到自助咖啡机给自己接了一杯咖啡，强打精神，努力不再想那些乱七八糟的场景。

秦晓卉打开笔记本电脑，准备处理这两天积攒下来的事情。屏幕上弹出一条新闻标题——《无奇不有！高级女白领不甘寂寞情人节兼职卖淫》。

情人节，又是情人节。秦晓卉点开文章：

某传媒公司高级白领，单身貌美，情人节之夜，寂寞难耐去酒店兼职当小姐，被警方一举抓获。

　　文章配了一张紫标公司所在大厦的图片，接下来是一张三个人背影的照片：公司大堂，两个警察一左一右，中间是秦晓卉。虽然画面模糊，但秦晓卉一眼认出了中间的自己——那件羽绒服里面还套着护士服，像受惊了小鸟一样，惶惶不安地走过空旷阴冷的大堂。

　　一阵头皮发麻。

　　配图里居然有一张招嫖卡，卡片上的文字清晰可见：

　　　　两个人的化装舞会，你能否敞开心扉？
　　　　情人节的夜晚，我愿化作一朵玫瑰，为你美丽绽放。

　　分明就是秦晓卉找公司平面设计帮她做的卡片。除了没有填写电话号码之外，和自己塞进月光酒店520房间的那张一模一样。布置任务给他的时候，那男孩儿一脸狐疑，张了张嘴巴，最终还是没有把想说的话说出来。卡片很快就做好，送了过来。卡片上的电话号码，是秦晓卉拿签字笔一笔一画写上去的。仅此一张的小卡片，塞进月光酒店520房间之后，张大光煞有介事地打电话过来："喂，你是美丽绽放吗？我在520房间，你马上过来。"

　　既然是游戏，就要精心策划，还要情节跌宕，注重每一个细节。如果还是像日常生活那样一本正经，那就不是游戏了。既然是游戏，故事设计就得逼真，要有画面感，要符合现代人的审美和游戏泛娱乐化的气质，这才有意思。秦晓卉不光是这个游戏的策划，而且还是监制和执行者。在这之前，秦晓卉觉得自己绝对是一个天才，为了这么个完美的计划，冥思苦想好几天，像写剧本一样写下每个情节、每个环节甚至每句台词，精细到了用什么品牌的香水口红，化怎样的妆，梳啥样的发型，穿什么样的衣服、鞋子、乳罩和内裤，准备哪些必需的道具，所有的环节滴水不漏……然而现在回想起来，自己不过是一个蹩脚的导演。生活不是实验室，任何企图用荒诞的方式和手段干预生活的想法和做法，都是荒唐蹩脚、荒诞龌龊的。

秦晓卉，你以为你在紫标公司当个破创意总监，为客户做了个糊弄人的破方案，改巴改巴照猫画虎拿回家里来，就能解决生活里的一切问题和一切烦恼吗？

什么情人节游戏，简直无聊至极、不可理喻。秦晓卉，你已经自作聪明到了无可救药的地步，这个荒诞的游戏愚蠢至极。秦晓卉，你是一个疯子，或者智障患者。

眼前一黑，血往头上涌，嗓子里像卡了一个东西，呼吸困难。瘫倒在椅子上，秦晓卉终于明白了公司里气氛怪怪的原因。糟糕的情人节游戏，落得这般下场，已经够倒霉，还有人落井下石，在身后狠狠捅了她一刀。被抓去派出所的事情，秦晓卉没有和任何人说。情人节游戏和游戏的内容，只有秦晓卉和张大光知道。公司的平面设计师，那个刚刚入职三个月的男孩儿，仅仅凭着一张卡片，不可能了解这个游戏所有的情节，更不会知道后面发生的事情。

难道仅仅是巧合？

那天晚上，折腾了半宿，几个警察满脸疲惫。鉴于情节跌宕复杂，半夜三更又不便给领导打电话请示，最后几个警察商量，决定快刀斩乱麻简化处理，由审讯秦晓卉的两个警察，跟着她回家一趟去拿结婚证，把结婚证和笔录材料归档一下，这个情人节"嫖娼事件"就算结案了。

秦晓卉乖乖坐上警车，男警察开车，女警察和她一起坐在后排，路上两个人又聊起了服装和首饰的话题。

和张大光结婚后，两人一直是租房住，因为在公司有独立的办公室，秦晓卉有个习惯，各种证件和贵重的物品都放在公司里面。毕业证、学位证、银行存折、客户送的礼物，还有那两本结婚证，都放在公司的柜子里。

这样一个特殊的日子，大家都忙着过情人节。但是，这群倒霉的人，被活生生拖进游戏，拖进本来和自己毫无瓜葛的情节里，不仅仅破坏了秦晓卉情人节游戏的美感，还把事情搞得一团糟。女警察说，如果没有"嫖资520"的转账记录，事情很简单，说清楚就行了。该死的张大光，发情人节红包非要搞恶作剧，备注填上"嫖资520"那么几个恶心的字，这下好了，证据确凿。有了付款记录，嫖资就是嫖资，那就必须得解释清楚，证据充足才可以自证清白。警察不想恋战，都想尽快结束，了结这事尽早回家或许还能赶上情人节的后半场。大家都心知肚明，去拿结婚证这个环节，不过是一个形式走个过场——为了避免彼此尴尬，找个托词下个台阶。这件事只能虎头蛇尾了，警察跟着去拿结婚证可以大面积缩短时间，这是最迅速最简单的办法。

咬了咬牙，秦晓卉带着两个警察直奔公司。

已经是后半夜，除了门口打瞌睡的保安，整个写字楼空无一人。反正这个时候去公司拿东西，也不会遇到别人。

"你们公司还挺大的。"上了楼进到公司，女警察环顾公司大厅，然后问秦晓卉，"洗手间在哪儿？"

按照秦晓卉手指的方向，女警察找到洗手间，拿出手机给男朋友打电话："唉，我还没完事呢，唉，别提了，今天剧情有点儿狗血，抓了个嫖，结果女的还是个高级白领……好好的一个情人节，就这么糟蹋了。"

翻出结婚证，递给警察。警察说事情基本搞清楚了，秦晓卉就不用坐着警车回所里了，结婚证回头让张大光给带回去。

肯定是有人背后捅刀子！

这个事情，实在蹊跷，很明显是针对自己来的。这是一篇精心策划的网络推文，策划这件事情的人，应该对自己非常了解，也很熟悉紫标公司的环境。评论区，各种污言秽语，很明显有引导舆论的痕迹。所有评论和猜测，都指向了她。

整整一个上午，秦晓卉把自己关在办公室，不停翻看评论区，各种各样的评论：

"都是房价惹的祸，高级白领夜以继日加班了。"

"工作压力大，找找男人也正常。"

"都是绿茶婊，情人节也不闲着。"

"我咋觉得，有点儿像紫标一姐呢？"

"男盗女娼，估计这女的挺值钱吧。"

……

眩晕，头痛欲裂。事情还在不断发酵。评论区沦陷，各种污言秽语中，甚至有人直接抛出秦晓卉的名字，更有评论区留言，说自己因为打架半夜去派出所，恰巧遇见紫标一姐秦晓卉。

这是一场战争，被逼到了墙角，无路可逃。必须拿起武器奋力反攻，而且越快越好。秦晓卉拿起电话，拨通一个号码："老五，你现在忙吗？马上过来找我。"

然后收拾东西，迅速离开公司。

走过两个路口，秦晓卉来到千禧大厦的星巴克。咖啡厅角落里，一个二十多岁的男孩儿摘掉墨镜。

"卉姐，我在这儿。"

"说吧，到底怎么回事？"秦晓卉坐在他对面。

"卉姐，其实……"

秦晓卉摆了摆手，目光里透出一股寒意。

"该怎么做，不用我教你吧？"

02.美人鱼的吻（上）

手机铃声响起。秦晓卉不想接电话，铃声顽强地响个不停，此起彼伏没完没了，像极了三伏天里的蝉鸣。秦晓卉订了一束百合，作为情人节游戏之后，第二天早上烘托气氛的道具，特意要求骑手早点儿送过来。如果不是因为这场意外，此刻，百合花应该摆放在月光酒店 520 房间的茶几上，拉开窗帘，窗外阳光明媚，屋子里沁满花香。然后，两个人手捧鲜花，走出 520 房间，游戏结束。情人节游戏，完美杀青。

"你好，你是秦小姐吧，你订的鲜花到了，可是，月光酒店前台不肯代收。"秦晓卉是一个强调仪式感的人，凡事讲究细节。如果不是闪送小哥打来电话，秦晓卉早就忘了鲜花的事情。

"不要了。"

"不要了？那咋办？"

"你随便处理掉，就行了。"秦晓卉挂断电话。

没有了情人节和情人节游戏。没有了月光酒店，没有了 520 房间。没有月光，也没有阳光，百合花失去了存在的意义。那束百合，会被怎样处理呢？会被随手扔进垃圾桶，或者丢弃在路边的栅栏旁边？随便送给路人或者闪送小哥干脆拿回家，送给女朋友或者老婆？

思绪混乱。屋子空空荡荡，张大光没有回来。秦晓卉简单收拾一下，赶到派出所去找张大光。派出所里，空空荡荡，找了一圈儿，没有看到张大光的影子。

走廊里，迎面撞见昨晚那个女警察。女警察一把抓住秦晓卉，对她说："姐们儿，你是真傻还是装傻？"

秦晓卉一愣。没等她反应过来，女警察说："你快走吧，你们的结婚证是假的。你怎么这么傻啊，被人蒙成这样儿，结婚证都是假的，他都承认了，是他买的假结婚证！"

"这……"

"人送拘留所了，涉嫌买卖国家机关证件。好在他认罪态度比较好，拘留15天，通知过家属了。事儿，他都揽下了，你也走吧，别在这儿晃了，我也帮不了你。"女警察伸手按了按秦晓卉的肩膀，扭头走了。

下午3:30，秦晓卉走出公司大堂。

大厦旁边就是一家咖啡厅，咖啡厅角落临窗的位置，Maggie正坐在那里打着电话。

"给哪个男朋友打电话呢？说得这么热火朝天。"秦晓卉走过去，朝着Maggie做了个鬼脸。

"晓卉姐，你今天真漂亮。"Maggie放下电话，"喝点儿什么，这家的焦糖玛奇朵和黑森林蛋糕不错。"

"跟你一样就行。"

"好的。"Maggie对服务生说，"大杯焦糖玛奇朵加一份黑森林，刷我的会员卡。"

"Maggie，最近在忙什么？"秦晓卉冲着Maggie笑了笑。两个人虽然在一家公司，但每天各自忙碌，安静下来一起聊天的时间并不多。

"不忙不忙，这不，躲在这里喝咖啡呢。"Maggie喝了一小口咖啡。

前些天，老板王立春策划的"长城脚下的霓裳"那个活动，秦晓卉不肯参与，丢下一句"坚决不跟土鳖合作"，扭头就走。老板王立春没办法，任由 Maggie 操刀，并且说，钱不是问题，随便造，要惊艳，要中西合璧。活动当天，秦晓卉没有去现场，请假睡了半天觉。据公司前台说，老板回来的时候，垂头丧气坐在办公室待了半宿，好像尾款也没有拿回来。这场长城脚下中西合璧的盛宴，再没有人提起过。

"Maggie，你平时朋友多吗？"秦晓卉问她。

"你指的，是什么样的朋友？"Maggie 眯起眼睛，若有所思的样子，脸上充满狐媚。

"当然是好朋友，可以说心里话的那种。"

"嗯……"Maggie 端起咖啡杯，但并没有送到嘴边，"一起吃喝玩乐的朋友，倒是不少，但是能交心的朋友，我得想想。"

"你今天不忙吧？"看着 Maggie 一脸认真的样子，秦晓卉觉得有点儿好笑。

"真的不忙，晓卉姐想请我吃晚饭？"

"饭就不吃了吧，俩女的吃饭也没啥意思，再有，我减肥呢。我请你喝酒吧。"

"太好了，卉姐。"Maggie 微笑着说，"我也想跟卉姐好好聊聊呢。"

"这两天有点儿闷得慌，东西也写不出来，一点儿思路都没有，想找个人聊聊天。"秦晓卉继续说。

"嗯。谁都会有那么几天。怎么，'亲戚'来了？"Maggie 一脸关切。

"倒不是，就是感觉搁浅了，卡在这里了。"秦晓卉说，"所以，我需要你帮助我。"

"我？"

"是啊，我特别需要你。"

"哈哈，说明我还有点儿可利用价值，愿意为卉姐效劳。"Maggie 放下手里的咖啡杯。

"那就说好了，晚上去鱼吻喝酒。"

"美人鱼的吻"简称"鱼吻"，是一家非常火爆的酒吧，据说还是北京城演艺圈儿和各色时尚人士出没的场所。老板王立春喜欢这家酒吧，带着大家去过几次。王立春说这家酒吧有艺术气质，卓尔不群，不是徒有虚名，尤其是半夜三更男男女女在舞池里来来回回扭动的场面，让人充满对美好生活的憧憬和对未来生活的极度渴望。

老板说好，大家也就都跟着说好。秦晓卉觉得这些根本是胡扯，酒吧里每天都是乱糟糟的。所谓艺术气质，都是骗钱的，无非是装修反人类一些，灯光乱七八糟一点儿，驻唱的歌手标新立异，来这里的每个人都显得稀奇古怪，所有的奇怪加在一起，就是见怪不怪了。然后老板偷偷把酒水价格定得比别人高些，就成了所谓的艺术气质或者王立春说的卓尔不群。

听了秦晓卉对于鱼吻的评论，Maggie 笑出了眼泪。Maggie 说："别听他瞎说，王立春不过是一个土鳖。"从老板王立春助理 Maggie 嘴里蹦出这两字，秦晓卉觉得有点儿奇怪。

两个女人有说有笑，咖啡和蛋糕基本没有动，依然保持着服务生端上来时候的样子。

喝咖啡，其实不过是一个借口。

天气晴朗，太阳挂在窗外那个大裤衩形状建筑物的头顶，"大裤衩"的两个主楼，像一双穿着丝袜的女人大腿，太阳在两条腿中间吊儿郎当，晃来晃去。

还没有到下班时间，城市里这个繁华的商务区，充满温和的后现代气息。女人之间，永远有聊不完的话题，虽然两个女人的聊天漫无目的。Maggie 化着精致的淡妆柔美妩媚，秦晓卉毫无修饰天生丽质，两个女人身材高挑，一举一动优雅妩媚。透过明亮的落地窗，两个女人慵懒的下午茶，成了来来往往的人们眼睛里的一道风景。

喝了口咖啡，秦晓卉说："晚上十点，鱼吻见，打扮漂亮点儿，风骚一点儿哦。"然后背起包，离开了咖啡厅。

03. 美人鱼的吻（中）

那天的错误，犯得实在低级。

招嫖卡是手写的，嫖资通过微信转账，警察闭着眼睛也明白了个八九不离十：这俩人不属于歪瓜裂枣，不是社会闲杂人等、二流子和不良职业者，顶多算是人畜无害的偶发性精神障碍患者，脑回路出现了问题。但这俩态度强硬，女的说好好的游戏被破坏了，男的谴责警察没事找事，两口子睡觉碍谁事了。警察说，证明是夫妻，拿结婚证来。

结果就出事了，拿给警察看的结婚证，被查出是假证。

警察说："属于一眼假，你们想挑战人民警察的智商吗？"

秦晓卉没心思吃饭，除了喝咖啡，基本上一整天没有正经吃过一顿饭。开车回到家，用钥匙打开冰冷的防盗门，推门进屋，客厅黑乎乎的，没有任何声响和气息，秦晓卉刚要喊张大光的名字，忽然意识到，张大光不在家。从恋爱到结婚，这些年张大光从来不出差，也没有离开过北京。平时自己加班回家再晚，张大光都会在客厅看电视或者玩游戏。冷不丁没了他的气息，屋子里冰冷空旷。

顾不上换鞋，她径直走进卧室。拉开柜门，把柜子里所有的包儿一股脑地扔在地板上，挑出上次珠宝节从东京带回来的那款暖蓝色的包儿，拎起来对着镜子左顾右盼，琢磨着背这个包儿出门的话，应该配哪件衣服比较合适。秦晓卉选了一件亚麻色休闲长裙，穿上高筒靴再套上羽绒服，背着暖蓝色的包儿，走出家门。

秦晓卉把夜店称作声色场所。她不喜欢这些声色场所，但是又经常光顾，有时候是陪客户，有时候跟朋友。这座城市里的人，都是精力旺盛，好像很多人不需要睡觉，每天工作结束，或者加班结束，或者晚饭之后，不到这些声色场所混到半夜，这一天过得总像缺少点儿什么似的，尤其从事创意行业的人，更是热衷到各种各样光怪陆离的声色场所鬼混。

讨厌这些地方，又离不开这些地方。生活的逻辑，有时候就是这样自相矛盾。

美人鱼的吻，远离国贸 CBD，在北京动物园旁边，环境相对幽静，三家酒吧紧紧相邻。晚上十点，动物园门口的这家酒吧开始热闹起来。

"咱俩是不是好姐们儿？"秦晓卉瞪着 Maggie 说。

"当然啊。"Maggie 举了举手里的酒杯。

高档写字楼里的职场女性，平日上班基本都是那几家知名品牌的职业装，衣着端庄穿戴得体，轻颦浅笑举手投足无不透露着优雅，用她们自嘲的话说，这叫闷骚或者绿茶。酒吧里就不同了，音乐高亢，纸醉金迷，在秦晓卉眼里，充满着腐朽气息还有荷尔蒙的味道。

"卉姐，来酒吧，你还打扮这样闷骚啊？"

"有吗？"秦晓卉笑着喝酒。

"在酒吧里不需要闷骚，需要的是明骚，直截了当的风骚。"

美人鱼的吻里，秦晓卉的长裙有点儿保守，但在幽暗的灯光下楚楚动人，Maggie 一袭低胸长裙性感魅惑。两个身材高挑、底子很好又打扮光鲜时尚的女人，在声色场所一起喝酒，这样的氛围之下，给人的感觉有点儿奇怪，无论服务生和经过的人，忍不住都会多瞄上几眼。

"卉姐，如果我是男人，我也会爱上你的。"Maggie 脸上泛起两朵红晕。

"是吗？"秦晓卉跟 Maggie 碰杯。

"你看，咱老板看你的眼神儿，就知道了。"

"老板的眼神儿，什么意思？"

"你还不知道？你看王立春看你的时候，那眼神儿，简直要把你吃了。"Maggie 一脸醋意。

"不会吧？"

"我们在公司被他当成空气，他连看都不多看一眼。"Maggie 红润的脸上，多了一份幽怨。

音乐和各种喧闹，此起彼伏，Maggie 还在絮絮叨叨地说着什么。

"喝酒吧。"

"喝酒！"

乐队开始鼓噪。酒吧里，每个人都不正常，说得直白点儿，像是一群有病的人，傻喝傻笑傻唱，气氛也像抽风。

一阵狂躁之后，重金属换成小提琴，音乐瞬间悠扬安静。

秦晓卉很佩服这家酒吧的老板，场子里的氛围总是制造得恰到好处，情绪和节奏拿捏得毫无瑕疵。狂躁的氛围，勾起人们无尽的欲望，大口喝酒，无所谓金钱，酒再贵也舍得掏钱买单。然后是悠扬高雅宁静，这是促膝谈心的腔调，音乐告诉你，不能总是光喝酒，有酒还得有故事，还得聊天，喝多了先醒醒酒，停下来的目的是等待下一个高潮。

"再来两份美人鱼的眼泪。"

秦晓卉甩给服务生几张百元大钞。"美人鱼的眼泪"是这家酒吧里度数最高的烈性酒。

"卉姐，少喝点儿吧。"Maggie 拉了拉秦晓卉的衣角。

"陪姐们儿再喝点儿，就再喝点儿，一点点，和我说说话。"

酒吧大厅里，到了美人鱼之吻时间。这是这家酒吧最著名的保留项目，是每天五分钟的特定环节，其实就是男男女女搂在一起摇来摇去，像是跳贴面舞又不是贴面舞，反正就是一起摇摆。

"咋了，卉姐有心事？" Maggie 摇动酒杯。

"我一个人睡不着觉，已经两天没睡好了。"秦晓卉喝了一口美人鱼的眼泪，"我家张大光失踪了，也不知道跑哪里去了。"

"失踪了？"

"前天晚上没回家，电话关机，这两天连个人影儿都没见到。"

"啊，那他去哪里了？"

"谁知道死哪里去了，反正找不到了，开始电话还能打通，后来干脆关机。"

"你俩这么甜蜜，怎么，怎么可能？卉姐，别跟我开玩笑了。"

"没开玩笑。"

"还没开玩笑，你这接下来，就该凡尔赛了吧？" Maggie 咯咯笑起来。

"Maggie，你有男朋友吗？"看着傻笑的 Maggie，秦晓卉的语调变得认真起来。

"你觉得，我没人要？" Maggie 笑得前仰后合，的确是一脸风骚，"想看我笑话？"

"真不是那意思。"

"接下来，会不会再问我，姐们儿你会不会还是处女？" Maggie 一阵狂笑。

"估计……那倒不会吧。"

"姐们儿这么漂亮风骚，追求者还能少得了？" Maggie 还是一脸得意，一脸狐媚，"哎，卉姐，八卦一下，有没有人追你？"

"别瞎说，我都结婚这么久了。"

"这不是问题的关键。" Maggie 接着说，"在东京的时候，咱老板有没有跟你表达一下？"Maggie 的语调变得意味深长。

"你觉得，我俩是一类人吗？"秦晓卉看看手里的酒杯，又看看 Maggie，"我可不搞办公室恋情。一般而言，办公室恋情，都不会有好下场的。"

"这话怎么讲？"Maggie 双手托着下巴，盯着秦晓卉问。

"影视剧里，不都是这样吗？"

"那是编剧水平太差。"

"编剧水平太差，对，编剧水平太差，哈哈。"秦晓卉举杯，"来，喝酒。"

"其实，我特别羡慕你们，羡慕你们的婚礼。"Maggie 说。

"我们结婚那天，你出差了吧？"秦晓卉问。

"没参加你们婚礼，特别遗憾，但我看过照片，等我结婚的时候，也那样办。"Maggie 一脸向往。

"太好了，来，Maggie，陪姐们儿干了这杯！"

"少喝点儿吧，卉姐，公司里都知道，你们是恩爱夫妻呢，要不，我陪你去找姐夫？你俩是不是闹小矛盾了？没事的，两口子的事儿，说开了，两人被窝里一亲热就过去了。"Maggie 把秦晓卉的酒杯拿到自己这边。

秦晓卉陷入醉态。

"Maggie，你是不知道啊，啥事儿不能光看表面现象。实话和你说了吧，不说我也快憋死了，他其实……"秦晓卉拿回自己的酒杯，然后一饮而尽，"说起来丢人啊，他外边有人了。这个王八蛋，在外边养了个小婊子，这小狐狸精，竟然，竟然是个洗头妹……"

04.美人鱼的吻（下）

故事越编越流畅，秦晓卉进入了角色。

"怎么可能，怎么可能……卉姐，你，喝多了吧。"

"实话和你说吧，我的生活，不是你看到的那个样子，也不是你们想象的那样，我这个人其实……挺虚荣的，看着光鲜，其实，那些都是扯淡。他就是个凤凰男，从村里出来的，要钱没钱，要啥没啥，我怕你们瞧不起我，就和你们说，他是哥伦比亚大学建筑系的高才生。"

生活里的各样事情，的确是真真假假。秦晓卉在自己编造的故事里，已经游刃有余。

Maggie一脸错愕。

"我和他结婚，我父母都跟我断了关系。"秦晓卉继续说，"我和你们说，我家住的奥林匹克花园，是他买的，其实，是我花钱租的。"

趴在桌子上，秦晓卉哭出了声音："谢谢你来陪我喝酒，我这个人吧，就是太虚荣，处处争强好胜，其实活得挺累。就他，也不照照镜子，还养个小三儿。你说，我难道还不如，不如一个洗头妹吗？"秦晓卉又端起酒杯，Maggie连忙拦住。

"我喝。"秦晓卉抢回酒杯，一饮而尽。

"好，我陪你喝，服务生，再拿两份酒。"

"痛快，妹妹，好妹妹，喝酒，喝酒。我这人，虚荣心太强，你看，我这包儿，这个，也是我去广州出差买的A货，但是在公司里，我到处说是从日本买来的限量版。什么紫标一姐，都是装的，都是扯淡，整天在外边混，其实就是看谁能装，装得更像。"

"卉姐，喝酒，我陪你喝。"

"好，Maggie，咱俩是好姐妹，我们以后一直是好姐妹。"

秦晓卉号啕大哭。

Maggie 拿过秦晓卉的酒杯，把酒倒在自己的杯里，然后一口喝完：
"卉姐，谢谢你相信我，其实，我也和你说了假话，我和别人说，我是天
津人，和别人说我父母都是部队退休的，其实……"

Maggie 的话越来越多，一边说一边喝酒。

女人喝起酒来，更是疯狂。两个人喝得昏天黑地，桌子上摆满酒杯，
秦晓卉趴在桌子上睡着了。

"再也不回去了，再也不回去了。你说，他怎么就不跟我结婚
呢？"Maggie 边哭边喝酒。

秦晓卉趴在一堆酒杯里，一动不动。

"情人节那天，没人约我，我越想越生气，就去公司加班了。后半夜，
我看你来公司了，还带来俩警察……"Maggie 还在絮絮叨叨。

原来如此。

事情坏在带着两个警察去公司拿结婚证，而且，还是假结婚证。躲
在卫生间的 Maggie，恰巧听到女警察给男朋友打电话。

酒吧中央的舞台上，有人疯狂地跳舞。

"我只想搞个恶作剧啊……没想到会这样……"Maggie 双手揪自己的
头发。午夜的酒吧，音乐更加疯狂，灯光变得幽暗，Maggie 一杯接着一
杯地喝酒，一边喝酒一边自言自语。

不知道过了多久，秦晓卉缓缓从桌子上抬起头。

Maggie 一动不动歪在椅子上。

秦晓卉拍拍她肩膀，Maggie 没有任何反应。

秦晓卉拿起电话："赶紧动手吧。"

秦晓卉并没有喝醉。

秦晓卉说的话，提前打过草稿写过提纲，专业名词叫作话术。秦晓卉清楚自己的酒量，无论什么场合，虽然总是声称自己酒量小，不会喝酒一喝就醉，但在她的记忆里，无论喝多少酒，从来没有喝醉过。在酒吧里的醉态，纯属表演。职场混久了，每天周旋于各种应酬，秦晓卉早就学会了表演。职场中需要表演，每一次表演她都能够拿捏准确，精准地迷惑客户，这种事情秦晓卉从来就没有失败过。最近有一个流行词汇，叫作比惨，秦晓卉深知，如果想迷惑对方，必须要和对方比惨，把自己描述得越惨越好，惨到对方来不及嘲笑你，或者惨到别人愿意为你拔刀相助，那么这个表演就成功了。

在酒吧里拨通电话之后，两个头发染成公鸡尾巴颜色的男孩儿，屁颠屁颠跑了过来。秦晓卉努了努嘴，两个"黄毛儿"扶起 Maggie 迅速离开酒吧。两个"黄毛儿"架着 Maggie 走了之后，秦晓卉并没有急于离开酒吧。

音乐轻缓。舞台中央，两个女孩儿在跳舞。

要了一杯威士忌，坐在舞台前，秦晓卉一边看着女孩儿跳舞，一边喝酒。喝酒喝的是心情。一个人喝酒，其实也挺好，秦晓卉喜欢这种自由自在的感觉。这是今天的庆功酒，庆祝这场特殊战争的全面胜利。

秦晓卉痛恨自己，结婚的时候，竟然以没时间为借口，同意了先做个假证应付婚礼，闲下来也没有抓紧去注册，时间久了，竟然忘了证是假的，还主动拿给警察看。自作自受，荒唐到家，蠢到了极致。

十分钟后，秦晓卉手机收到两张图片，一张是 Maggie 衣冠不整，被两个"黄毛儿"扛上出租车，衣服几乎褪到胸口，两只乳房呼之欲出。另外一张，是一家假日酒店大堂门口，两个"黄毛儿"狂笑着搀扶

Maggie 走进酒店的场景。秦晓卉举着手机，一边喝酒一边端详这两张图片。舞台上，女孩儿动作狂野，衣服只剩下三点。手机屏幕上的 Maggie 和跳舞的女孩儿同框的话，毫无违和感。女孩儿以为秦晓卉在给她拍照，脚尖点地腾空而起，顺势抛出一个飞吻。

那天在办公室看到的八卦新闻，那篇拙劣的推文，秦晓卉恨得咬牙切齿。已经陷入泥潭，还要被人骑在脖子上拉屎，绝不能姑息纵容，必须狠狠反击。不管他是谁，必须以牙还牙，以血还血，打得他找不见北，否则我秦晓卉就不是紫标一姐。

冷静之后，迅速锁定目标。

如此低劣的手法，只有 Maggie 干得出来，还干得如此愚蠢，干得低级，没有品位。所以，必须亲自出马，教教她怎么做人，教教她怎么把事情做得漂漂亮亮、天衣无缝。

Maggie，这回要让你尝尝面目全非的滋味。

和我秦晓卉过招儿，你没有资格。那篇八卦文章，我收下了。我要让它成为接下来的故事———一个更加火爆热闹的网络事件的前番，就算是你为自己挖好的坑吧。

早晨醒来，头痛欲裂。

张大光进去五天了。冷不丁，家里没了另一个人的气息，屋子里暖气开得再足，也没有一丝暖意，日子显得格外漫长。很奇怪，当糟糕如同灾难般来临，一切都归于平静。就像电影里常用的手法，最危险的巅峰时刻处理成慢动作，一切都放慢了速度。

秦晓卉的日子，很多年没有这样平静过了。

混乱之后，好像生活里根本没有发生过任何事情，张大光不过是短暂出差，临时离开了家。也像是自己在度假，忙碌之后，一个人待在屋子里，慵懒地度过一个普通的小长假。没人打扰，没有工作，懒懒散散的假期，这种感觉真好，很舒服、很惬意。不上班的日子，天天都是度假，秦晓卉可以睡得昏天黑地。

昨天下午，王立春彻底发飙了。

助理说，王立春让秦晓卉过去开会。总经理办公室的门虚掩着，秦晓卉推门而入，屋里只有王立春一个人，眉头紧蹙盯着电脑。电脑屏幕上，那两张照片虽然做了技术处理，但依然醒目刺激。Maggie和两个"黄毛儿"的脸上，还有Maggie的胸口都打了马赛克，但马赛克根本压不住Maggie胸前白花花的资本，作用变成了犹抱琵琶欲擒故纵。所有认识Maggie的人，只要瞄上一眼图片，绝对知道两个"黄毛儿"扛着的人是谁。

《高级白领酒店兼职后续：酒吧醉酒被"捡尸"》，这一篇八卦文章下手更狠——说上一篇文章里，所谓高级白领情人节酒店兼职的事情，是以讹传讹，实际上是醉酒被人捡尸了。现代人生活压力大，白领女孩儿在酒吧玩得太嗨，酒醉流落街头，被两个混混趁机揩油。爆料人貌似是酒店停车场的保安，和小混混发生口角，无端被两个"黄毛儿"骂了，气愤不过，特意抛出来两张图片。后面的评论，不堪入目。互联网就是这样一个地方，不管是什么内容，后面都会有一群精力旺盛的人上来就吵，开口就骂。尤其是这样八卦性质的文章，那更是昏天黑地，绝不留口德，往死里整。或者，网络内容制造者，要的就是这种效果。

"是我干的。"秦晓卉不动声色地说。

"你太歹毒了！"王立春嘴角抽搐，居然说出了"歹毒"这两个字。

"来而不往非礼也。"秦晓卉继续说，"前有车后有辙。"

"你……"

在王立春愤怒的咆哮中，秦晓卉一声不吭，头也不回摔门而去，身后传出玻璃杯狠狠撞击地板炸裂的声音。秦晓卉才不管这些呢，管他呢，怎么解气怎么来，窝了一肚子的火正没地方发泄，Maggie 这时候搬弄是非，活该倒霉。

索性让暴风雨来得更猛烈些吧。职场各种规则和潜规则，早就玩腻了，大不了换个工作，反正好几家猎头都在挖人。不想这些了，想也没有用，开弓没有回头箭，事情闹到这个份上了，还能怎么样。

跑回家，倒头便睡。

秦晓卉沉浸在报仇雪恨的快感中，睡得昏天黑地。

05.戏精（上）

笃笃笃，有人敲门。

也许是错觉，张大光不在家，谁会来敲门呢？迷迷糊糊又睡了一会儿，笃笃笃，敲门的声音继续响起来，断断续续，顽强又克制。

"谁呀？"秦晓卉冲着门外大吼。

"快递。"

秦晓卉胡乱抓起一件外衣，披在身上拉开房门。王立春手捧着一束黄玫瑰，面带微笑站在门口，伸手把鲜花举到秦晓卉的鼻子底下。

"我没买花儿，你送错了！"砰的一声，秦晓卉把房门关上。

"晓卉，晓卉，你先让我进去，我有事儿找你。"

"有事儿电话里说就行了，现在不方便。"

"你的电话，我打了 100 遍，也没人接啊。"外边，王立春几近哀求，"晓卉，让我进去，或者你出来也行。"

"让我想想。"

"我有事情找你。"门外持续的敲门声，搞得人很烦躁。

"你等等。"即使这样，秦晓卉也不想蓬头垢面见人，冲进洗手间，开始收拾自己，半个小时后，打开房门。王立春依然手捧鲜花面带微笑站在门口。

"你来干吗？"她把王立春让进客厅。

"电话打不通，所以过来看看。"王立春继续笑嘻嘻地看着秦晓卉，"另外，有个事情，我实在想不明白，所以……"

"Maggie 的事，你还是去问 Maggie 吧，她比我清楚。我，成了兼职卖淫女，高级白领兼职小姐，有意思吧？你这么大一个老板，在我家门口待了半个小时，不怕被人看到，再被人八卦出新闻？"秦晓卉的眼神里，充满挑衅。

"我不是来问你和 Maggie 的事儿。"

"那你还有啥好奇的，过来看看我落魄成啥样子，还是想来羞辱我一下？"

"我只是，只是好奇，那个紫色的包儿，怎么变成蓝色的了呢？"王立春表情尴尬，像是犯了错的孩子。去东京出差那次，秦晓卉逛商场看上一个暖蓝色的包，试了半天没舍得买，这个场景恰巧被王立春看到。忙完了事情，王立春去买那个包，可惜蓝色的卖没了，只有紫色的了。紫色就紫色的吧，反正款式一样。王立春买了包，让酒店服务生送到秦晓卉的房间。

"我找了补鞋匠，刷了一层漆，行了吧！你走吧，再不走，小心被人说成是嫖客。"王立春并不知道，那天秦晓卉再次返回商场，咬牙买走那个蓝色的包。所以这款包，秦晓卉有两个，那款紫色的，秦晓卉并不喜欢，收了礼物雪藏在家里，一次都没有背过。

"别说得这么难听，好吧？我是来道歉的。"

"有什么可道歉的，我又不是你开除的，是我自己不干了，怕给公司丢脸。顾及紫标公司的声誉，我不干了还不成吗？"

"我不是那个意思。"王立春把手里的花儿放在了茶几上。

"没啥，我们都是绿茶婊，行了吧？你跟我说过，为了利益，你不是也把 Maggie 送人了吗？还有我，东京珠宝节那次，什么狗屁庆功宴，那天你和客户一起灌我酒，不就是想把我灌醉，想把我推到客户的床上，或者拖到你的床上，你以为我看不出来？"

东京珠宝节庆功宴上，大胡子李总端起酒杯对秦晓卉说，为了来年的合作，今晚我们喝个订婚酒。酒桌上，把第二年订合同的事情，故意说成了订婚。还有王立春亲口对她说，为了利益和订单，上一届珠宝节，大胡子李总把 Maggie 睡了，才和公司签了第二年的合同。想起这些，秦晓卉一阵阵犯恶心。

"都是什么乌七八糟，订婚酒，订完婚不就该入洞房了吗，你以为我看不透你们的把戏？"她越想越生气，生意场上潜规则无处不在，商人为了利益毫无节操。

"晓卉，不是，不是那个意思……"

"不是那个意思是啥，还有几个意思啊？"

"我那天，去你房间，就是去保护你。"

"甭扯淡，保护我？你能不要你的合同？告诉你，我不是 Maggie！"秦晓卉越说越气愤。

"没有。李总和 Maggie 的事情，是我编的，我是骗你的。"

"别扯了，你的眼里，只有钱，只有利益。"

"那天晚上，我亲口对李总说，你是我的女朋友。"

"明白了，难怪你不在乎合同，你这么做的目的，其实和那个土鳖一样龌龊，就是想睡了我，还说得那么冠冕堂皇干吗？"

"晓卉，你是知道的，其实，我是真的……挺喜欢你的。晓卉，我不会害你。"

"可笑！"

"晓卉，我真的喜欢你很多年了。你结婚的时候，参加你的婚礼，你知道我心里多难受吗？"王立春一屁股坐在沙发上，又把那束黄玫瑰拿在手里。

"你觉得，有意思？现在这个时候，和我说这个，你觉得很好玩儿吗？"

"我……"

"带上你的东西，给我滚出去！"

秦晓卉愤怒地从王立春手里抢过那束黄玫瑰，拉开客厅的门直接扔了出去。

狗屁逻辑，不可理喻。

秦晓卉愤怒到崩溃，生意场这些肮脏的事情，平时大家都心知肚明，只是谁也不好意思说出口，这些事情永远摆不上台面。不过到了这个份上，完全可以撕破脸皮了，秦晓卉不再顾忌这些，有些话不说出来不痛快。虽然只是说说，依然觉得肮脏无比。都是戏精，人模狗样的都在演戏，表面光鲜里面烂透了，心里比墨汁还黑。

"你给我出去！"秦晓卉像个点火就着的炸药包，指着王立春的鼻子咆哮。王立春目瞪口呆，语无伦次，不知道该怎么解释，或者因为做贼心虚，一个踉跄差点儿摔倒，在秦晓卉的号叫中落荒而逃。

咕咚咚，秦晓卉喘着粗气抓起桌上的白开水，一口气喝了个精光，浑身战栗，瘫倒在沙发上。

笃笃笃，敲门声又响起来。

像极了森林中受惊的野兽，身后就是万丈深渊，面对敌人的进攻无路可逃，秦晓卉霍地站起来冲到门口。

"给我滚……"她愤怒地拉开门，正准备破口大骂，但眼前的情景让秦晓卉彻底愣住了。门外一个老头儿和一个老太太，怯怯地站在那里，老头儿扛着一个装得鼓鼓囊囊的口袋，老太太拎着一只帆布包。

"爸，妈，你们咋来了？"站在门口的，是张大光的父母。

把老两口让进屋子，秦晓卉刚要关门，被公公拦住："等等，你刘叔在后面。"秦晓卉这才看到，电梯拐角还有一个老头儿，就是上次回村子遇到过的那个刘叔。刘叔自称村干部，实际只是村里的会计，长得像一只老鼠。

三个人进屋落座后，谁也不说话。秦晓卉给他们倒了水。公公从口袋里摸出烟和火柴，烟递给刘叔一支，自己叼在嘴里一支，连续划了两根火柴都没有点燃。秦晓卉去厨房找出一个打火机，帮公公点烟。公公示意让她先给刘叔点烟。

"电话打到你刘叔家，"公公吸了一口烟，"说大光给抓起来了。"

婆婆搓了搓手，看着秦晓卉说："咋办啊，得蹲多久啊？"秦晓卉彻底惊呆了，派出所居然把电话打到了村里，难怪那个女警说，通知过家属了。

"你刘叔是村里的干部，也不是外人。得抓紧时间找人，找关系。我俩这次来，带了点儿钱过来。"公公在口袋里摸了半天，摸出两沓钱放在了茶几上。

"丢人啊，这让我以后还咋在村里过日子啊，村里都传开了。"婆婆一脸愁容。刘叔也不说话，坐在沙发上抽烟。

"打电话说，拘留，得通知家属，"公公又吸了一口烟，"警察咋说，说你俩根本没结婚，不算亲属。"公公自顾自地抽烟，婆婆在一旁抹眼泪。

秦晓卉明白了，因为没有结婚证，秦晓卉不能算作张大光的亲属，派出所把电话打到了刘叔家，通知家属拘留的事情。

"村里传开了，说大光犯法了，在外边瞎搞，还造假证件，这要是判了刑，工作也得丢了吧？"公公把抽完的烟头，直接按在了茶几上。

"晓卉啊，你咋就管不住他，让他做这丢人现眼的事儿……"婆婆哭出了声音。

"行了行了，别净说没用的。晓卉，你刘叔说得找人送礼。"公公瞪了婆婆一眼，然后诚惶诚恐地看着秦晓卉。

大前天晚上，刘叔接了个电话，信号不好，没听清楚是拘留所还是派出所打过来的，就跑过去告诉公公婆婆，告诉他俩，大光出事了。再打电话，大光的电话关机，晓卉的电话始终没人接，越想越着急，三个人一合计，连忙坐火车跑过来，按照之前给家里寄东西的地址，一路打听才找到这里。

"侄儿媳妇，我和你说说吧，这个事儿吧，我得代表村组织和你谈谈。"刘叔咳嗽一声，熄灭手里的香烟，"大光这孩子，是我看着长大的，他可是咱村的骄傲。侄儿媳妇啊，出了这个事儿呢，我知道你心里也不好受。但是第一呢，事儿已经出了，咱家里得安定团结，首先咱自个儿家不能乱，后院儿不能着火啊。叔跟你说，等他出来，叔好好教训他，给你出气。但是，叔也求你给叔个面子。"刘叔又点着一根烟，吸了一口："侄儿媳妇啊，叔知道，你念过书，是通情达理的人，你看，行不？"刘叔直勾勾地看着秦晓卉。秦晓卉脑子迅速转了一圈儿，也没听明白他究竟想表达什么意思，只好胡乱点点头。

"这就好，这就好。"刘叔给公公婆婆使了个眼色，"你看看，你看看，侄儿媳妇多通情达理啊。"停顿一下，刘叔继续说："侄儿媳妇啊，事情出了，咱就得解决。你公公婆婆都是老实人，他们找到你刘叔我，和我商量，请我出面来解决这个事情。这个事儿，我就得管，大光是我侄子，咱不能看着他糟蹋了，这事儿得抓紧办。"刘叔看看公公婆婆。

"就是啊，他刘叔，可咋办啊？"婆婆一副六神无主的表情，公公闷头儿抽烟。

"我也寻思了一天。前年，有个北京来的、部委的干部在咱村扶贫，在咱这儿待过两年，一起坐过几次，喝过几次酒。我晚上去找他，找他去活动活动，给咱想想办法。这事儿得抓紧，我问过乡里派出所了，当务之急是得找关系，花点儿钱把人给弄出来，你说是不？"

"是啊，是啊，他刘叔，这个得靠你了。"婆婆附和着，"花点儿钱不要紧"。

"他刘叔，这事儿全靠你，你帮着掂量着办吧。"半天不说话的公公瓮声瓮气地说，"谁让咱娃，不争气呢。"

刘叔从口袋里摸出一个荷包："我把村里的公章也带来了，他要啥证明，咱开啥证明。反正吧，这事儿也挺麻烦，我打听了，咱得找关系，好在这些年，咱也维护着各种关系。不过吧，这事儿不好办啊……"刘叔看看公公，又看看茶几上的钱。

"老刘啊，这事儿，花多少钱，我都认。"公公把茶几上的钱，推到刘叔面前。

"我去找那个关系，晚上先请人家吃个饭。"刘叔拿起钱，把钱和荷包一起揣进口袋，然后站起身来，"晓卉，今晚你爸你妈就住你这里了，我去找人找关系，不用管我，你照顾好他们就行了。"

刘叔匆匆出门。公公坐在沙发上抽烟，婆婆继续哭天抹泪。

公婆的到来，更让秦晓卉如坐针毡，既要伺候他们吃喝，还得陪他俩聊天，照顾公婆的情绪。尤其是公公，总是拉长个脸说话，还在客厅里抽烟，一边咳嗽一边抽烟，弄得满屋子烟味，到处都是烟灰。

婆婆说："你少抽点儿吧。"

"我烦。咋，抽烟也不中？"公公回答，然后继续咳嗽。

*06.*戏精（下）

眼前的世界，一片混乱，暗无天日。

所有的事情完全失控。仿佛有一只无形的大手，在操控着一切，彻彻底底把事情变得更加糟糕，要完完全全置她于死地。秦晓卉像一头掉入陷阱的困兽，毫无抵抗能力，只能束手就擒。而且，这个陷阱，是自己亲手挖下的。

刘叔是第二天中午才回来的。

坐在沙发上的刘叔满面红光，明显是刚理了发刮过脸。刘叔对公婆说："我跟侄儿媳妇说个事儿，你俩先去里屋吧。"

公公婆婆起身去了卧室，刘叔端坐在沙发上："侄儿媳妇啊，昨天晚上，我去见领导了，和领导也说了咱家这个事儿。"

刘叔点燃香烟，吧嗒吧嗒抽起来。

"人家咋说？"

"领导和我吃饭喝酒，喝完酒之后又和我去 KTV 唱歌儿了。唱歌儿的时候，领导搂着我肩膀说我是好人，说下乡蹲点儿扶贫那光景，对咱印象很好，对咱那村印象也深，很有感情，说他很喜欢咱们那个地方。"

刘叔嘴角上翘，沉浸在巨大的喜悦中。秦晓卉心里明白，刘叔在演戏。

"领导说了，咱那村子山清水秀，民风淳朴，就喜欢吃咱那地方长的野山菌，还有咱家里养的大公鸡，说以后再去咱那里，就住咱村，还住你刘叔家。"刘叔咂咂嘴，望着秦晓卉，"领导说了，就是咱家的房子，连个卫生间都没有，不方便，得翻盖翻盖，他下次再去，就不住县城的宾馆了，就住咱村。"

"那不挺好的吗？"

"是啊，是啊，所以咱回去得抓紧时间翻盖房子。"

"哦。"

"我跟他说了大光的事情，领导说了，这点儿事，都不是事儿，包在他身上，所以啊，过不了几天，大光就能回来了。"刘叔一脸兴奋。

"那得谢谢刘叔。"秦晓卉只是想和他客气一下。

"都是一家人，客气个啥啊，咱不就是办这事来的吗？"刘叔眨巴着一对小眼睛说，"千万别把你刘叔当外人。"

"您看，您这么大老远跑过来。"

"应该的，应该的。不过这回接触接触领导，也算是一次机会。领导答应了咱的事儿，你说，领导说的事情，是不是咱也得当回事儿啊？"刘叔盯着秦晓卉。

"那肯定。"

"所以等我回去，咱立马就翻盖房子。"

秦晓卉点点头。

"但是翻盖房子得花钱啊，侄儿媳妇啊，你看，你能不能和大光商量一下，给俺先拿上一万五千块钱？哦，对了，也没法商量，你先给刘叔凑一万块钱，算借给我。这个钱啊，在咱村里金贵，对你们说啊，不算个事儿，你们都是赚大钱的。再说啊，领导已经答应了咱的事儿，那领导的事情一定得办好，你说对吧，侄儿媳妇？"

望着刘叔一口黄牙，秦晓卉不紧不慢地说："我虽然是大光的媳妇，但是我们家的事情，都是大光当家，钱也是他管着。你说的这事儿，真得等他回来，现在，我也没办法。"

刘叔一脸讪笑。秦晓卉不再理他，刘叔起身拉开房门，摔门而去。

坐在沙发上，秦晓卉开始头疼，估计是被公公和刘叔抽烟熏的。公公和婆婆从卧室里出来，看到刘叔刚才坐过的位置空着，两个人一脸惶惑。

"走了？"

"走了。"

"咋回事儿？"

"他是一个戏精。"秦晓卉说，"他在演戏，给咱演了一出戏，就是想骗钱。"

"晓卉啊，你咋恁不懂事呢，人家刘叔是为咱家的事儿来的。"公公愤愤地说。

"是啊，是啊。"婆婆附和着。

"大光就是被拘留了，没多大的事儿，过几天就回来了。"

"你说得轻巧，大光都蹲大狱了，你还在这儿不着急。"公公把抽了一半儿的烟掐灭。

"你说你也是的，你俩过得好好的，他咋就去胡搞？做女人的，在家里得把老爷们儿伺候好，管好啊。"婆婆继续唠叨。

"你也别啰唆了。"公公霍地站了起来，转身出门。

半个小时后，公公回来了："我和老刘说了，该花钱就花钱，这年头儿，不花钱咋能办事儿。"公公一屁股坐下，"你刘叔说了，晚上再去找领导，再跟人家好好说说。"

"那就好，那就好，事儿得照着事儿办。"婆婆忙不迭地说。

秦晓卉看看黑着脸的公公，再看看婆婆："他就是个村里的干部，以前连北京都没来过，你给他花钱，让他跑到北京来找关系，可能吗？"

"村里咋了，我也是村里的。别说了，花钱我认，你不管找儿子死活，我管！"公公瞪起眼睛，忽然大声咳嗽起来，婆婆在一旁帮助公公捶着后背。

"你爹最近总咳嗽，行了，就照他说的办吧，等等你刘叔的消息。"剧烈的咳嗽之后，婆婆扶着公公去了卫生间。

晚饭的时候，秦晓卉接到一个电话："侄儿媳妇啊，我是你刘叔，叔和你说个事儿，我和领导说妥了，大光很快就出来，我答应人家，晚上去耍耍，我现在就在你家对面的七天连锁酒店，你快给叔送两千块钱过来，要现金……"没等他说完，秦晓卉挂了电话。

"是不是你刘叔有消息了？"婆婆放下饭碗，问她。

"广告骚扰电话，不是刘叔。"

夜里，公公的咳嗽越来越厉害，隔壁房间里，婆婆一会儿给公公捶背，一会儿出来倒水。迷迷糊糊没有睡好，早晨秦晓卉起来去厕所，公公正坐在客厅里抽烟，把秦晓卉吓了一跳。

秦晓卉出门，买来油条豆浆还有包子，回到家里，公公婆婆端坐在沙发上。

"爸妈，吃饭吧。"秦晓卉收拾好茶几，把早点放在他俩面前。

"在家里做点儿吃就行了，出去买，多费钱啊。"婆婆说，"晓卉啊，大光的事儿，还得你多上心，你爸身体不好，我们想今天就回去了。我俩在这里，也不管用，有啥事，你和你刘叔商量着办吧。"

"今天就回去？"秦晓卉问。

"嗯，你爸身体不中。"

"妈，要不我带爸去医院检查检查吧？晚上一直在咳嗽。"

"老毛病，不用管。吃完早餐你把我们送到火车站吧。"婆婆说，"没事儿，庄稼人命硬，没啥大毛病，估计是来的时候走急了。他在家里也经常咳嗽，没事儿的。"

"一个家庭，就得男人当家。啥事儿都得听老爷们儿的，就像我和你爸，在家里不管大事小情，都得你爸说了算。女人就是得这样，哪怕就是男人犯了错误，也得原谅他，由着他。男人犯错误，肯定是因为女人不够体贴，老爷们儿要的不就是那点儿事吗。他想要的，你都给他，想着办法把他给伺候好了，我就不信，他还会去外边找女人？"婆婆说，"这些都不说了，我俩得回去，家里还有一摊子事儿，猪得喂，你爹还得帮人家喂鸡打扫卫生。有你刘叔在这边就行了，有啥事儿，多和你刘叔商量，人家是见过大世面的人，多听听他的意见没错。我俩就先回去，大光出来以后，你俩好好的，别嫌弃他。"

婆婆眼泪汪汪地拉着秦晓卉的手："儿媳妇啊，你进了咱老张家的门，就是老张家的人，一切都得为咱老张家想着。你说，大光这么好的一个孩子，咋就学坏了呢，咋就变成了这个样子呢？"

第二章

给你讲一个故事吧

07.动物凶残（上）

公公婆婆说走就走。

拗不过他俩，秦晓卉开车把公婆送到火车站，买好车票送进站台，一直送上了车厢。回到家，已经下午三点多了。她坐在沙发上，把这两天发生过的事情，仔细梳理一遍，越发后悔。好在公公婆婆并不知道事情的原委，警察打电话也没说太清楚，否则真没法面对他们。都是因为这个糟糕的情人节游戏，这么一个愚蠢的游戏，生活才忽然变得如此混乱。

双手抱住头，秦晓卉不知道下面的事情该怎么处理，也不清楚张大光还要待多久才能出来。一阵阵疲惫袭来，不知不觉躺在沙发上就睡着了。这一觉不知道睡了多久，被一阵敲门声吵醒。秦晓卉起身开门，刘叔笑嘻嘻地站在门外，手里还拿着一个塑料袋，里面是一只酱猪耳朵。

"侄儿媳妇啊，事情都办妥了。"刘叔进门，把猪耳朵递给秦晓卉，"大光过两天就能回来。领导说了，还得做做样子，走走过场。你放心吧，刘叔都给你办好了。"刘叔一屁股坐在沙发上，点着一根烟，"晓卉啊，给刘叔弄俩菜，刘叔累坏了，晚上喝两盅解解乏。家里有酒不？"

"我公公婆婆走了，你咋还没走？"心里虽然很厌恶，但秦晓卉尽量保持语气平缓。

"你爸交代过，让咱无论如何把事情办好。你看，这不就办妥了吗，吃过饭我就走。"

这个刘叔贼眉鼠眼，越看越像一只老鼠。秦晓卉不明白，这只老鼠为什么又死皮赖脸地钻进她的家。切了刘叔带回来的猪耳朵，打开一个茄汁青鱼罐头，翻了翻冰箱，找出里面能用的蔬菜，做了一个张大光最爱吃的番茄炒蛋和一个青椒炒木耳。秦晓卉默默地收拾好餐桌，又翻弄出半瓶白酒。

"刘叔，吃饭吧。"

像一只肥硕的老鼠，刘叔大摇大摆地坐在餐桌前，伸手拿起酒瓶，为自己倒了满满一杯白酒，抓起筷子开始吃菜："唉，侄儿媳妇，你咋不吃？"

"刘叔，你先吃，我不饿。"

"那怎么行，来来来，咱是一家人，你不吃，让刘叔咋吃？你坐下，陪刘叔一起吃。"

秦晓卉只好坐下，刘叔又拿起餐桌上的空杯子倒上酒："陪你刘叔喝点儿，一个人喝酒没意思。"

"我不喝酒。"看着眼前这只肥硕的老鼠，秦晓卉一阵反胃。

"不喝酒？"

"我不喝酒。"

"如果大光在，一定会陪我喝。"刘叔眯起一双小眼睛，"你刘叔这可是第一回来北京，第一次来你家。"

"刘叔，你慢慢喝。"秦晓卉说。

"侄儿媳妇，这是到你家了，刘叔就在你这里吃顿饭，吃完就走，咋，你不欢迎？""老鼠"板起面孔放下筷子。

"欢迎啊。"听刘叔说吃过饭就走，秦晓卉松了一口气。如果这只老鼠不走，那可真是一件令人发愁的事，秦晓卉巴不得他立马滚蛋。秦晓卉端起酒杯，象征性地抿了一口。

刘叔喝了一口酒，又夹起一块猪耳朵扔进嘴里，吧唧着嘴说："晓卉啊，你们大城市的人，就是聪明啊，你看你，又聪明，又漂亮，俺家大光有福气啊。"

秦晓卉不说话。

"大光这孩子，他上大学，还是俺送过去的。他家里困难，是俺给你爹办的贫困户。他上学去，我还帮他办了特困生，每年都发钱，政府给的。每年暑假，都是刘叔给他盖章呢。"

"谢谢刘叔了。"

"这孩子，都是我看着，一路走过来的。"刘叔继续喝酒吃肉，"咋就犯了错误呢？我找给咱办事的领导问了，领导说这事儿还挺麻烦的，要是留下前科，可就坏了。"老鼠又喝了一口酒，看着秦晓卉说："侄儿媳妇，你说咋办呢？"

"刘叔，我也不知道，估计过几天就出来了。"

"哪有那么容易啊。不行不行，明天我还得去找领导，这事不行，留下前科哪儿行。"盘子里的猪耳朵吃掉了一半儿，刘叔喝得满脸通红。"多亏出门的时候，咱带了公章，明天我开一份证明，以咱村两委的名义，证明大光是好孩子，这回，最多是一时糊涂头脑发热犯了错误。"

"那就麻烦刘叔了。"瓶里的酒差不多见了底。

"侄儿媳妇啊，还是你们城里的生活滋润，你看你们这屋子里多暖和啊。你刘叔年轻时候，也走南闯北，当初要是留在城里就好了。"

"是啊，是啊。"秦晓卉盼着这只"老鼠"早点儿吃完滚蛋。

"侄儿媳妇啊，在村里，你刘叔也算有头有脸儿的人物了，处处被人高看一眼呢。"刘叔看着她继续说，"大光这事怎么办，就看你了！"老鼠双眼放光，在秦晓卉身上扫来扫去。

"刘叔，我问过律师了，大光这事儿，最多两个星期，您也就别忙乎了，让他在里面冷静几天，您觉得呢？"

"那哪行，律师都是骗钱的，律师的话你也信？来，来，喝酒，你陪刘叔喝酒。"刘叔举起了杯子，秦晓卉和他碰碰杯子，然后端起酒杯沾沾嘴巴。

"既然来了，我就没当自己是外人，大侄子的事情，就是我的事情。"刘叔一饮而尽，迅速伸过手来，摸了摸秦晓卉的耳朵。

"你干吗？"秦晓卉霍地站起来。

"咱是一家人，你咋恁见外呢？在村里，大姑娘小媳妇都跟刘叔开玩笑，刘叔想干啥都没问题。"一股酒气喷过来，刘叔也站了起来，按了按秦晓卉的肩膀，秦晓卉重新坐下，刘叔顺势低下头，把嘴巴凑近秦晓卉。

"你……"

"你们城里人，都细皮嫩肉的，侄儿媳妇……"浑身酒气的刘叔，拉起秦晓卉，一下子把她推倒在沙发上。

"你要干吗？"秦晓卉努力挣扎，但刘叔的两只胳膊牢牢地钳住她的身体，臭烘烘的嘴巴在秦晓卉的脸上蹭来蹭去。

"放开！再不放开，我可喊人了！"一阵窒息，秦晓卉使出浑身力气，撕扯伏在身上的这只老鼠。

"别别别，咱又不是外人。"刘叔用嘴巴堵住秦晓卉的嘴巴，一只手伸进秦晓卉的衣服里。瞬间恶心想吐，秦晓卉想呼救，却发不出声音来，眼前这个老畜生明显要图谋不轨。

"我想要的，还没有得不到的！"一阵狞笑，"村里的老娘们儿、小媳妇，我想要的，她哪个敢不给！"

刘叔开始撕扯秦晓卉的衣服。"救命啊！"秦晓卉拼命呼喊着，乳房被一只粗糙的大手捏住。

"我帮你办了这么大的事情，咋也得犒劳犒劳刘叔，侄儿媳妇，你说对不？"

"你这个混蛋！"秦晓卉奋力挣扎着。

当当当，当当当。

外边传来敲门声，准确地说，是在砸门。

刘叔一愣。

趁着这个机会秦晓卉挣脱出来，迅速拉开屋门。王立春忽地冲进屋子，看看慌乱的刘叔，再看看衣衫不整的秦晓卉，看明白了眼前的情景。

"抓流氓啊！快报警！他想强奸我！"

王立春冲上前，上去就是一个耳光，接着又是两脚。

刘叔像一只受惊的山猫，从沙发上一跃而起，号叫着夺门而去。

"没事了，没事了。"王立春过来，拍拍秦晓卉的肩膀。

一头扎进王立春怀里，秦晓卉放声痛哭。

王立春摸摸秦晓卉的头发："不哭，不哭，别怕，一切都会过去的，不是还有我呢吗。"

08.动物凶残（下）

瘫软在沙发上，秦晓卉浑身不停地哆嗦。

衣服上沾满了口水，嘴巴里、沙发上，还有空气中，到处都是那只老鼠留下来的臭烘烘的气味。目光里充满屈辱和愤怒，秦晓卉恶狠狠地说："都是牲口，没有一个好东西，都是畜生，都是道貌岸然的畜生。"

始料不及，这场突发事件被王立春迎面撞上，本想安慰一下秦晓卉，还没开口，捎带被骂了一通。

"你找我什么事？"秦晓卉终于冷静下来，一把推开王立春，"又想乘人之危，过来说点儿恶心人的话？"

"我的眼睛一直在跳，所以我过来看看你。"

"最多算是猫哭老鼠。"秦晓卉白了一眼王立春。

"刚才，那老流氓是谁？"

"张大光村里的，村干部。"

"他来干吗？"

"大光，出事了。"刚才的画面实在丑陋不堪，既然被王立春碰见了，索性不再隐瞒。压抑许久的情绪终于爆发，秦晓卉把张大光的事儿，还有公公婆婆来之后，从昨天到现在前前后后发生过的事情讲了一遍。"这回你们都满意了吧，我秦晓卉现在倒霉透顶。"

"王八蛋，土鳖都敢进城来找便宜，没天理了！"王立春目光里冒火，埋怨秦晓卉不早点儿把事情告诉他。

"大光和我说过，他生活的环境就是丛林社会，从小就在这种丛林中长大，丛林中不光有野兔和狼，还有刺猬、老鼠和毒蛇。所有的动物都是凶残的、贪婪的，包括人。"

"这个，也太夸张了吧？"王立春扶了扶眼镜，"人类的任何欲望，都应该隐藏在一块遮羞布里。"摇了摇头，王立春补充道："所谓文明，就是要保持底线，不准撕掉这块布。"

"夸张？别说得那么好听。"秦晓卉看着王立春，"在日本的时候，那个暴发户珠宝商想吃了我，你也想吃了我。"秦晓卉的腔调变得冷冷的。"这个社会，难道不是丛林吗？我曾经无数次幻想，我身边的人，都是善良正直的。今天我看清楚了你们的面目，你也不是什么好东西，收起你们的遮羞布吧。"

"没有那么严重。"王立春尴尬地笑了，"没有人强迫你做你不愿意做的事情。"

"那如果换了一个贪财的人，或者我是一个爱慕虚荣的女人呢？"

"那是另外一码事，我知道你是一个卓尔不群、特立独行的女人。"

秦晓卉不再说话。

"要不要报警？"王立春问她。

"不过是个土鳖，骗财骗色居然……窝边草也不放过。"秦晓卉自言自语。

"人渣无处不在。"王立春说，"那天在公司，我态度比较粗鲁，我道歉。"

"没必要。"

"但是，我要和你说一件事。"王立春严肃地说。

"你说吧。"

"Maggie 出事了。"

"出事了？"

"对，出事了，麻烦惹大了。"

"什么情况？"秦晓卉开始紧张，"我就是，就是想恶心她一下。"

"你只知道前面的事儿，但你不知道后面的事情。"王立春严肃地盯着她，"你知道后面发生的事情，后果有多严重吗？你把一个烂醉如泥的女孩儿，交给两个不明身份的社会青年，这不等于把羊送到狼窝里吗？那两个人都是渣滓，跟刚才这个老王八蛋一样的货色，而且更年轻、更坏、更凶残。你把 Maggie 亲手送进了狼窝里。"

王立春告诉秦晓卉，Maggie 被强奸了。

"什么？"

那两个黄毛儿，拍完照片，把 Maggie 扛进酒店。按理说，这俩小子拿了钱就应该滚蛋了，但是这俩小畜生偏偏精虫上脑，看着穿着暴露而且酒醉昏睡的 Maggie，开了房间，色胆包天一起进了房间。王立春看着秦晓卉："昨天，Maggie 找到我，说她保全了证据。"

秦晓卉眼前一黑。

"所以，这个事情麻烦了。"

"那咋办？"秦晓卉惊慌失措。

"Maggie 如果不依不饶，那俩小子和你，麻烦可就大了。我咨询过公司的法律顾问黄律师，当然没和他提你还有 Maggie 的名字，只说这个事儿，黄律师说这个算强奸罪，还是轮奸，是团伙作案，性质恶劣。"

"强奸罪，可是，我没有……"

"你的意思是，你是女人？我告诉你，这件事，你算主谋。"

"我只是让他俩拍照片。"

"是你找的他俩，对吧？"

秦晓卉点点头。

"你出了钱？"

"我没想到……"脑子迅速转了一圈儿，秦晓卉意识到问题的严重性，"那怎么办？"

"办法只有一个。"

"什么办法？"

"说服她别报警。"

两个人都不说话，秦晓卉浑身无力，瘫在沙发上。

"你说吧，怎么办？"半个小时后，秦晓卉冷静下来，"现在这个情况，你得帮帮我。"

"可以帮你，但是，"王立春站起身来，"得看你造化吧。"

"强奸罪"，这三个字在秦晓卉眼前晃来晃去。

"我只问你一句话。"王立春眯起眼睛看着秦晓卉，"你后悔没有？"

"后悔了。"

"知道这件事的严重性了吗？"

"知道了。"

"现在害怕了，晚了！"王立春声音变得严厉起来，"你就是一个强奸犯，而且是主犯！你的一个小聪明，彻底毁了公司的声誉。你知道外人怎么说紫标公司吗？算了，不说这个了，你也彻底毁了Maggie，指使两个烂仔轮奸了你的同事，秦晓卉，你够狠！"王立春走到门口，看着愣在那里的秦晓卉说："黄律师说了，态度好，主动赔偿，承担民事责任的话，也就是判个三到五年吧。"摇了摇头，王立春转身出门。

只是想教训一下Maggie这个烂货，没想到弄出这么大的麻烦来。

这两天的事情，堪比一部情节诡异的电影。

事情搞得一团糟，大脑一片空白。客厅外有人敲门，秦晓卉警觉地竖起耳朵。窗外有警车的声音，难道警察这么快就找上门来了吗？秦晓卉轻轻开门，面无表情的王立春重新进屋，坐在沙发上。

"你能不能别这样落井下石？"秦晓卉"哇"的一声哭出来。

"你想好了吗？"王立春问。

秦晓卉继续哭，不说话。

"不是我不帮你，是你自己得想好了。"

"我能咋想啊，事情已经这样了，大光还在拘留所，我还能咋样啊，蹲监狱就蹲监狱吧。"

"我可以帮你。"

"还能有啥办法？"

"我想办法说服Maggie。"王立春看着秦晓卉，"不过得看你的态度，看你愿意不愿意配合了。"

"我愿意，只要你能帮我，怎么都行，我愿意。"秦晓卉急切地说。

"这可是你说的。"王立春斜着眼睛盯着秦晓卉。

"还能咋样？"秦晓卉轻声叹气，"事情搞成了这样。"

"Maggie 这个人爱财，我觉得五十万现金的话，这个事情估计能摆平。"

愣了一下，秦晓卉咬咬嘴唇："可是，我没有那么多钱……"

王立春摆摆手，说："在日本的时候，那天晚上大胡子李总说过，如果你是他的人的话……"停顿一下，王立春接着说："我估计，他会帮助你。"

"无耻。"秦晓卉感觉自己受了侮辱，"我宁可蹲监狱，你走吧。"

"冷静，在监狱里待上三年五载的，日子可不好过。"

"那还能咋办，我认了！"

"别急，还有第二个办法。"

"什么办法？"

"我能摆平她。但是，有一个条件。"王立春脸上露出一丝微笑。

"行，我可以回去上班，钱，你借给我，我可以慢慢还你。"

"我的条件是——你得答应嫁给我！"

"你……"

"从见到你那天起，我就喜欢上你了。"

"你走吧，我是有老公的人。"秦晓卉忍住眼泪。身边所有的人都来欺侮她，都想占她便宜。张大光还在拘留所，刚才是那只老鼠，现在换成王立春，之前还有那个大胡子。自己就像一块肉，这些人，都想把她吃了。这些人一个个道貌岸然，但是一个比一个肮脏。这个世界暗无天日、肮脏无比。

"你结婚的时候，请我做证婚人，你知道，对我来说，有多残酷吗？"

秦晓卉不说话，王立春继续说：

"心如刀绞，万念俱灰。但是没有想到，哈哈，现在我才知道，你这是假结婚，你的结婚证是假的。"

"你……"

"别人都是隐婚，明明结了婚，说自己单身。没想到，你是假结婚。秦晓卉，你是高人，高人啊！"王立春顺势抱住秦晓卉，紧紧抱住她。

"你，你，不要！"秦晓卉拼命反抗，试图推开王立春，但是浑身无力，在沙发上动弹不得。

"秦晓卉，如果只是想睡你，我不会等到今天。"

秦晓卉的眼前闪过这般景象：一只瘦弱的绵羊，独自走在荒漠中，周围是一群强壮的狼群。狼群紧紧地围着羊，每一只狼的眼睛都冒着绿光，每一只狼都在嚎叫，都想吃了这只羊，而且是在这只羊最无助的时候。

而自己，就是这只羊。

这只羊周边，动物凶残。

09.给你讲一个故事吧

失之毫厘谬以千里。

一念之差，制造出这场无厘头的闹剧，生活里的一切，仿佛都失去了颜色。早晨，秦晓卉昏昏沉沉睁开眼睛，想做的第一件事儿，就是去看望张大光。出了事情之后，秦晓卉始终没有勇气去看望张大光，实在想象不出来，拘留所里的见面是个什么情景。但是，必须去见张大光了。趴在床头痛哭一场，犹豫很久之后，她还是开车跑到拘留所。

填写完会见申请，秦晓卉又有些后悔。拘留所的场景，见了面又能说些啥呢，跟他解释、道歉？或者说说父母来了，带着刘叔来捞人？想来想去，实在没脸见张大光，无法面对这一切。最后决定，暂时还是先不见了。

走出拘留所的大门，电话铃响了，是婆婆打来的电话。婆婆问她，大光有消息了吗？婆婆说，回去之后公公就病了。

秦晓卉问："严重吗？"

婆婆吞吞吐吐地说："如果有办法，就抓紧想办法，让大光趁早出来吧。"

"我刚刚去看了大光，问了拘留所，再有两三天，大光就能出来了。"秦晓卉纳闷儿，自己居然能够满嘴跑火车，随口编出这样的话来，她不愿意从婆婆口中，再听到那个像老鼠一样肮脏的刘叔的名字。婆婆带着哭腔说："我就这么一个儿子，出来就好。"然后挂了电话。

随后王立春打电话来，问她怎么没有来上班。

"我说过，要回去上班了吗？"

"你答应过我。"王立春说得斩钉截铁。

"那我变卦了呢？"

一阵沉默之后，王立春挂断电话。

春节已经过完，情人节也过了，但是北京还处在最寒冷的三九天。连日的雾霾，四处阴冷逼人，这天气如同秦晓卉的心情。刺骨的寒风吹过来，打在脸上像刀子割一样疼。秦晓卉不在乎这些，她喜欢疼痛，疼痛的感觉很真实。这种疼痛让她真实地意识到，这一切不是在梦中；这种疼痛也在提醒她，生活还得继续，眼前乱麻一样的困境，还得想办法解开。

电话铃又响了，是一个陌生的号码，秦晓卉机械地按下接听键。

"晓卉吗，我是 Maggie。"

"Maggie？"

秦晓卉诧异，Maggie 居然打来电话。电话里 Maggie 语气平静。

"Maggie，我……"

"一个小时后，蓝色港湾星巴克见吧，我有话跟你说。"不等秦晓卉说话，电话里变成了忙音。

Maggie 的葫芦里究竟卖的啥药呢？

单独去见她，会不会有危险？这次收拾 Maggie，的确有点儿莽撞，下手有点儿猛，但谁让她在这个时候招惹自己呢。有些时候，有些事情风险不可控。没想到自己找的人这么不靠谱，不遵守游戏规则，超越了剧本里的规定情节。尺度搞大了，到了没法收场的地步。

秦晓卉意识到，现在至少有两个游戏超越了游戏规则，不知道最终会以怎样的方式结束。

游戏连着游戏。

游戏变得凶险。

要不要去见 Maggie 呢？

如果去见她，会不会同样遭遇陷阱？ Maggie 会不会反戈一击，让自己陷入绝境？张大光在拘留所，家里公公又生病了，婆婆电话里哭天抹泪明显是在跟自己要人。

目前的处境，山穷水尽孤立无援。

Maggie 的事情，随时可以让自己成为一起恶性强奸案的主犯。王立春那边，不知道会不会乘人之危落井下石。这个时候，谁也帮不了自己。周围一片漆黑，只能自己面对。该来的总会来，既然躲不过去，只有挺身而出了。

秦晓卉看看手表，一个小时赶到那个咖啡厅，时间不宽松。迅速理了一下思绪，这个时候见面要干什么呢？ Maggie 是想和解呢，还是想鱼死网破，跟她打架要钱，或者是另有企图？

反正已经糟糕成这个样子，即使再坏又能怎样。拉了拉裹在身上的羽绒服，秦晓卉不想再开车，伸手拦了一辆出租车。

春节后的蓝色港湾，依然沉浸在节日的氛围里，来来往往的俊男靓女，让这个地方变得年轻时尚充满活力。

午后的阳光，有些刺眼。

那家咖啡厅，就在路边，很好找。咖啡厅的 LOGO，在阳光照射下显得呆板严肃，循着台阶一步步上到二层，深吸一口气，一把推开咖啡厅的门，秦晓卉冲进屋子里。

咖啡厅很空旷。

穿过一排排座椅，在最里面的角落，秦晓卉终于看到了 Maggie 的背影。Maggie 独自一人坐在那里，背朝着整个大厅，在昏暗的角落里，右手托着腮，弓身坐着，一动不动，背影憔悴落寞。

秦晓卉悄无声息地走了过去。

"Maggie，对不起。"她转到 Maggie 对面。Maggie 戴着黑色口罩和深色眼镜。

Maggie 示意秦晓卉坐下。秦晓卉把自己的包放在旁边的座椅上，又拉过一把椅子，坐在 Maggie 对面。两个人谁也不说话，你看看我，我看看你，就这样坐着。

咖啡厅里没有几个人。前台的店员面无表情地擦拭器皿，屋子里没有任何嘈杂声，音乐若有若无，服务生端来两杯咖啡。

"王立春找过你了吧？"Maggie 语气平和，听不出任何的感情，脸上戴着口罩，也看不到她的表情。

"嗯，找我了。"

摘掉口罩和眼镜，Maggie 脸上化着精致的淡妆，小鼻子小眼睛，五官精致，皮肤白皙，属于那种晶莹剔透的女孩儿。坐在对面，近距离地观察，秦晓卉忽然感觉，眼前的 Maggie 和之前的 Maggie，仿佛完全不是一个人。以前在办公室里，总觉得 Maggie 说话哆哆的，身上有一种浓重的庸俗气息。可是眼前的 Maggie，浑身上下流露出一股超凡脱俗的气质。

两个人悄无声息地喝咖啡。

秦晓卉很诧异，有种感觉很奇怪，做同事好久，自己对 Maggie 竟然一无所知。

"我得谢谢你。"Maggie 把杯子轻轻放在咖啡桌上，"我终于明白了一个道理，酒醉后，彻底清醒了。"

"我不明白你说的话。"秦晓卉说。

"很多事情，躲是躲不过去的。这世界上，每天很多人在骗你，最重要的，是你自己不能骗自己。"

秦晓卉看着 Maggie："你找我，到底想说什么？"

"我给你讲一个故事吧。"

咖啡厅里很安静，两个人宛若一对闺蜜，Maggie 娓娓道来，秦晓卉认真倾听。完全没有想到，游戏之外还有另外一个游戏。

Maggie 的故事，让秦晓卉彻底震惊。

10.我可以嫁给你

故事的跳跃性，超越了秦晓卉的想象和判断。

甚至，相对于任何人类绞尽脑汁编造出来的情节，生活本身更可笑、更荒诞，更是毫无逻辑不可理喻。没有办法，理性和非理性，不过是一念之差而已。

"很多事情，躲是躲不过去的。这世界，每天很多人在骗你，最重要的，是你自己不能骗自己。"

Maggie 语气平缓。

Maggie 的这句话，忽然之间给了秦晓卉很深刻的启示。

事情搞成了这个样子，无处躲藏，也无路可逃，这种局面，已经不在自己能力控制范围之内了。任何逃避，都毫无意义，该来的总要来，就像那个猥琐肮脏的刘叔，那只龌龊的老鼠；就像道貌岸然的王立春，总是一脸微笑，谁知道这微笑之后，隐藏着怎样险恶肮脏的用心。也许角落里还藏着千千万万只老鼠，它们正睁大眼睛伺机而动。这时候，任何的退缩，都会更加激发出他们向你发动进攻的勇气。

生活的逻辑就是一环扣着另外一环。人倒霉的时候更是如此，你越是害怕，越是担心，越是退缩，最后你会发现，倒霉的事情就会越来越多，甚至劈头盖脸地一起向你袭来。这时候，不能尿，秦晓卉攥紧拳头。好多人在等着你跌倒，等着看你的笑话，绝不能尿。即便是你尿了，眼前的问题也不会得到丝毫的解决。

秦晓卉风风火火冲进公司，也不敲门，径直推开王立春办公室的门。紫标公司总经理办公室，王立春坐在宽大的老板台前，左手握着两个核桃，右手拿着一把紫砂壶，正往杯子里倒茶。茶倒了一半儿，冷不丁见秦晓卉闯进来，手一哆嗦水倒在了桌子上。

"你得帮我一个忙。"秦晓卉面无表情的样子，让王立春很吃惊。

"什么事这么慌里慌张？"盯着秦晓卉，王立春端起茶杯又放下，"Maggie 那边，都安抚得差不多了。"

"那个事情先不说。"秦晓卉坐在王立春办公桌对面。

"那是你想好了，要回来上班？"

"你得帮我一个忙。"秦晓卉重复一遍刚才的话。

"说吧。"

"你帮我想办法，先把张大光弄出来。"

"我为什么要帮你把他弄出来？Maggie 的事情，我可以帮忙，但是……"

"你得帮我，必须帮我！"秦晓卉瞪大眼睛，声音像动物绝望的嘶吼。

"我可以帮，也可以不帮。帮忙的话，那要看怎么帮了。"在秦晓卉喷火一样的目光注视下，王立春败下阵，语气变得缓和，"你想怎么着，说说看。"

"我答应你。"

"你答应我？"

"我答应你一切条件，可以……"秦晓卉咬紧嘴唇。

"一切条件？"

"我可以嫁给你。我答应，嫁给你。"

"你逗我玩儿？"刚刚端起水杯的王立春，又把水杯放下。

"张大光的父亲去世了！"秦晓卉彻底崩溃，坐在王立春对面，哇哇大哭。

这个世界上的事情，有时候就是这样凑巧。

一个小时之前，秦晓卉接到刘叔手机打来的电话，刚想破口大骂，电话里传来婆婆的声音："你爹没了。"婆婆的条理很清晰，他们只有张大光一个儿子，眼下的光景，无论如何，得想办法让他回来奔丧。

秦晓卉傻了。

前两天，公公还坐在自己家的沙发上抽烟，只是临走的时候一直在咳嗽，刚刚回去三天的时间，怎么一下子就去世了呢？公公婆婆走了之后，秦晓卉打扫房间，发现卫生间纸篓里有带血的手纸。接到婆婆电话，这才醒悟过来，肯定是公公在的时候，咳出来的血。秦晓卉责怪自己太粗枝大叶，没有及时发现。

公公去世，这是一个天大的事情。事情糟糕成这样，不能再糟糕下去。这时候张大光不能回去，秦晓卉会变成千古罪人，不光张大光不会原谅她，谁也无法原谅她。

现在的情况，必须得把张大光捞出来。

不管用什么方式捞，事不宜迟。张大光出来的意义，比任何事情都重要。这个事情的价值，超越任何理性的情感。已经走投无路，必须不惜代价。

秦晓卉像一头红了眼睛的困兽："张大光必须得出来，你必须帮我，你必须答应我！"见王立春不说话，秦晓卉三步两步蹿到自己的办公室，又旋风一样回到王立春的跟前。秦晓卉把手里拎着的两个包儿，扔在老板台上，一个紫色，一个暖蓝色。

"你……什么意思？"王立春一脸茫然。

"这只紫色的，是你送给我的。现在告诉你，这个蓝色的，是在你去买之前，我买给自己的。"看着王立春，秦晓卉继续说，"我就是想告诉你，我秦晓卉百毒不侵，无论哪个男人，想用金钱收买我，都是不可能的。所以，你送我的包儿，原封未动，现在还在这里。"

"什么意思？"

"两个包儿，除了颜色的区别，品牌一样，价格一样，品质相同，不是说这个紫色的就不好，也不是不喜欢。但是，这个蓝色的，是我先看中的，我一眼就看上了它，人的审美和经验，都是先入为主，所以，我就认为自己喜欢这个蓝色的。"

"然后呢？"王立春还是一脸茫然。

"如果，这个蓝色的坏了，旧了，或者我把它送给了别人，再或者，它根本就不存在的话，那么，这个紫色的，是最佳候选。"秦晓卉淡定地拿起王立春的杯子，咕咚咚喝了一口水，直接用袖口擦擦嘴角儿，用挑衅的眼神看着他。

"然后呢？"

"没有然后了！"

阳光转到王立春办公室这边。

暖暖的阳光，从大裤衩形状的建筑物头顶掠过，穿越玻璃窗，投射在宽大的桌子上。秦晓卉的两个包儿，在阳光照射下，更加玲珑剔透。暖蓝色的包儿，清新自然，超凡脱俗，安安静静充满温暖。一束阳光打在紫色的包儿上，就像是商场陈列柜上的射灯发出的光，紫色的包儿更像一个成熟的女人，站在舞台中间，在灯光照射下充满成熟的魅力，分外妖娆。

王立春拿起一块毛巾，不紧不慢地擦干洒在老板台上的水，又拿起一支毛刷，蘸着茶台上未吸尽的茶水，涂抹那把紫砂壶。毛刷上的水，被紫砂壶吸进去之后，很快被阳光晒干。王立春继续用毛刷，在紫砂壶上涂来抹去。

秦晓卉和王立春相向而坐，就这样静静地一言不发。

"你想好了吗？"许久之后，王立春问。

"想好了。"秦晓卉回答得很干脆。

阳光慵懒，两个人不再说话。

11. 无路可逃

秦晓卉无路可逃。

在拘留所里的张大光，当然不知道外面发生的这一切。拘留所里的日子是漫长的，张大光在里面待了九天。这九天的时间，除了每天背诵监规，就是吃饭睡觉晒太阳。每一天都被抻长，甚至觉得，一天的时间像过去一年。第九天一早，天刚蒙蒙亮，有人通知他可以走了。张大光还奇怪，不是说好十五天的吗，既没有立功表现，也没啥可以宽大处理的情节，难道在这里待傻了，时间概念变得模糊，把十五天当成刚刚过了九天？

走出拘留所的大门，张大光一眼就看见王立春的车停在门口，司机一个人孤零零地站在那里。见他出来，司机把烟头扔在地上踩灭，帮他拉开车门，两个人没有说话，张大光默默地上车。

为什么是王立春的司机，秦晓卉怎么没有来接他？

汽车明显不是往家的方向走，而是开出了城区，直接上了高速公路。难道自己被绑架了？

"咱们去哪里？"

"去郑城。"

张大光吃了一惊："干什么去？"

"老板这么安排的，王总和秦总昨天晚上就出发了，他俩在那边等，安排我今天过来接你。"司机指了指车座位上的纸袋，"秦总给你准备的衣服，让你换上。在那边，可能有重要的事情吧。"

司机不再说话，车子开得飞快。

出来之前，从拘留所拿回了所有个人物品，翻出手机想给秦晓卉打个电话，手机没电无法开机。张大光也懒得跟司机张口借，一路上揣摩着，王立春和秦晓卉为啥要去那边等他。

秦晓卉后来才知道事情的原委。

那天，刘叔碰了一鼻子灰，又挨了一顿揍之后，气呼呼地跑回老家，进了村子恢复了神气，逢人就说张大光因为嫖娼进了拘留所，他特意去北京捞人。还和秦晓卉的婆婆说，张大光没在家，秦晓卉跟一个小白脸私通，正被他撞见，当时的画面不堪入目。说完还不忘补充一句，丢人啊。

其实，张大光的父亲已经病了半年，经常咳嗽咯血。为了省钱，父亲坚决不去医院，抓了几服药，一直这么硬扛着。去北京走得匆忙，没有带药，奔波劳碌加上着急上火，老毛病犯了。因为咳血，公公和婆婆决定先回来，委托刘叔帮着疏通关系，刘叔也信誓旦旦拍胸脯让他们放心，说自己有过硬的关系。

他俩回家的第二天，刘叔就回来了，添油加醋编造一番秦晓卉偷人的事情。还说，秦晓卉才不管张大光的死活，既不肯花钱，也不愿意出力。好不容易找关系托的人都恼了，弄得他没办法，就回来了。大光的事，凶多吉少，一时半会儿出不来，工作也得丢，还要留案底。

公公一口鲜血喷出来，送到县城医院，人就不行了。

事情紧急而且复杂，王立春和秦晓卉马不停蹄赶了过去。

前一天晚上，王立春和秦晓卉夜里10点多进村。婆婆一脸疲惫，目光像刀子一样盯着两个人的脸问："大光呢？"

"大光得明天中午才能赶过来。"秦晓卉目光怯怯地看着婆婆。

王立春在灵柩前鞠了三个躬，然后拿出一个信封递给秦晓卉的婆婆："阿姨您节哀，我是晓卉单位的领导，这是我们公司的一点儿心意。"

婆婆依然冷冷地看着两个人，不接王立春手里的信封。贼眉鼠眼的刘叔抢着接了过来。

"这位我看着眼熟，是不是我们见过？"王立春假装不认识刘叔。

"我是村里的干部。"刘叔没有认出王立春来，一本正经地自我介绍。

"晓卉，我得先走。这边的公安局局长，是我大学同学，本来说好，晚上请我吃饭。"王立春看看手表，"现在看，只能吃消夜了。"又盯着刘叔说："我想起来了，你是村里的书记吧？"明知道刘叔只是村里的会计，但王立春还是故意这样称呼他，"上次在北京我们见过，要不，书记陪我走一趟？正好认识一下我同学，他是咱这地方公安局的老大，以后有啥事情可以互相关照。"

刘叔哆嗦一下，吃惊地看着王立春："大光他……明天真的能回来？"刘叔终于认出来，王立春就是那天狠狠揍了他一顿的人。

"大光去香港出差，晓卉给他打过电话了。"王立春故意提高音量，"大光的航班后半夜到北京，明天上午就能赶到。"

"那就好，那就好。"刘叔很识趣地附和着。

"哎，刘叔，你不是说大光耍小姐被抓了吗？"旁边有人问。

"你胡球儿说个啥？别传瞎话儿！"刘叔给了那人一巴掌。

"前天，你亲口说的啊。"

"滚滚滚，你个混球儿不懂说笑话，你以为大光是你啊，整天吃喝嫖赌的。"刘叔干笑一声，"给我滚，下次你再进去，我可不去捞你。"

"晓卉，你家客厅的监控视频带着呢吧？"王立春也是个戏精，秦晓卉立马明白，王立春开始演戏了，"要不，你把那段录像给书记看看？"王立春不怀好意地看着刘叔。

刘叔表情复杂："不用不用，咱农村人，啥也看不懂。"

"还是带给我同学吧，一会儿见了面，我让他看看。"王立春盯着刘叔，"今天就是我同学安排车子，从机场把我们送过来的。现在，我同学的司机还在外边等着呢。要不，你跟我一起去吧？"

刘叔往后退了退，躲到秦晓卉身后："晓卉，晓卉，侄儿媳妇，你看这边你爸的事儿，还得我招呼着，你和领导解释解释，我就不去了。对不住了，对不住了。"刘叔可怜巴巴地说，"你刘叔明白，你刘叔明白。"

"大光去香港的事情，那天，我和你说过，你怎么就给忘了呢？"王立春眼睛里冒出一丝寒意。

"是啊，是啊，没忘没忘，咋能忘了呢。我知道大光去香港的事，大光还给我打电话说了呢，说下次要请我吃饭。"

"看来，刘叔也是个明白人，大光是从咱村出去的，可是有人埋汰他，这就不好了。"王立春步步紧逼。

"你们说，大光马上能回来？"婆婆看看这个，看看那个，有点儿糊涂。

"阿姨，大光去香港开会去了，真不巧，赶上这个节骨眼儿。"王立春叹了一口气。

"妈，大光出差了，正往回赶呢。"秦晓卉接过王立春的话茬儿，"最晚明天中午就能到了。"

"那就好，我就知道大光这孩子有出息。"刘叔上前握住王立春的手，"领导啊，您有事情就先去忙，先去忙，这边的事儿，您放心，我们招呼着。您看这么大老远的，您还赶过来，真得好好感谢您，哪里做得不周到，哪里有得罪的地方，咱农村人不懂事儿，还请您宽宏大量啊。"

一通点头哈腰，刘叔更像一只惊慌失措的老鼠。

瞪了刘叔三秒钟，王立春扭头走出院子。

12.这是一个意外

山村的夜晚，漆黑寒冷，充满悲壮感。

唢呐哀鸣，撕心裂肺的高音和沉重巨大的黑暗，包裹起整个村庄。惨白灯光照射下的院落，凝固成一张黑白水墨画。秦晓卉疲惫麻木，不知所措也不愿意说话，跟随婆婆在院子里机械地来回走动。想念张大光，眼前的光景，才真正明白母亲常说的一句话：男人是家里的依靠。没有张大光，此刻的秦晓卉六神无主。

这是秦晓卉第二次来张大光家。

本来想着，等到秋天，和张大光一起过来，来看张大光经常向她吹嘘的村外大片的向日葵。张大光说，满眼灿烂，到处都是金黄金黄的色彩，那是村子里每年最美丽的季节。

秦晓卉喜欢凡·高的《向日葵》，但没有见过田野里长出的向日葵的样子。秦晓卉一直筹划着，等到了秋天，休年假来村子里看向日葵。两个人坐着火车，在大片大片灿烂的向日葵里穿过，那该是多么美丽的场景。金黄的色彩里，两个人手拉手肩并肩，依偎在一起，看着窗外满眼金黄，来一次浪漫的中原之旅。

张大光回到村子，已经是下午两点多了。

一路上司机都在超速行驶。到了县城，看着熟悉的街道，张大光问司机："兄弟，到底怎么回事儿？"

"我也不知道，老板让我接上你，说中午前必须赶到，但是这么远的路，打死我也跑不到啊。一会儿，你问他吧。"

继续狂奔。

进了村，张大光还在瞌睡。汽车停在家门口。听到唢呐声，张大光一个激灵，拉开车门蹿了出去，看到门前搭着的灵棚，终于明白了眼前的一切。

像一个犯了错误的孩子，秦晓卉在村子里，手足无措恍恍惚惚。这些天，秦晓卉都是这种状态。

秦晓卉注定不属于这个小山村，不管是她的穿着打扮，还是发型，甚至表情动作，在人群里，都显得那么突兀。晚上和婆婆住在一个土炕上，秦晓卉顾不上房间里没有厕所，也没有感觉到特别寒冷，甚至忘记张大光家炕上成群结队的跳蚤。她始终处于一种紧张状态，她知道作为儿媳妇，应该入乡随俗扮演一个好媳妇的角色，但她不知道在人群中应该如何表现。葬礼上，秦晓卉不会像村里妇女那样哭天喊地或者撕心裂肺地干号。穿着一身白色孝衣的秦晓卉，端庄美丽，但她怎么也学不会像别人那样磕头行礼，见到村里的人，更不知道应该怎么说话。总之，一切都游离于这个村子和眼前的这场葬礼之外，一切都显得和周边的环境格格不入。虽然尽了最大努力，偷偷观察模仿别人的行为举止，但是完全不是那个感觉。

按照村里的风俗，父亲去世的第三天，也就是张大光回来的第二天，是出殡的日子。这一天出奇的寒冷，张大光把一个瓦罐摔个粉碎之后，八个小伙子抬着棺材，张大光打着幡儿，身后是缓缓举着花圈的人群。凄厉的唢呐声中，送行的队伍缓慢走出村子。

父亲的丧事办得很简单，简单得甚至有点儿潦草。

出完殡，张大光和秦晓卉回到家里。母亲说："只要我儿能回来，简单点儿不要紧。你爹的病不是一天两天了，我们心里早有准备。"三间土房低矮破败，坐在阴冷的屋子里，张大光一脸颓废。屋子里静悄悄的，窗户上的塑料纸，被风吹得呼啦啦响。

"妈，都怨我。"葬礼上没有掉过一滴眼泪的张大光，咕咚跪在地上，号啕大哭。

"回来了就好。"婆婆坐在炕沿上。

秦晓卉凑过来，默默地拉起他。这两天各种忙碌，两个人甚至没有来得及说句话。

"大光啊，晓卉是个好媳妇。"母亲缓缓地说，"你爸这事，谁也不怪，这都是命。"

"妈，都是我……"张大光痛哭。

"你爸走了，这是他的命。以后，你俩好好过。"母亲看着秦晓卉，"媳妇啊，难为你了。"

"妈，你别难过，要骂，你就骂我吧。"秦晓卉也哭了。

"妈看出来了，你是个好媳妇。"

秦晓卉抱住婆婆，婆婆帮她了擦了擦眼泪："妈都看出来了，妈也不傻，还能分得清是非。村子里的人没见过啥世面，有的人没安好心，见不得别人好，喜欢嚼舌头。大光能回来，我得感谢你，我们有个好媳妇，妈这辈子都感谢你。"婆婆站起身来，向秦晓卉鞠了一个躬。

秦晓卉大惊失色，搀住她："妈！"

"晓卉啊，好媳妇，这次要是没有你，摊上这个事儿，不知道咋办了。"婆婆拉着秦晓卉说，"大光以后就交给你了。"看了看张大光，婆婆接着说："大光，咱们全家都得感谢你媳妇。"

婆婆说，大光他爸一辈子要强，家里只有这么一个儿子，两个人倾其所有供他上学念书，并不指望他能够出人头地，只是希望他走出这个村子，走得远远的，最好永远都不要再回来。

"我们在这个村里，住了一辈子，我和你爸，都是胆小怕事的人，为人处世，我们处处小心，生怕得罪人。但是这个事情，你们也看了，就是因为大光有出息，他们到处败坏他，到处给他泼脏水。晓卉啊，这回多亏了你，那个老不死的刘叔，到处胡说。如果大光这次回不来，你爸躺地底下，也会死不瞑目啊。"婆婆擦了擦眼角儿看着两个人，"以后，你俩好好过。"

"妈，你跟我们回北京吧。"秦晓卉说。

"我老了，哪里也不去。"婆婆说，"只要你俩过好了，就行。"

婆婆告诉秦晓卉，刘叔昨晚上悄悄来了，各种赔不是，就差给自己跪下了。王立春的话，把刘叔吓得屁滚尿流，退回了从张大光父母手里拿走的钱。刘叔一脸歉意地说，也没帮上忙，求婆婆和秦晓卉说一声，让秦晓卉的领导别再追究他，只要能放他一马，怎么赔礼道歉都行。

婆婆当时对刘叔说："老头子死了，我的脑子不够用，不知道你在说啥。"刘叔打了自己一个耳光，说不该在村子里瞎说八道，马上去更正辟谣。脑袋被驴踢了，那些话都是胡说八道，信口开河。说完，又狠狠抽了自己一个嘴巴。

婆婆说，村里人就是贱，看见张大光坐着小汽车回来，觉得张大光有出息，立马忘了刘叔的胡说八道，相信大光是因为出差耽搁，晚到了一天。整个葬礼，全村人几乎都跑过来，跟着忙前忙后。

婆婆说，这都得感谢秦晓卉。

秦晓卉看看婆婆，又看看张大光，不知道该说些啥。婆婆说，如果再给她生个孙子，就更好了。

"妈，你还是跟我们回北京吧。"张大光说。

"哪里也不去，我住这里习惯。"

"妈，跟我们走吧，我俩好照顾你。"秦晓卉摇了摇婆婆的手。

"再说吧，等明年，你们给我生个孙子，我去给你们看孩子。"

婆婆接着说，都过去了，不要多想了。这是一个意外，谁也想不到的意外。

第三章

婚姻不是玩笑

13.我要看向日葵

冬日里的村庄,阴暗寒冷,了无生机。

秦晓卉愈发渴望那片黄灿灿的向日葵。张大光说过,向日葵开花的日子,是他家最美的季节,空气里弥散着花开的味道。蜜蜂嘤嘤嗡嗡在空中起舞,从这朵葵花上起飞,再降落到下一个向日葵上。向日葵的浓烈色彩,让村庄变得生机勃勃,整个村庄,沉浸在丰收的喜悦里。

"明年,能带我来看向日葵吗?"

"向日葵?"

"只吃过葵花籽,没有看过向日葵开花的样子,"秦晓卉说,"明年,你能带我来看吗?"

"我没有爹了。"张大光抱住秦晓卉,抱得紧紧的。

"给我讲讲,你小时候的故事吧。"秦晓卉轻声说。

两个人躺在火炕上,张大光给秦晓卉讲起了父亲。张大光和父亲,平时很少说话。小时候,夏天,天刚蒙蒙亮,父亲就起床了。父亲从来不会喊他起床,走到屋外,只消干咳一声,困得睁不开眼睛的张大光,就会一骨碌从炕上爬起来,睡眼蒙眬地扛着锄头,和父亲一起去自家的田里除草。那时候张大光还在上小学,早上和父亲一起干两个小时农活儿,再给家里养的牛割一筐草。父亲抬头看看升起的太阳,告诉他时间不早了。张大光麻溜地扛着锄头,背着一筐草跑回家,抓起母亲蒸好的热气腾腾的馒头,背起书包去上学。

两个人沟通虽然很少,但张大光和父亲有着天然的默契。很多时候,很多事情，不需要说话，父亲的一个眼神一个动作，他就会明白父亲要表达的意思。但是现在，再也不会有和父亲的这种默契了。

张大光说，后悔一件事儿，就是没有抓紧时间，盖好新房子。

秦晓卉搂住张大光的脑袋，轻轻拍拍他的肩膀。

"这次，多亏你。"张大光轻声说。

"不恨我就行了。"

电影里面的故事情节都很美好，现实中却不是这样子。秦晓卉说，都是因为电影看多了，才搞得如此鸡飞狗跳。短短的几天，生活里发生了太多，秦晓卉头脑变得迟钝，或者说，变得不愿意主动去思考很多问题。

事情办完了，家里再没有外人打扰。院子恢复了平静，显得空落落的。婆婆绕着院子来来回回走动，像是在计算着什么。之后，婆婆回到堂屋，抱柴做饭。

晚饭上桌，婆婆做了一盆面条。

"芝麻叶面，趁热吃。"婆婆招呼秦晓卉吃饭。

芝麻叶面，是张大光最爱吃的，每年暑假回来，公公都会背起笸筐去田里采来新鲜的芝麻叶，婆婆亲手擀面条做一顿芝麻叶面给他吃。现在季节不对，没有新鲜的芝麻叶子，这些芝麻叶都是之前挂在墙上晒干的，知道张大光爱吃芝麻叶面，每年公公都会多晒点儿。干芝麻叶子用开水泡开，再放到锅里煮 5 分钟，芝麻叶的清香入了面条，虽然不如新鲜的好吃，但也还是那个味道。

"芝麻叶面是咱这地方的特产，上过《舌尖上的中国》。"婆婆对秦晓卉说，"卉，趁热吃，尝尝好吃不？"

张大光端起碗默不作声吃面条。秦晓卉端起碗又放下，眼泪扑簌簌掉在碗里。

"再住一晚，你们回去吧。"婆婆说，"不用担心我，我累了，你们赶紧走，让我清净清净。"

没有麻烦王立春派车来接，秦晓卉买了回北京的火车票。出门前，婆婆亲手做了胡辣汤和炸油条。婆婆对张大光说："你爸不在了，你是家里的男人，咱家以后就得你撑大梁了。"

"想吃烤鸭了。"回到家里，一路上没有说话的张大光说，"好久没吃烤鸭了，现在就想吃，是那种特别特别想吃的感觉。"

"那就吃。"顾不上洗澡换衣服，秦晓卉开车拉着张大光，直奔烤鸭店。

餐厅里灯光温暖，装修华丽。烤鸭在灯光照射下，颜色金黄，香味四溢。一个年轻姑娘柔声细语介绍烤鸭的特色。伴着轻柔的音乐，厨师片鸭子的动作潇洒飘逸行云流水。张大光眼睛直勾勾地盯着烤鸭，秦晓卉分明听到吞咽口水的声音。拘留所的伙食肯定不好，这些天太折腾了，在村里又没有好好休息，张大光面容憔悴，表情木讷。这个场景，特别像刚从村里进城的农民工慕名来吃北京烤鸭。厨师终于不再挥舞刀具，说了一声"您二位慢用"，推着餐车和服务员一同退后。

秦晓卉给张大光卷好烤鸭，递给他。接过烤鸭，张大光开始狼吞虎咽。

"大光，妈说了，咱家以后得你撑大梁，我不能没有你。"秦晓卉心疼地流眼泪，"我再也不离开你了，一天也不。"

"我也习惯了，每天和你在一起。"

"大光，咱把妈接过来吧，她一个人挺孤单的。"

"她不会来的。"

"那咱开春，就把房子翻盖了。"

沉默一会儿，张大光说："我妈说，她跟我爸在这个老房子里结婚，在老房子炕上生了我，老房子还是给她留个念想吧。"

婆婆也跟秦晓卉说过这些话。婆婆说："你爸不在了，我住啥房子，还不是一样。"秦晓卉不再说话，看着张大光吃烤鸭。看来真是饿坏了，秦晓卉为张大光卷鸭饼，供不上吃的间隙，张大光自己伸手抓鸭肉，然后直接丢进嘴巴，就像饿狼啃食一样，甚至来不及咀嚼，风卷残云一套烤鸭迅速吃光。

"不够咱再要一只。"秦晓卉递给他最后一片鸭饼。

"这几天，吃得太素了，就想吃肉。"吃完烤鸭，张大光抹了抹嘴巴。

"昨晚的芝麻叶面，你也没少吃啊。"

"没肉，吃不饱。"张大光继续说，"晓卉，我想跟你商量个事儿。"

"你说。"

"我想……想跟你分开。"

秦晓卉低着头不说话，沉默了好几分钟，才开腔："为什么？就因为……我做了那个蠢事儿？"

"晓卉，你有没有觉得，咱俩就不是一个世界里的人？"

"没有那么严重。"秦晓卉认真地看着张大光。

"就像芝麻叶面跟这烤鸭，放一张桌上，根本就不是一码事儿，怎么看怎么别扭，吃不到一块儿去。"

"你这是想多了，别给自己造概念。大光，咱俩好好过吧。"

"举个例子，你给我买的手机，不是我不喜欢，但是用的时候，我很紧张，特别紧张，我怕手一滑掉在地上，把它给摔碎了。"

秦晓卉诧异地看着张大光："那不就是个手机吗？"

"是，就是个手机，但是我每天用的时候，心里非常紧张。"张大光说，"而且，每次用的时候，我心里特别难受。"

"为什么？"

"它和家里的这些家具电器一样，都是你买来的。每次用它打电话，它都在提醒我，这个，是秦晓卉花钱买给我的。你刚才说，要我在家里撑大梁，可是，我什么也做不好，钱也赚不来，处处……都不如你。"

"你怎么会这样想呢？"秦晓卉轻声叹了一口气。

张大光说，自己出生的环境秦晓卉也看到了。因为贫穷，人们更加功利狡诈，虽然离开了那里，但是，这种贫穷和阴暗，始终还在自己心底。刚认识秦晓卉的时候，他觉得出身背景和阶层差异，是可以通过努力逐步缩小的。但是，结婚这么多年之后，自己变得越来越自卑，越来越深刻地认识到，两个人之间的这种差异，不仅仅是城乡之间或者文化背景的差异，更是一道看不见的鸿沟，是一种完全不可逾越的阶级差距。

"晓卉，我承认，我爱你，深深地爱着你，你已经成为我生命里的一部分，长在了我的身体里……但是，你知道吗，这种爱，让我感觉到疼痛。"张大光说，"在一起的时候，是一种疼，分开可能是一种痛；但是如果不分开，那就是永远的疼痛。"

"你是从什么时候，开始这么想的？"

"应该是，在拘留所里。"

"你怎么会这么想呢？"

"之前，我总觉得，我们之间总是有点儿不和谐。"张大光看着秦晓卉，"你看你不仅漂亮，还特别能干，是写字楼里的高级白领，我一直以你为骄傲，庆幸找了这么优秀的媳妇。但是时间久了，怎么都跟不上你的节奏，越发感觉到生活里你是你，我还是我，我们就像两条平行的河流，彼此相爱，却始终有距离。"

张大光说，以前从来没有想过这个问题，但是在拘留所里，有了大把的时间，每天可以仔细思考，自己越来越清醒。在村子里这两天，更加清楚地认识到这点。"我们分开，也是很简单的一件事情——法律意义上，其实我们并没有结婚。"

秦晓卉沉默不语。张大光说，在拘留所里的那些天，脑子每天都在转，停不下来，转来转去，都在想这些事情。

"终于想起来，自己姓啥了。"

"我要看向日葵。明年，你带我去看向日葵。"秦晓卉看着张大光，张大光的表情熟悉而陌生。

14.婚姻不是玩笑（上）

拉开窗帘，窗外依旧灰蒙蒙。几只麻雀蹲在树杈上，目光呆滞，垂头丧气地打着盹儿，或许因为找不到食物发愁，或者饱食终日无所事事。那神态和双手揣进袄袖、蹲墙根儿晒太阳的老人如出一辙。漫长的冬季过后，北京经常是这样的天气，不冷不热，不晴不阴，到处光秃颓废灰头土脸。这种天气，让人发疯。秦晓卉打开窗户通风，开窗的声音搅扰了麻雀的睡意，一个趔趄差点儿从树梢上掉下来。一群麻雀拍动翅膀，呼啦啦迅速离去。

或许到了取暖季的尾巴，室温始终上不来，家里变得冷冷清清。穿着棉睡衣，秦晓卉依然手脚冰凉。张大光沉默寡言，蜷缩在沙发上抱着手机玩游戏。屋子里气氛沉闷，令人呼吸困难。秦晓卉感觉自己陷入了人生的至暗时刻。那个夜晚的经历，以及有关情人节的任何字眼，都成了两个人的敏感话题。待在屋子里，除了喘息之外，其他的声音都是多余的，随便一句话，任何一个词汇，都可能成为这个屋檐之下的禁忌。

平时蜷缩在沙发上的张大光，早上一反常态出了门，秦晓卉长长地呼出一口气。

电话铃响了。秦晓卉心里默念，谁这么讨厌，这么早就打电话。瞄了一眼手机，屏幕上显示是母亲的号码。接通电话，母亲问她："你在哪里？"

"我在家啊。"

半个小时后，母亲出现在秦晓卉的客厅。秦晓卉绝对没有想到，母亲居然会来北京看她。

"我就住在旁边的酒店。"母亲轻描淡写地说，"我来看看你，昨天到的，我和你爸来旅游。"

秦晓卉更是惊愕："来旅游？怎么不提前和我说一下？"

"你爸不让和你说。"

结婚后的第二个春节，秦晓卉一个人回了趟成都，把结婚的消息告诉父母。父亲暴跳如雷，把她轰出家门，从此之后秦晓卉再也没有回过家。坐在客厅的沙发上，母亲红了眼圈儿："这个房子，一个月多少钱房租啊？"

"5500，这个房子不贵。"

"买个房子吧，总租房子住，不是个事儿。"母亲从包里拿出一个存折放在茶几上，"我跟你爸这些年存了点儿钱，密码是你生日。"

秦晓卉把存折放回母亲包里，眼泪哗哗往下流。

"我爸还好吧？"

"你也别怪你爸。"母亲说，"最近一段时间，你爸晚上翻来覆去睡不着，经常半夜里跑到客厅沙发上坐着，一坐就是半宿。这个春节，我俩在家里过得冷冷清清，看见邻居家姑娘女婿带着外孙回来，热热闹闹，你爸爸问我，咱家啥时候也能这样热闹啊。"

"你爸嘴硬，我跟他说，要不咱俩去趟北京？他问我，去北京干啥，我说咱俩去旅游散散心，他就同意来了。"

"我去看看他，把他接过来吧？"秦晓卉问。

母亲说："先等等，其实他是心里惦记你，嘴上又不肯说。"

"谁的父母不心疼自己的孩子，说说吧，最近怎么样？"

"他要和我……离婚。"扑在母亲怀里，秦晓卉放声哭了起来。

"什么？"母亲一脸诧异，秦晓卉把张大光的话说了一遍。

"要说这孩子也是个本分人，我觉得你们不能离婚。当初你们结婚，我反对，但是离婚，我更反对。"

"我们，其实……根本没有结婚。"秦晓卉艰难地说出了这句话。

"没有结婚？什么意思？"看着床头的结婚照，母亲一脸狐疑。

秦晓卉一五一十，和母亲讲了整个结婚的过程："我俩都不是北京户籍，结婚要去他家或者回成都领结婚证，去哪里都要耽搁时间，觉得麻烦，临时决定先买个假的结婚证，就是婚礼上应付一下，等时间宽松了，再回去办结婚证。"

"假的？"母亲吃了一惊。

"然后这事就耽搁下来了。"

"荒唐啊！"

"那时候，觉得感情好，这个都不重要，也就是婚礼上用一下。"

"怎么能这样啊？"

"现在，我也分不清，我俩算不算结婚了。"

"你俩这个，如果放在从前，是非法同居，又可以说是事实婚姻。"

秦晓卉的讲述，让母亲彻底傻眼了。"怎么会是这样呢？"母亲呆呆地坐在沙发上，轻轻抚弄秦晓卉的头发。

秦晓卉问自己，怎么会弄成这个样子呢？

即使那张结婚证是假的，自己从来没有怀疑过这场婚姻的真实性。但是眼下，如果张大光去意已决，接下来的事情真的无法控制。就像今天上午，张大光轻描淡写地说，出去透透气——假如走出家门的张大光不再回来的话，这场婚姻就是一场过眼云烟。秦晓卉抱住母亲，号啕痛哭：

"他怎么要和我离婚呢，我处处对他好，我又没做错啥。"

"你俩，真的不是一类人，但是事情这样了，不能说散就散啊。这孩子，我得和他谈谈。"

"现在，我该怎么办？"秦晓卉像是自言自语。

"婚姻不是游戏，你想怎么办，想好了没有？"母亲继续梳理着秦晓卉的头发，"你对这个婚姻，是咋想的？"

秦晓卉沉默不语，躺在母亲腿上，闭上眼睛双臂抱着母亲的腰，把脸埋在她胸前。母亲告诉秦晓卉，她读三年级的时候，父亲也想离婚，母亲死活不同意，就这么熬着，几十年就过去了。

"也许，熬一熬，一切都能过去。"母亲说，"不听老人言吃亏在眼前，当初哪怕听进去半句劝，也不会落得这般光景。"

"现在说这些，还有用吗？"

"咋就没用，你是我们的女儿，不管长多大，都是我们的宝贝！"

之后，母亲又说出一句让秦晓卉匪夷所思的话："买完房子再领证，也好。"

"什么意思？"

"别租房了，赶紧买房子吧。我们出钱付个首付，写你的名字，房子就是你婚前财产。"母亲撇了撇嘴。

"婚前财产，什么意思？"

"以后你就懂了。"

说起房子，母亲表情很复杂，叹了一口气就回酒店了。买房子的事情，秦晓卉不是没有考虑过，每次鼓足勇气，都被张大光一盆凉水浇下来，张大光说北京房价这么贵，还是等等吧。等来等去，房价噌噌涨起来了，这件事只能先放下了。

第二天，母亲又打过电话来，说父亲想见见张大光，想和你们两个谈谈。"这个，这个……"张大光一脸诧异，"离婚的事儿，我只是随便和你说说，只是，和你说说我心里的想法，我也就是刚刚有这么点儿想法，这是咱俩的事情，你就把你爸妈给搬来了？"

"他们自己来的，我也不知道，他们昨天就到北京了。"

张大光说，既然父母来了，咱得找个差不多的馆子，请他们吃个饭，那就去全聚德吧。秦晓卉说，没必要那么兴师动众，要不咱就在家里做饭吃吧，正好给他们展示一下你的厨艺。张大光不同意。结婚这么多年，第一次请老丈人吃饭，总得像个样子，这不是钱的问题。张大光匆匆出门，买来两瓶茅台。两瓶酒五千多块钱，这明显不符合张大光的消费习惯。那年，秦晓卉第一次带张大光回家，父母客客气气但一副拒人千里之外的样子，请他们吃饭喝的茅台酒，还有父母说的那些话，对张大光打击很大，当晚就发信息给秦晓卉说，他和秦晓卉之间隔着一座看不见的大山，然后偷偷跑回了北京。

秦晓卉明白，张大光心里始终过不了这道坎儿，所以请父母吃饭，必须用茅台。

"他们俩，不会是来兴师问罪的吧？"张大光有点儿紧张，让秦晓卉去接父母，他先去饭店张罗饭菜。

秦晓卉说："这样也好，你先去那边准备准备。"

秦晓卉开车去酒店接上父母，全家人在饭店集合。

晚饭的时候，气氛很融洽。父亲端起酒杯："大光啊，好几年没见，你好像比那时候胖了。"

"嗯，是，叔叔。"

"叫爸爸！"父亲笑眯眯地说。

"是，爸爸。"

两个人开始喝酒。

"茅台酒，这个是我的最爱，"父亲看了张大光一眼，继续说，"你说，茅台酒和二锅头，哪个更好喝？"

"这个，肯定是茅台。"张大光认真地说，"不会喝酒的人，可能分不出来。"

"对。爱喝酒的人，肯定喜欢茅台。"

"爸爸，我敬您，您喝酒。"张大光举起酒杯。

"我年轻的时候，从来没有想过能喝得上茅台酒。"父亲一口喝干杯里的酒，"我出生在万县的一个小山村，父亲是个挑夫，从小家里一贫如洗。生活啊，不能看一时一事，人生的道路，每个人起点不一样。"

"你俩别光说话，烤鸭都凉了。"母亲说。

秦晓卉卷了一份烤鸭，递给父亲。

"饭要一口一口吃，路要一步一步走，起点有高低，这些都不重要，心存高远才是最重要。很多时候，人要往远处看。来，大光，喝酒，喝酒。"

父亲讲起年轻时候的经历，秦晓卉和母亲静静地听着。张大光坐立不安，拽了拽秦晓卉衣服悄悄问她，父亲一会儿不会拍桌子吧？

父亲吃菜的间隙，母亲对张大光说："你俩结婚的时候，我们也没有赶上，晓卉这孩子经常异想天开，做事毛手毛脚的，这以后啊，我们就把她交给你了。"

父亲清了清嗓子："以后哇，我俩老了，还要指望你们呢。"又看看张大光："要不，谁陪我喝酒啊。"

母亲掏出一个信封，接着说："这个，是我们俩的一点儿心意，应该够你们交个首付的。赶明儿啊，大光你带着晓卉去看看房子吧，有个自己的房子，那才叫家。"

张大光看看秦晓卉，秦晓卉表情平静。整个晚饭，没有想象中的规劝或者训斥，更让做好准备挨骂的张大光无所适从。

"等你俩买好房子，我们再来的时候，就不用住酒店了。"父亲举起酒杯，"来，姑爷，陪老丈人喝一杯。"

"你俩少喝点吧。"母亲摇了摇酒瓶，发现一瓶茅台见了底，连忙收起还没开封的另一瓶，"这瓶，等搬了新房子再喝吧！"

15.婚姻不是玩笑（中）

这是张大光第二次见到秦晓卉的父母。

前一天刚和秦晓卉说了想要离婚的想法，岳父岳母就出现了，不可能只是一种巧合。而且，这次在北京跟岳父岳母一起吃饭，和上次在成都的气氛和感觉完全不同。跟秦晓卉去成都那次，岳父岳母虽然面带微笑和颜悦色，可说话的时候，每个词句都是生冷坚硬，表面客客气气但永远保持距离。这一次完全不同，岳父岳母一脸和蔼，夹菜让酒慢声细语，完全把张大光放在小两口之家的男主人位置。这种感觉，其实更是不爽，张大光不习惯，不知道该说些什么，不知道怎么跟岳父岳母客气，不知道该怎样表达热情。岳母一个劲地给他夹菜，岳父频频和他举杯，这种氛围诡异奇怪，和他跟父母在一起吃饭的感觉完全不同。在老家和父母吃饭，一顿饭下来谁也不会说话，每个人坐在那里闷头吃饭，吃完饭母亲负责收拾碗筷儿。

这顿饭，张大光吃得很累。虽然岳父和他喝得开怀，岳母也微笑着劝说少喝点儿酒，别浪费了这一桌子的菜。张大光只是机械地举杯，机械地点头，没有心思品味美酒和美食。还是秦晓卉替他解围，跟父母说张大光不善言辞，接过父母的话题陪他们聊天。

这是秦晓卉父母第一次来家里做客。酒足饭饱之后，张大光更是紧张，以为接下来会是一场兴师动众的讨伐。秦晓卉的父母很平静，没有任何要发火的迹象。岳父岳母和张大光的父母，完全不是一类人。一家人在一起吃饭，秦晓卉和父母是一个整体，形象气质、言谈举止高度契合。张大光更加拘束，坐在椅子上，觉得自己是一个外人，是来这个家庭做客的客人。这场家庭聚会，吃饭聊天的过程，虽然每一个人都特别在意他的感受，但是这种隔阂，始终没有消失。

父母的到来，不过是生活里的一个小插曲。就像是一部电影，主人公只能是秦晓卉和张大光，父母仅仅是这部戏里面的配角。秦晓卉绝对没有想到，他俩会不远万里来北京看她，而且是在这个时候。

秦晓卉在父母面前，彻底变回了孩子，依偎在母亲的肩膀，完完全全变成了一个娇生惯养的小丫头。父母的肩膀，是秦晓卉的避风港，之前任何的矛盾、所有的隔阂一扫而光。母亲就像一只经历风雨的老母鸡，撑起宽厚的翅膀，为她抵御生活里的一切风浪。秦晓卉愿意躲在母亲的翅膀下面，如果可能，愿意一辈子寻求母亲的庇护。接踵而来的遭遇，让秦晓卉焦头烂额，生活的场景变得乱七八糟，所有的事情压在心底喘不过气来。就好像父母知道自己的软弱，在这样最困难的时候，做梦一样出现在眼前。此时此刻，父母就是秦晓卉坚强的后盾，是秦晓卉的保护壳。父母的到来，让濒临绝望的心情一扫而光，秦晓卉变得底气十足。

吃过饭的第二天，父母就要回成都。很明显，这两个人就是单纯过来看女儿的。或许父母和女儿之间，存在着某种默契或者心灵感应，父母时刻准备着，随时撑起他们坚实的翅膀。女儿好久没有回去了，那种挂念，日积月累在心里不断地聚积，两位老人变得焦灼不安，如果再见不到女儿，日子没法过了。父母和子女之间，没有任何不可调和的矛盾。虽然当初父亲说了很多气话，甚至发誓老死不相往来，见到女儿的那一刻，彼此的隔阂和不满，瞬间烟消云散，好像一切都没有发生一样。

见到女儿，父母安心了。

秦晓卉舍不得他们走。母亲说："那也得走啊，哪里好也不如家里好。婚姻不是玩笑。大光这孩子看着挺踏实，至少不会欺侮你。等你安好家，生了娃，我俩就来北京住，给你看娃，到时候可别嫌烦。"

本来，张大光想和秦晓卉一起去机场。看着张大光紧张兮兮的样子，秦晓卉说："你还是放松放松吧，在家好好休息，我一个人开车去送就行，路上还能跟他俩说说悄悄话。"

张大光没再坚持。秦晓卉到了酒店，刚进父母住的房间，就闻见一股子怪味儿，一阵阵的恶心，胃里翻江倒海，跑到洗手间吐了半天，只吐出来几口酸水。

"是不是在屋子里抽烟了？"秦晓卉问父亲。

母亲看看父亲，又看看她，关切地问："咋了，是不是……有了？"

"不可能。"秦晓卉明白母亲的意思。她根本没想要孩子，生活已经够艰难了，如果再要一个孩子，那可真是麻烦，所以一直采取措施，肯定不会怀孕。出了酒店，胃里还是不舒服，车上有一股味道，父母身上也有怪味儿，去加油站加油，跑到洗手间又是一阵狂吐。父亲说："要不，我俩打个车吧。肯定是没有休息好。"父亲看她的眼神儿充满了温和，不再像先前那样凌厉。

秦晓卉说："没事儿，也不累，舍不得你们走。"

"你的事情，还得你自己做主。"母亲拉着秦晓卉说，"我把你的事，都跟你爸爸说了，他说，就让孩子们自己决定吧。"

机场分手，母亲和秦晓卉都在偷偷抹眼泪。母亲说，好好照顾自己，我们只有你一个女儿。秦晓卉笑笑，搂着母亲的脖子说，放心吧。

过了安检闸门，父母回头向她招手，秦晓卉跟他们挥手告别。

胃里还是一阵阵翻腾，想吐又吐不出东西来。

经过药店，秦晓卉停车，特意买了一盒验孕试纸。匆匆忙忙回到家，钻进洗手间。用验孕试纸测试的结果，让秦晓卉彻底蒙了——试纸清清楚楚地显示阳性。

怎么可能呢?

张大光没在家，秦晓卉回忆这些天两个人在一起的情景，所有细节认认真真捋了一遍。

糟糕!

问题出在了情人节那个晚上。

仔仔细细检索月光酒店里每一个细节，秦晓卉的头大了。那天晚上，所有注意力都放在游戏环节上，必要的防护措施有所疏忽。情人节之前，一直各种忙碌，离多聚少要么时间不同步，夫妻之间例行功课的次数屈指可数，而且绝对防护到位。但是那天晚上，终于彻底放松，情人节氛围的烘托和游戏情节的渐入佳境，让彼此都很入戏，点燃激情做了两次。第一次，防护措施精细没有问题;第二次，兴之所至就有点儿马虎潦草了。之后的各种意外，忘了补救，没有服用紧急避孕药。

秦晓卉彻底蒙了。

这不是一个玩笑，这个玩笑开不得。去医院，必须去医院。那个试纸，或许不准确，或者万一失效了呢。抓起羽绒服，匆匆下楼。跑到院子里才发现，忘记了拿车钥匙。顾不上许多，秦晓卉冲到马路边，拦下一辆出租车。

16. 婚姻不是玩笑（下）

岳父岳母的到来，让张大光坐立不安，惶恐拘谨。整整一天，他都是在高度紧张中度过的。张大光要表现出一种忙碌，无论是去超市买酒，还是提前到饭店张罗饭菜，其实都是一种躲避，让这些琐碎的事情，挤占掉一些空间，缩短和秦晓卉父母相处的时间。

短暂的忙碌，大脑更是空洞。秦晓卉去了机场，张大光走出家门四处游荡。傍晚，接到秦晓卉的电话。秦晓卉说，有十万火急的事情，让他赶紧回家。

女人是一种奇怪的动物。回到家里，看到坐在沙发上眼泪汪汪的秦晓卉，张大光有点儿摸不着头脑。

"怎么了，舍不得爸妈走？"摸了摸秦晓卉的头发，想着秦晓卉昨天在父母面前的样子，张大光有些心疼。这些天，秦晓卉唯唯诺诺，和张大光说话都是小心翼翼的样子。

秦晓卉不说话，张大光坐在她身边。秦晓卉手里捧着一个芭比娃娃，继续抹眼泪。

"他们，跟你说了些什么？"看秦晓卉一副委屈的样子，张大光手足无措。

"我想和你说个事儿。"

"咋了，你说。"

"我想生孩子，我要给你生一堆孩子。"

"一堆？自己都养不起呢，还要生一堆孩子？"

"我偏要生。"秦晓卉大声说，"我怀孕了，我有了！"秦晓卉拉着张大光的手，放在了自己的肚皮上。

五雷轰顶，张大光呆若木鸡。

"可是，可是……"

"别可是了，你准备当爹吧！"

这个孩子，来得有点儿突然。秦晓卉告诉张大光，必须接受这个事实。

"生完孩子，我就成了孩儿他妈，家庭妇女，皮肤松弛，又老又丑。到时候，你不会不要我了吧？"秦晓卉看着张大光问。

张大光不说话。

"如果你不要我了，我就随便找个男人，让孩子管他叫爹。"秦晓卉恶狠狠地说。沙发上，秦晓卉的右侧，摆着一堆芭比娃娃。秦晓卉不再说话，拿起一个娃娃，聚精会神地给她换衣服。

"这是干吗？"看着一堆娃娃，张大光忍不住问。

"你说，咱俩的孩子，是男孩儿还是女孩儿呢？"

"你想要男孩儿还是女孩儿？"

"我当然希望是个女孩儿。你看，娃娃都买好了。"

"为啥买这么多？"

"下班回来，路过玩具店，老板娘说，去年六一儿童节，货上多了，在清库存。"手里的娃娃，被秦晓卉换上一件暖蓝色的衣服。

"那你就一下子买了一堆？"

"小时候，我最盼着过的节日，就是六一儿童节。每年过六一儿童节，我爸爸总会给我买礼物。我先提前备着。"

"离六一还早着呢。"张大光看了一眼手机上的日历。

"那咋了，不可以提前为孩子准备礼物吗？"秦晓卉抚摸着肚子，轻声说道，"小宝贝，等六一儿童节，爸爸妈妈给你买很多很多的玩具。"

"有点儿太提前了吧。"

秦晓卉举起手里换好衣服的芭比娃娃："你看，好看不好看？"

"关键是再过三个月，到了六一的时候，你肚子里的孩子还没出生呢。"

"那咋啦，不影响我给她过儿童节。"

秦晓卉手里的芭比娃娃精致漂亮，穿着暖蓝色礼服，头戴乳白色的礼帽，亚麻色的长发垂下来，一脸微笑，眼睛炯炯有神。

"没关系，只要你高兴就好。"

秦晓卉喜欢暖蓝色，近乎偏执地喜欢。对秦晓卉来说，这个颜色特别熟悉而且无法抗拒。看着这个穿着暖蓝色礼服的娃娃，秦晓卉觉得心里暖暖的。

秦晓卉摆弄着手里的娃娃。十二个娃娃，不光服装鞋帽不同，而且，神情也不一样。秦晓卉一个一个地拿起来，再一个个放回沙发上，摸摸这个的嘴巴，梳梳那个的头发。十二个娃娃，摆满了整个沙发。

"为什么要买十二个？"

"童心未泯，还不成吗？"秦晓卉一脸傻笑，"咋了，嫌我乱花钱了？"

"这个，倒是没有。"

"每年过六一儿童节，爸爸只给我买一个芭比娃娃。"秦晓卉看着张大光说，"我就对他说，能不能，给我买十二个？"

"给你买了吗？"

"爸爸说，还是一年买一个好，等你收齐十二个，你就长大了。"

"不都一样吗，买那么多干吗？"

"没有哪个女孩儿，不喜欢芭比娃娃。"秦晓卉捧起一个娃娃，举到张大光鼻子底下，"我觉得，我爸他是抠，舍不得给我买。"

"不会吧，哪个爸爸不宠自己的女儿？"

"将来，你也会宠我们的女儿吗，像我爸爸宠我那样？"

"还不知道是男孩儿女孩儿呢。"张大光说。

"这次如果不是女孩儿，我就再生一个。"

张大光接过秦晓卉手里的芭比娃娃，一个个摆在沙发对面的电视柜上。

"你还没回答我，会宠着我们的女儿吗？"

"你说呢？"

"娃，你看，爸爸妈妈给你买的礼物，漂亮不？"蹲在电视柜前，秦晓卉抚摸着一排娃娃。

十二个芭比娃娃成一排，坐在电视柜上。眼前的场景，空洞遥远，就像在看一场电影，无论是芭比娃娃，还是秦晓卉，还有客厅里所有的陈设，仿佛与现实生活完全割裂开来，就像是梦境中的情景。之前，秦晓卉口口声声说不想生孩子，没有要孩子的打算。即使生孩子，那也是遥远未来的事情。

岳父岳母前脚刚走，一夜之间，怎么就怀孕了呢？眼前的秦晓卉，轻声细语地和手里捧着的芭比娃娃说话，这个场景，分明就是岳母搂着秦晓卉两个人说悄悄话的翻版。女人，真的是奇怪的动物，昨天还是小鸟依人的女娃，怀孕之后立马变成随时保护幼崽的母亲。

从拘留所出来之后，张大光变得迟钝麻木，就像一个阿尔茨海默病患者，对身边一切事情感知能力下降。父亲的突然离世，更让他对生活里所有的事情丧失兴趣。想和秦晓卉离婚，不是随便说说，这个念头由来已久，不是因为情人节游戏，和自己被拘留也没有关系，更不是因为父亲去世。离婚，想跟秦晓卉离婚成了一种执念，原因已经不重要了。必须离婚，说一千道一万也没有用，就是要离婚。岳父岳母的到来，扰乱了思绪，打乱了计划。秦晓卉怀孕的消息，又给了他一闷棍。完全没有心理准备，张大光彻底破防。

一开始，张大光以为岳父岳母是秦晓卉搬来的救兵，怀孕也是编造的，不过是女人的伎俩。

"忙过这两天，陪我去趟医院吧。"秦晓卉很淡定，以一个孕妇的姿态，认真地和张大光探讨生孩子的话题。秦晓卉说，从现在开始，就要给肚子里的孩子最好的待遇。将来的衣食住行、读书求学等等，都要最好的。"别人有的，我们也要有。"秦晓卉要张大光安排出一天的时间，陪她去医院体检、建档和接受孕期教育。

"我们就去月亮河女子医院吧。"秦晓卉说。

17.快刀斩乱麻（上）

记忆里，母亲的梳妆台是暖蓝色的。

秦晓卉喜欢这种暖蓝色。上小学的时候，每天下午放学，秦晓卉都会偷偷跑进卧室，把母亲首饰盒里的饰品拿出来，一件一件地摆在暖蓝色的梳妆台上，再一件一件戴在自己身上。那个时候，她一直盼着自己快快长大，嫁人的时候，一定要买这个颜色的梳妆台。

暖蓝色，这个颜色充斥着秦晓卉的童年。

小学四年级，期末考试考了第一。放学路上，秦晓卉被两个同班的女孩儿截住，她俩往她脸上吐口水，揪着头发把她摔在地上……一路哭着回到家，秦晓卉擦干眼泪躲进卧室，坐在地板上，背靠母亲暖蓝色的梳妆台，攥紧拳头盘算着明天早上一定早早起床，在学校门口等着。她知道那两个女孩儿不会一起来上学，明天一定截住其中的一个，狠狠地拽住她的辫子，往她脸上吐口水，然后把她推倒在水泥地上。窗外的阳光暖暖地洒在地上，洒在秦晓卉的脸上，想到这些场景，秦晓卉笑了。暖蓝色的梳妆台，以及温暖的阳光，扫去心里的沮丧，那一刻有一股暖意在她心底升腾。第二天，秦晓卉守候在学校门口。两个女孩儿果然没有结伴来学校，其中比较瘦小的一个来得早，走到她眼前，两个人都攥紧拳头怒目而视，你瞅着我，我瞅着你，足足相互瞪了一分钟之后，同时扑哧笑了。女孩儿松开拳头，掌心是一枚大白兔奶糖，递到秦晓卉眼前，秦晓卉张开手掌，把手里握着的一个发卡给了女孩儿。叮铃铃，叮铃铃，上课铃响了，两个人手拉手进了教室。

放学后，秦晓卉和女孩儿一起截住另一个女孩儿。两个人一同往她脸上吐口水，齐心协力把她推倒在水泥地上，还在她的白衬衫上踩了一对黑脚印儿。

父母的突然到访，让秦晓卉产生一种错觉：怀孕的身躯变成了母亲，自己成了肚子里的婴孩儿。如果可能，秦晓卉更愿意躲在母亲的肚子里，安安静静地睡觉。但是，一觉还没有睡醒，父母又匆匆离去，就像刚刚爬上了屋顶，有人急急忙忙撤走了梯子。失去依靠，秦晓卉陷入了没着没落的空虚。

两年没见，母亲像是变了一个人，性格变得温和，不再指手画脚，不再瞎操心，来北京的这两天，和她说了很多悄悄话，母女两个像闺蜜一样聊天。母亲不再把她当作一个羽翼未丰的小崽儿，承认了秦晓卉自立门户这个事实。母亲向她示弱，换了这种姿态之后，苍老了很多，谈话间明显感觉到母亲对女儿的依赖。在机场送别，秦晓卉叮嘱她照顾好自己，照顾好父亲。忽然之间，两个人的身份像是对换了一样，母亲变成了孩子，秦晓卉自己的口吻反而变得絮絮叨叨。

那天，飞机刚刚落地，母亲就打电话过来。母亲说，过了安检就开始后悔，应该在北京多住几天，多陪陪宝贝闺女。

"我也舍不得你们走。"从上大学算起，离开家十多年了，秦晓卉从来没有像现在这样想家，甚至有一种冲动，想买张机票立马飞过去。父母的突然来访，唤醒了秦晓卉的记忆，开始怀念那个生活了二十多年的城市，怀念在父母跟前的温馨时光。那些记忆深处的片段，一股脑儿地涌在了眼前，秦晓卉的眼睛里充满泪水。无论是童年时代，还是离别父母来到北京的日子，身后总有一双眼睛始终跟随着她。此刻，终于被秦晓卉抓住了——那是父母一直躲躲闪闪、隐藏很深的目光。无论走在哪里，父母始终在偷偷地注视着她。

"等你不忙了，就回来住几天，带着大光。"秦晓卉听得出来，母亲语气里的担忧和牵挂。离别之后，母亲恢复了之前的样子，又开始指手画脚。母亲焦虑，但装作若无其事。母亲就是这样一个人，虽然心里担心，嘴里绝不表现出来。

"妈，我怀孕了。"秦晓卉终于哭出了声音。

下午，在社区医院确认怀孕之后，秦晓卉第一时间就想给母亲打电话。女人怀孕，确实是一种升级和升华，存在着一种生命能量的转化，那一刻秦晓卉一下子理解了母亲，完全能够按照母亲的思维去思考问题。任何一个家庭，孩子是父母的未来和希望，是父母生命的延续；父母就是一座山，是孩子身后永远的依靠。

"什么？"迟疑之后，母亲欣喜若狂，"太好了，太好了！"

秦晓卉怀孕的消息，让母亲异常兴奋。

但是，第二天秦晓卉和母亲发生了激烈的争吵。

在秦晓卉的记忆里，很多年没有和母亲吵过架了。大清早，母亲打过电话来，先问秦晓卉，张大光在不在家。秦晓卉说，他还在睡觉。母亲让她到别的屋子，有话要单独跟她说。

"我一晚上没有睡好。"母亲说，"当初你就是不肯听我们的话，现在好了，孩子有了，还没有扯结婚证，没有结婚证，这孩子生下来，可咋上户口？"电话里，母亲情绪激动，嗓门高亢。

"这不得一步步来吗。"秦晓卉劝她，别瞎操心。

"一步步来，这都多少步了，结婚都四年了，你还想咋样？"

"我会抓紧的，你就别操心了。"不想和她吵架，也不想惊动张大光，秦晓卉躲在客厅角落里，想尽快结束通话。

"你可真能沉住气。好嘛，结婚都四年了，原来结婚证还没有呢，当初我俩是反对，但是我俩反对归反对，结婚证不能不扯吧。你说现在倒好，怀上了，没有结婚证，他要是一甩袖子走了，你可咋办？"母亲越说情绪越激动。

"妈，你别管了，我会处理好的。"

"你会处理好？都处理四年了，结婚证还没办，你们还要等到啥时候？"

"我正跟大光商量呢。"

"我都问了，孩子出生上户口，没有结婚证还得做亲子鉴定，你说这要是让别人知道了，还不笑掉大牙啊。"母亲的情绪彻底失控，和在北京那两天判若两人，"秦晓卉，我跟你爸，就你一个孩子，也不是缺胳膊少腿儿的，咋就嫁了个这样的，我们啥也不挑了，也不怕别人笑话了，咋还能这样呢？"母亲甚至在电话里放声大哭。

秦晓卉不知道该怎么安慰母亲，又不好挂了电话，母亲这个样子，也是一种情绪释放，估计很多话憋了四年了。轻轻关上卧室的门，秦晓卉对着电话说："妈，我知道你为我好，但是你得给我点儿时间啊。"

"秦晓卉，我告诉你，你赶紧给我回来，回来领结婚证！"母亲下了最后通牒，"如果你不回来，下周我跟你爸再飞过去找你，捆也要把你捆回来，老老实实领证摆酒。"

"你们就别给我添乱了！"这个当口，如果父母再来捣乱，那样日子真就没法过了。

"我们添乱？你要是听了我们的话，至于这样吗？"

秦晓卉没有开客厅的灯，窗外阳光柔和，缓缓地流淌进来。卧室里，张大光还在睡觉。没有组建这个家庭之前，父母是秦晓卉身后的大山。有了张大光，秦晓卉渴望在这样的一个小家里，张大光变成自己身后的那座大山，成为牢不可破的依靠。

是啊，和张大光的婚姻，父母坚决反对，带他去成都，父母委婉而坚决地表达了意见。如果当初听了父母的话，现在就不会出现这些麻烦了。事已至此，任何规劝毫无意义，都是站着说话不腰疼。两个生命的个体，组建成一个家庭，夫妻本应该成为一体，携手并肩一起抵御生活里的惊涛骇浪；但有些时候，婚姻又是一场博弈，更像是一场战争，婚姻里的两个人，彼此都是对面战壕的人。这是一场持久战，没有胜负，分不出高低。这场战争，无论有多少个回合，都必须咬牙坚持到最后。本以为坚不可摧的靠山，只是一个幻影而已，秦晓卉只能依靠自己了。此刻，对面的战壕里没有敌人，身后没有队友，甚至失去了武器和掩体。秦晓卉拼了，决不能向这一切束手就擒，无路可退，为了肚子里孩子，咬紧牙关必须发动进攻。

没了退路，秦晓卉只能奔跑着冲锋。

必须拼了，必须快刀斩乱麻。

18. 快刀斩乱麻（下）

这些天秦晓卉心情复杂。

生活场景切换过于频繁，大脑反应速度跟不上，就像是没有来得及升级的老式电脑，内存不够，读取数据出现严重障碍。肚子里的孩子，来得有些突然。怀孕打乱了计划，有两件棘手的事情，还没有处理完，头脑必须保持清晰，不能乱了节奏。那些破裤子缠腿的事情，必须早点儿了结。

秦晓卉，你不光能制造麻烦，还要能解决问题。内无粮草，外无救兵，眼下的困境，唯有自救。秦晓卉给自己打气：怀孕，会让女人变得坚强，变成战士。

春节之后到五一之前，都是紫标公司最忙碌的季节。王立春打来电话，客客气气请秦晓卉回去上班。电话里王立春说，Maggie 始终没在公司出现，秦晓卉也不来上班，这两个女人都不在，公司空了一半儿。顶不住了，实在顶不住了，公司里一摊子工作都崴泥了，没人干活儿，没有秦晓卉和 Maggie，所有事情都乱了套。最多还能支撑一个星期，过完这个周末，差不多就得关门了。

"Maggie 没有报警。你先回来上班，就像什么事情也没发生一样。你躲起来，事情更没法解释。"

两篇八卦文章，确实把紫标公司糟蹋得不浅。攘外必先安内，王立春狠狠地开掉几个喜欢嚼舌根的人之后，紫标公司终于恢复了平静。当初，让紫标公司沸沸扬扬陷入舆论旋涡的那两篇推文，很快被人遗忘。就像鱼的记忆只有七秒钟一样，现代都市生活，随时会出现各种各样的热点事件。一切都无所谓了，人们的好奇心和记忆变得无比短暂。

离开公司短短一个星期，时间像过去了一年。不上班的日子，那种平淡无味，令人无法忍受。家里待久了，会让人发疯。秦晓卉决定回公司上班，不光是秦晓卉喜欢这份工作，Maggie 的事情还没有最终解决，不能在家里坐以待毙。

回去上班的第二天，王立春发来信息说，中午一起吃个饭吧。

秦晓卉问，有必要吗？

王立春回答，说说 Maggie 的事情。

两个人约在了一家西餐厅见面。秦晓卉坐下之后，王立春把菜单推到她面前："想吃什么，你来点。"

"随便吧，反正我也不饿。"

"那件事情，你想得怎么样了？"

"哪件事情，你指的是赔偿 Maggie，还是逼我嫁给你？"

"我不逼你，是你答应过我的。"王立春一脸尴尬。

"我那是随口说的，这你也信啊？"秦晓卉笑了笑。

"男未婚，女未嫁，合情合理。另外，我相信秦晓卉绝不会食言。"

喝了一口茶，秦晓卉缓缓地说："其实，你也算是我喜欢的那种类型，留过洋，受过良好教育，举止文雅，生活态度积极，还是个高富帅。"

"这不挺好吗？"王立春说，"也不算我落井下石吧？"

"如果我没结婚，很容易会爱上你的。"

"你那不算结婚，是演戏。"

"演戏？谁说的？"秦晓卉笑笑，"我告诉你一件事儿。"

"别故弄玄虚。"王立春端起茶杯。

"你要挺住哦。"

"没事儿，你说吧。"

"你真的要挺住。"

"我又不是小孩子，说吧。"

"我怀孕了。"秦晓卉不怀好意地看着王立春。

"怀孕了？"王立春脸上的笑容瞬间定格，表情变得古怪滑稽。

"不行吗？"秦晓卉继续微笑。

"谁的？"

"你说呢？"

"你不是……"

"我的确说过，要丁克。但，这是一个意外，算是情人节那天的惊喜。"

王立春惊愕地瞪大眼睛。

服务生端上来一盘法式烤牛排，秦晓卉拿起刀叉优雅地把牛排切成小块儿。虽然没有食欲，但秦晓卉喜欢切割的快感。

"那，你怎么打算的？"

"我要做妈妈了。"秦晓卉告诉王立春，看到试纸显示阳性，蒙了一下，然后热泪盈眶，那是一种幸福，发自心底的幸福。"这是上帝送给我的礼物，无法拒绝。虽然之前，根本没有要生孩子的想法。"

"然后呢？"

"我要把他生下来，然后好好培养他，我要努力，让他过上好日子。"

"上最好的学校，受最好的教育，将来出国念大学？"王立春看着秦晓卉，"吃最好的伙食，还要住最好的房子？"

"对！"秦晓卉坚定地回答。

"这些很容易，但是得有一个先决条件。"

"什么条件？"

"你觉得养个孩子容易啊，"王立春喝了一口茶，"在北京，读个幼儿园，哪怕是普通的私立双语幼儿园，一个月都要一万多。买个学区房，几百万都是老破小，差不多点儿的基本得一千多万。上小学读个国际学校，一年的学费三十万起步。这还不算奶粉尿不湿，孩子的吃喝拉撒，各种课外班辅导班，还有每年去旅行和国外度假的钱。"王立春不紧不慢地说。

"这些，我还没想过。"

"你没想过的事情多着呢。生了孩子，要上户口吧？上户口需要准生证，办准生证需要结婚证，否则，这个孩子，"停顿一下，王立春用叉子敲了敲盘子，"这个孩子叫作非婚生子女，也就是私生子。"

秦晓卉不说话，王立春继续说："孩子生下来，你没有北京户口吧？没有户口，将来上学也是个大问题，想在北京读书，门儿也没有，初中乖乖回老家去上，非京籍的孩子，你就别指望在北京中考高考了。你以为生个孩子很容易啊？"

王立春说的这些，秦晓卉通通没有考虑过。秦晓卉没有北京户口，孩子生下来，只能随她把户口落在成都，或者跟着张大光落在村里。

"所以，你还是应该嫁给我，你嫁给我，这些问题就都不存在了。如果可以，我愿意把你的孩子，当成我的亲生孩子养，我就是他亲爹。"

"这个，你也能接受？"秦晓卉吃了一口牛排。

"想一想，也没啥，谁让我爱上你了呢。为了你，我啥都行。怎么样，这样可以了吧？"

"我没想好呢。"

王立春说："不着急，你可以慢慢想，我愿意给你一切。我可以给你婚礼，给你结婚证，我愿意给你和孩子一辈子的幸福。"

"可是，我的孩子有爹。"秦晓卉说。

"这不重要。"

"啥才重要？"

"当然孩子最重要。"

王立春不再说话，秦晓卉也不说话。

沉默半天，秦晓卉接着说："那我们再说说 Maggie 的事情吧。既然我回来上班了，我跟 Maggie 的事情，也该解决了。事情总得有个了断，不管结局咋样，我认了。"

"这个世界上，没有用钱解决不了的问题。"

"我跟 Maggie 说了，五十万。这个钱不用你管，我想办法。"王立春端起自己的茶杯，"这个事情早点儿解决也好。"

秦晓卉说："我不想留证据，越简单越好。给 Maggie 的钱，不能留下转账记录，得给现金。"

"放心吧，这个我懂，那就先办 Maggie 的事。"

"好，那就今天吧。"秦晓卉说。

"成。"

王立春打电话，让人给他准备现金。

半小时后，Maggie 出现在餐厅。三个人坐在餐桌前，谁也不说话。王立春看看 Maggie，又看看秦晓卉。

"给你五十万，这事儿翻篇儿了。"王立春从桌子底下拿出一个双肩包，是 Maggie 进屋之前司机刚刚送过来的。他拉开拉链："一共五捆儿，刚从银行取出来的，还热乎着呢。"重新拉好拉链，放在 Maggie 旁边的椅子上："双肩包送你，不用还了。"

Maggie 依然不说话。

秦晓卉拿出一张打印好的 A4 纸："对不起，Maggie，我也没想到会这样，这个你还得签个字。"

A4 纸上的内容是谅解备忘录。五十万元精神赔偿，Maggie 不再报警，彼此相互不再追究。

"这个事儿，就这样吧，这一页，咱就翻过去了。"王立春把备忘录推过去。Maggie 面无表情，签过字也不说话，背起双肩包，头也不回地走了。

"能用钱解决的问题，都不是问题。"王立春说，"再吃点儿吧？"

"哪还有胃口。"秦晓卉喝了一口水。

"你是孕妇，得多吃东西。现在，想好了没？"

"想好了。"

"那就好。"王立春把桌上的水果沙拉推到秦晓卉面前。

"你想好了吗?"秦晓卉插起一块儿哈密瓜。

"你指的什么?"王立春问。

"你非得这样做?"秦晓卉盯着王立春问。

"干吗叫非得呢,这样做不是挺好吗?资源合理配置,咱俩你情我愿,早就说好了,你让我办的事,一件都没少,咱都讲究契约精神,再说了,也没影响别人。"停顿一下,王立春补充道,"我愿意为你做一切事情,哪怕粉身碎骨。"

"这个孩子,我得生下来。"秦晓卉指指肚子。

"以后,我就是他亲爹。"王立春笑得很灿烂。

秦晓卉不再说话,捏着 Maggie 签过字的那张纸,叠成了一个纸飞机。

"张大光怎么安排?"王立春看着秦晓卉。

"没有领结婚证,也没有财产。"秦晓卉很平静。

"那好。"王立春说,一定给秦晓卉一个惊喜的婚礼,之后开始崭新的生活,"旧的不去,新的不来。"

"婚礼?太早了吧?"

"难道等你生完孩子?"

"我不是那个意思,只是觉得,这件事儿太那个了。"

"快刀斩乱麻,麻溜利索不留后遗症,婚礼越快越好。"

"别人会笑话,咋跟大家说呢?"秦晓卉说。

"管他呢。上回你结婚,我是证婚人,没想到结婚证是个道具,这回,我是新郎。"

"所以,太尴尬,我觉得还是往后推推好。"

"不行啊,我都迫不及待了。"

"婚礼你就别管了,我来策划,你买单就行了。"

"好吧。"王立春说,"谢谢你,晓卉。"

"谢我什么？"

"谢谢你，让我重新找到了爱。"王立春一本正经地说，"我承认，这些年迷失了方向，每天花天酒地，周旋于生意场，接触各种各样的女人，但是，越来越发现自己丧失了爱的能力。之前，一直觉得，钱能够解决一切，很多事情都用钱去解决。钱的确能够解决很多事情，但是，钱，没法解决爱的问题。花再多的钱，也无法找到真爱。"

"Maggie 的事情，不是用钱解决了吗？"

"那是没有办法。"

王立春起身，从口袋里掏出一个戒指，单膝跪地："晓卉，嫁给我吧！"

"这算求婚吗？"秦晓卉觉得很可笑，似乎这件事跟自己毫无关系，就像在看一出独角戏，舞台上只有王立春一个人吃力地表演，自己是唯一的观众。"行了行了，我的王总，俗吧。这个戒指不会也是赞助商赞助的吧？"接过戒指，拉王立春起来。王立春顺势抱住她，准备吻过去。

"暂停。"秦晓卉拦住王立春，"着啥急啊，我都答应你了。"

"终于等到了这一天。"

"一切都等婚礼之后。"

"得嘞！"

此刻的王立春，手舞足蹈，天真得像个孩子。

凉透了的牛排坚硬如石头，秦晓卉拿起刀叉，一刀一刀地切割牛肉，然后丢进嘴里努力地咀嚼。味道并不重要，咬牙切齿的感觉很真实。生活中的很多事情，必须做一个了断。一切的一切，都必须快刀斩乱麻。此刻，秦晓卉需要完成这个切割的动作——手起刀落，把自己劈成两半儿，或者把生活场景分割成过去和未来两个部分。

秦晓卉心里开始磨砺以须。

第四章

两个人的战争

19.两个人的战争（上）

婚姻不光是一纸契约。

婚姻更是一种合作，是一种平衡关系。夫妻就像甲方乙方，需要不断磨合、彼此适应，需要相互理解、各有担当，需要步调一致、频率相同；婚姻是一种较量，是一场两个人的战争。这场战争绝没有传统意义上的输赢概念，要么双输，要么双赢，不会只有一方胜出。婚姻是一个庞杂的系统工程，运作方式和运营过程充满艰辛挑战，需要数学思维中的模糊理论和足够的聪明智慧。

很多年之后，秦晓卉坦言，那时候太年轻了，没有真正理解婚姻的本真，更没有预见这场危机带来的严重后果。结婚证就像一个合同，秦晓卉和张大光的婚姻没有这纸契约。时间紧，又嫌麻烦，加上父母反对，结婚证是买来的，婚礼上当作道具。

他们的婚姻像是一场游戏。总之，这个婚姻基础并不牢固。

如果早一点意识到这些就好了，后面很多糟糕的事情，或许完全能够避免。那时候，秦晓卉忙碌于工作，沉浸在做母亲的快乐里。并且，秦晓卉执拗地认为，随着肚子里这个小 Baby 的到来，两个人遇到的问题根本算不上问题，婚姻中的一切微小瑕疵，自然而然都会慢慢修复、迎刃而解。

现实中一切的糟糕，所有混乱难堪，都是因为人类骄傲的秉性。

每天摸着肚皮晒着太阳，和公司同事还有客户斗智斗勇。秦晓卉不知道，这段时间张大光正在遭遇怎样的煎熬。不同于秦晓卉，张大光日子一直过得很清闲。但是接下来，故事开始变得魔幻无厘头。

绝对超出秦晓卉的想象。

春节过后，每天都是无聊至极，大把的时间无处打发，除了吃饭就是玩游戏和睡觉。这种生活也挺好，张大光习惯了不去思考，不去思考就没有烦恼；不回忆之前发生的事情，就没了痛苦。这些天他明白一个道理，做一个没心没肺的人，挺好。很多事情，想得再多也没有解决办法，还不如不闻不问，活生生过出猪一般潇洒的日子，也算是一种幸福。

张大光想起一个词：无力感。吃饭睡觉打游戏，时间仿佛凝固，每天的日子，就像是复制粘贴，闲极无聊，无所事事。

手机铃声响了，张大光接起电话。

"张大光，你还是人吗？！"电话里，大胖劈头盖脸地吼叫。

"我怎么了？"半睡半醒的张大光，一时摸不着头脑。

"我就问你，你还是人吗？"大胖继续咆哮。

"你啥意思？"

"张大光，你不是人，你真不是人！"

"我咋啦？"

"我不跟你啰唆了，你这人真操蛋。"一阵咆哮之后，那边挂断电话。

再打回去，电话里提示对方关机。张大光很奇怪，想想觉得没有啥地方对不起大胖。在建筑设计事务所工作，两个人是无话不说的朋友，大胖被人追债，张大光挺身而出解救了他。从建筑设计事务所离职，也是因为大胖的怂恿，拉他去做二手车生意。最困难的时候，生意做不下去，大胖说，只要我有一块肥肉，一定分给你半块儿。合伙做生意，就得做事讲究，春节前两个人把账算得一清二楚，赚的钱分了一次红，该给大胖的一分不少。大胖说要把公车开走，开回家过年，张大光没有阻拦。在二手车公司上班那时候，大胖就开这车。公司要改革，丢掉包袱，美其名曰实行合伙人制度，两个人被扫地出门，大胖抓住公司把柄，讹了这台车。这台破捷达，成为创业的重要劳动工具。车本来就是大胖从公司生生弄回来的，所以，这台车的绝对支配权，在大胖手里，大胖说怎么处置就怎么处置。

想来想去，没有任何得罪大胖的地方。这个大胖，究竟要闹哪出呢？

在建筑设计事务所上班的日子，张大光工作节奏清晰、条理分明，每年春节后会准时开工。自从被大胖拉下水，去做二手车生意，张大光的生活，失去了规律。俗话说，车船店脚牙，无罪也该杀，二手车行业水太深，这活儿简直不是好人能干的。每天的工作，事无巨细乱七八糟，每天遇到各种各样的人，里面有各种各样的坑在等着你，稍有不慎就会一脚跌倒鼻青脸肿。

张大光痛恨二手车这个行业，但是没有办法，身处其中时间久了，也就习以为常了。不过是个职业，或者说是拼个缝儿谋个饭辙而已，本质和其他工作没啥两样。

挖地三尺寻找车源，拉着客户到处看车，唧唧歪歪地讨价还价，拍着胸脯做各样保证，相对于这些事情，张大光更喜欢开着公司的公车，去跑黑出租拉活儿赚取生活费。那是一种无拘无束的惬意，赚钱多少并不重要，重要的是他喜欢这种自由自在的感觉。公司这台车，是两个人做二手车生意之外兼职赚零花钱的劳动工具。那台破捷达，春节前被大胖开回老家，也就没法跑黑出租了。大胖说，忙了一年了，过年要多歇几天，过完正月十五才回来。反正你家里也有车，想跑车赚钱，先用自己的车吧。家里的车，是给秦晓卉买的，秦晓卉虽然不怎么开，但是那台车属于秦晓卉，属于私人空间，绝不拉乱七八糟的人，不可能用来跑黑车。

张大光想念那台破车，车子再破旧也没关系，只是一个劳动工具，可以赚钱的工具。张大光怀念春节前忙忙碌碌的日子，忙碌是一种潇洒。忙碌起来，可以忘记一切烦恼，忘掉一切不如意。春节后是二手车买卖的淡季，根本没有生意。待在家里，想做一点儿工作上的事情，比如找找二手车车源，联系一下春节前的客户，一圈儿努力之后，发现都是无用功。

"下楼，大门口。"大胖发信息过来。

走出小区，大胖开着车冲过来，车轮差点儿轧着张大光的脚。二十多天没见，大胖显得更胖，泛着油光的胖脸上，一脸严肃。破捷达显得更破旧，灰头土脸方头方脑，跟眼前这个时代格格不入。

"到底怎么了，我怎么得罪你了？"张大光拉开车门上车。

大胖不说话，吱吱吱，汽车轮胎摩擦地面的声音，尖厉刺耳。

"你慢点儿开，你开这么快干吗？"

破捷达的发动机嘶吼着，大胖脸色铁青一言不发，双手紧紧抓住方向盘，张大光生怕方向盘被他揪下来。

"到底怎么了，出了啥事儿，你说啊，你倒是说话啊，这算什么事儿啊？"张大光急了，"你要绑架我？"

汽车开上了五环，不管路上有多少车，大胖见一辆超一辆。十几年车龄的这台破捷达，风驰电掣几乎要跑吐血了。

"你慢点儿，慢点儿行吗？再这么开，这车就废了！"

沿着五环上了机场二高速，从金盏出口出来，进入温榆河边的林荫道。吱的一声，大胖狠狠一脚刹车，张大光的鼻子尖几乎撞着车窗玻璃。

"你知道这是哪里吧？"熄了火，大胖总算说了第一句话。

"这是哪里？"

"下车！"狠狠摔上车门，看张大光愣愣地坐着不动，大胖拉开副驾驶车门，一把薅住他的衣领，把他拽出来。晕头转向，被拉下车，更是找不见北。张大光蹲在地上开始呕吐，中午吃下的饭菜，还有喝的水，一股脑喷出。

"你还记得吧，上次我被人追债，就是被高利贷的人，拉到这个桥下。"

哇哇呕吐的张大光，泪眼蒙眬环顾四周。温榆河边这座桥，就是上次他接到大胖呼救电话赶过来的那座桥。大胖停车的地方，正是那两个追债的人当时停车的位置。

"你把我折腾到这里来，干吗？"张大光用袖子抹了一把眼泪。

"那次，我被人追债，追债的人，用我的电话，给通讯录里所有的人打电话。打了一下午，别人接电话听说我被人追债，立马挂断电话，只有你肯跑过来帮我。"

"怪我瞎了眼。"因为晕车，吐了一地的张大光眼泪汪汪。

大胖点了一根烟："从那一刻起，我把你当作亲兄弟了。"

"亲兄弟？有这么对待兄弟的吗？"

这么一个荒诞的下午，张大光和大胖，这两个亲如兄弟的男人，跑到荒郊野外，居然爆发了一场惨烈的战争。男人解决问题的方式，女人很难搞懂。男人就是男人，即使是好兄弟，当战争的阴霾聚集起来，必须用拳头解决，必须用暴力的方式，谁也无法阻挡。

此刻，秦晓卉手捧肚子，和腹中的孩子柔声细语。

秦晓卉无法想象，温榆河桥下，战争即将开始。

20.两个人的战争（下）

那台破捷达，停在温榆河边的大桥下。

大胖一脸严肃，张大光蹲在地上呕吐，眼泪汪汪，脚下一片狼藉。春节后第一次见面，场景滑稽。

"出啥事儿了？"

不知道大胖犯了啥病，非得拉着自己跑到荒郊野外来忆苦思甜。河面结着冰，河堤光秃秃的，加上阴天，完全像惊悚电影里的场景。

"你又被人追债了？"张大光警惕起来，转身看看身后，没有任何异常，整个河堤，除了他俩之外再没有别人的踪影。一高一矮，一胖一瘦的两个人，迎着呼呼北风，站在河堤上，这画面不伦不类。

"那年的股灾，让我彻底成了穷光蛋，开盘七分钟，喝杯咖啡的工夫，咋就熔断了呢？不仅钱没了，还背了一身债。你不炒股，跟你说这些你也不懂。"大胖喘了一口粗气，继续说，"在北京生活，钱太重要了，我发誓一定好好赚钱，去年，终于逮着个机会，能赚到大钱，我那个激动啊。没想到中间出了岔子，你知道被人追债，是一种什么感觉吗？"大胖终于开口。

"什么感觉？"

"每天东躲西藏，那种绝望，生不如死。"

"说吧，你又欠了人家多少钱？"张大光觉着大胖又捅了娄子。

咳嗽一下，大胖继续说："被人抓住，天天挨打，我就想，这下子完了，谁也帮不了我。如果能堵上窟窿，这辈子再也不跟别人借钱，打死我也不欠任何债了。"

"那这回，又咋了？"

去年夏天，大胖跟张大光借了五万块钱，之后消失了。后来才知道，大胖不光借了自己的钱，还借了高利贷，跟着别人去做游资炒股，中间出了差错，被高利贷公司追债。电话打到张大光手机上，说如果不还钱，就剁掉两根手指。张大光跑过来，要了个心眼儿假装报警，骗过两个小混混，成功解救了大胖。

被张大光解救之后，大胖绝口不再提那件事。资本的游戏是危险的，平头百姓，还是少参与，刀上舔血的事不能干，老话说伸手必被捉。上次的危难是因为投机，好在上家及时出现，大胖很快渡过了难关。如果再欠下高利贷的话，运气恐怕不会那么好了。

"我们是不是亲兄弟？"大胖瞪起眼睛。

"是亲兄弟。"张大光缓了过来，愤怒地咆哮，"放着生意不好好做，天天弄那些乱七八糟的事情，我看你这回咋收场！"

"还问我咋收场，爱咋收场就咋收场。"大胖也很愤怒，提高了腔调，"我就问你，咱俩是不是亲兄弟？"

"是又咋样？"

"好，那我就让你知道，啥叫亲兄弟！"话音刚落，大胖肥胖的拳头雨点般落在张大光脑袋上。

"干什么？"猝不及防，张大光双手抱头。

"揍你！"

"放开我，你给我放开！"

"问我咋收场，你心里没点儿逼数？做了什么事儿，你不知道吗？"大胖抓住张大光的衣领，"你骗过多少人，做过多少缺德事儿，我不管，但是这回这件事儿，让我遇到了，我就不能不管！"

"你说啥呢啊？"公司账目清清楚楚，两个人合作也没有任何矛盾，张大光想不清楚怎么得罪了大胖，"你说呀，我做了啥？"

"做了啥你不知道？"大胖的胖脸，扭曲变形，声音也变得歇斯底里。

"我不知道！"

"不知道，我帮你清醒清醒。"

大胖疯了，像一只疯狗，不知道哪根神经出了毛病。

"张大光，你真不是人！"因为胖和过分激动，大胖气喘吁吁。

"我咋就不是人了？"

实在荒唐可笑，这场战争毫无征兆。

很多时候，男人解决问题的方式简单粗暴，就是拳头或者喝酒。张大光想不明白，平白无故就挨了一顿老拳。无论大胖还是张大光，对这两个人来说，打架不算啥稀奇事。温榆河边，一胖一瘦两个人厮打在一起，从路边一直滚到路侧的河堤下边。大胖就像一头愤怒的公牛，瞪着两只通红的眼睛，一次又一次发起进攻。大胖的两只手臂，狠狠钳住张大光的肩膀，来来回回拉扯。面对顽强的进攻，张大光毫无还手之力，只能被动防守。

张大光不打算还手。

无法确定大胖这无厘头的愤怒的根源，而且，面对大胖圆滚滚像个土豆一样的身材，根本无从下手。后来发现，不还手只能助长对方的嚣张气焰，面对侵略行为，必须自卫反击才会尽早结束战争。有了思路，迅猛出手。胖子有个致命缺点，就是耐力不足，张大光死死抓住大胖的双手，用头抵住他肥胖的肚子。在张大光的攻势下，大胖只剩下喘息，毫无还手能力。

就像山区的天气，一片云彩一片雨，下雨或者放晴，总是突如其来。这场战争来得快，结束得也快。两个人气喘吁吁一身泥巴，头顶呼呼冒着热气，坐在地上愤怒地对视，就像两条流浪狗，撕咬吼叫体力耗尽之后，只剩下愤怒的目光。

体力消耗严重，暂时中场休息。

张大光从沾满黄土的羽绒服口袋里，摸出皱皱巴巴的烟盒，丢给大胖一支，自己点燃一支，两个人迎着冷风吧嗒吧嗒开始抽烟。

"说吧。"

"有啥好说的？"

"为什么打我？"

"高兴。"

"你高兴了，就打我一顿？"

"就是高兴。"

"高兴个屁，到底怎么回事儿，说吧。"张大光恢复了平静。

呜呜呜，大胖忽然哭了起来。刚才还是一脸愤怒，现在毫无征兆开启暴风骤雨模式，鼻涕一把泪一把抱头痛哭。

"咋了？"看来真是捅了大娄子。"你说啊，到底咋了？有事儿说事儿，天还能塌下来不成？有事儿咱想办法啊！"

"真的？"大胖抬起头来。

"真的。"看着远处的河边，大胖说，去年夏天，那两个催债的，就是在这里狠狠地抽他耳光，用脚踹他屁股，往他脸上吐口水，甚至脱了他裤子，拿烟头烫他屁股。那些情景，惨无人道，外人无法想象。那俩小子用尽各种方式折磨他，问他啥时候还钱。

"这回，你打算怎么办？"身体像散了架，张大光浑身疼痛。

"啥该怎么办？"

"说吧，这回需要多少钱？"张大光吸了一口烟，"我也没说不借给你，就先把我揍一顿。"

"不跟你借钱，瞧把你吓的。"

"你不是又遇到麻烦了吗？"张大光说，"不能在一条河里淹死两回啊，咋不长记性呢？"

"不是你想的那样。"大胖扑哧笑了起来，"晚上我请你喝酒！"

"喝酒？"

"咱俩庆祝一下。"

"庆祝什么，停火协议？"张大光开始愤怒，"把我拉到河边，狠狠揍一顿，庆祝一下，你打赢了？"

大胖死死盯着张大光的眼睛："没有幽默感，你咋这么无聊，我要跟你说一件事儿。"

"别绕圈子，到底需要多少钱？"

"你想哪儿去了，以为我又被人追债了？"

"不是吗？"

"这回，是喜事儿！走，喝酒去。"

"什么意思？还喜事儿？"张大光严重怀疑脑子短路了，大胖居然有喜事儿。"你有喜事儿，咱直接去喝酒不成吗，非得来河边忆苦思甜，还要打上一架？"

"喝酒的时候，再告诉你。"大胖说，他喜欢来河边摔跤，天寒地冻弄一身汗，心里暖和，有助于思考问题。

"你神经病啊，遇到好事儿，你折腾我？"刚才一通折腾，张大光浑身骨头都在疼。

"我们是兄弟，遇见高兴的事情，要一起好好分享。"大胖手里攥着一节树枝，在脚底下的地面上划来划去。一场毫无征兆的战争来得快，去得也快。就像两个国家之间的交战，枪炮声刚刚平息，就开始迫不及待准备庆祝和平的大型晚宴了。

张大光上车，大胖一脚油门到底，车子疾驰如跑车模式。坐在车里，空调暖风开到最大，张大光终于暖和过来。

21.神秘的恋情（上）

暴风骤雨之后，风平浪静。

打完架还要去喝酒，以女人的思维，永远无法理解男人之间的瓜葛和争战。秦晓卉给张大光打电话，问他回不回家吃晚饭。张大光喘着粗气说，不回，和大胖一起吃。电话里，张大光的口气简单粗暴，态度生硬，秦晓卉很奇怪，但也没再细问。大胖好久没出现了，作为生意搭档，两兄弟一起喝酒吃饭再正常不过。挂断电话，秦晓卉给自己做了一碗清汤面，面条儿是母亲从成都寄过来的，煮熟之后撒上葱花香菜，还有辣椒酱，秦晓卉吃得津津有味。一边吃面条，一边和肚子里的娃唠叨。秦晓卉说，你爹不靠谱，将来千万别学他的样子。

大胖拉着张大光，晚饭选在烧烤店。

这家烧烤店对面，就是月光酒店。月光酒店的霓虹灯牌匾闪烁，朝着张大光眨眨眼睛，好像一副嘲讽的表情。之前来过这里，烧烤店的店面装潢以及桌椅板凳室内布局，和之前一模一样，老板貌似换了人。生意场就是这样，折腾来折腾去你方唱罢我登场，今天你开张明天我关门，腾挪闪转，生意就得来来回回地折腾。

窗外的霓虹灯不停地闪烁，晃得人眼睛疼。情人节游戏的事情，没有和大胖说起过。所以，这个饭局选的地方，算不上大胖故意恶心人。

"知道为啥揍你吗？"

"不知道。"

"我要当爹了。"小餐馆里，大胖一边翻看菜谱，嘴里一边吐出这句让张大光目瞪口呆的话。

"当爹？"

"对，要当爹了。"

"媳妇还没有，就要当爹？"张大光不屑一顾。

"当个爹，还不容易？"大胖嘴里嘟囔一句。

"当爹就当爹呗，跟我有啥关系？"

"有。"把菜谱放在一旁，大胖吐了一口烟圈儿。

"什么意思，你又谈恋爱了？"

"咋的，不可以吗？"

"要当爹了，就非得打一架？"

"不可以吗？让我儿子看看，他爹的战斗力。"

当爹跟打架似乎必须有关联，这是什么混账逻辑。

一边点菜，一边漫不经心地聊天。春节临回家之前，大胖在这里请张大光喝过酒。酒喝到一半儿，大胖说雪儿给你捎一句话：谢谢你送给我的珍贵礼物。那天晚上，大胖直接把张大光喝趴下，雪儿失踪得无影无踪。张大光琢磨了一个春节，也没有琢磨出这句话到底啥意思。

大胖说，东北人遇见高兴事情，必须来点儿小烧烤。没有小烧烤，哪能把酒喝透喝尽兴呢。

"我要当爹了，肯定得庆祝。"大胖端起酒杯和张大光碰杯。

大胖是一个嘴里存不住话的人。这些年，大胖交过好几个女朋友，每一任女朋友，张大光基本上都见过。大胖的爱情，来得都是风风火火，但用不了多久，又会无疾而终。

"想结婚了？别冲动。"这样的节奏，过于暴风骤雨了。

"这回不一样。"

"那说说吧，这回咋就不一样？"

"我准备当爹了。"大胖说,"你准备好份子钱吧,得两份红包。"

"为啥还得两份?"

"一份结婚的,一份生孩子的。"

"这么快?之前没听你说过。"

"快吗?也是临时决定。"

"临时决定?咋想的?"

"你没想到的事情,还多着呢。"

"你都想好了?这可是一件大事情啊。"

"有啥好想的,都得走这步,早晚要结婚,结婚就得生孩子。"大胖又拿起菜单,"必须加俩菜。"

桌子上,摆满肉串儿、肉筋、大腰子、鱼豆腐。

"别点太多,吃不完。"

"又不用你结账。"大胖继续翻看菜单。

"够了,先说你的事吧,和那姑娘咋认识的?也算我没白挨打。"

两只杯子摆在桌子中间,大胖拿起酒瓶,不紧不慢把酒杯倒得满满的。

"你谈过恋爱吗?"推过来一杯白酒,大胖举起酒杯。

"我结婚都四年了。"

"你那也算结婚?"大胖一脸不屑,又觉得话说得不妥,"我的意思是,你的恋爱太平淡了,没意思。"

"所以,你要揍我一顿,让我不平淡?"张大光揉了揉头顶。

"我的意思是,你知道恋爱的那种感觉吗?"大胖递给他一串大腰子。

"哪种感觉?"

"我以前,虽然谈过几次,但是,这次……这次不一样。"

"有什么不一样的,说说?"对大胖的恋爱,张大光嗤之以鼻。

"就是，那种心跳，心跳的感觉。"

"心跳的感觉？"

"以前吧，见到一个漂亮姑娘，我就想办法，总是想跟人家套瓷儿，立马追，死皮赖脸地追着人家。"

"对啊，这是你的风格。"

"其实，那是泡妞儿，不是恋爱。"大胖喝了一口酒，"这回，彻底不一样。"

"能有啥不一样，我还不知道你？"

"以前泡妞的目的，就是想早一点儿得手，一心想着把姑娘搞上床，所有的心思都在这里，就像个发情的公狗，就是想赶紧把人家拉回家，越快越好。"

"哼。"张大光和大胖碰了碰酒杯，"这回，也没见你和以前有啥区别。"

"不不不，这回真的不一样，这回是心跳加速，哪怕只是待在一起，就是看一眼，都有感觉，都会特别幸福。"

"还能这样？"张大光不敢相信，这话是从大胖嘴里说出来的。

"但是，心里很纠结，也挺难受的。"抓起酒杯，大胖一口喝下半杯。

"慢点儿，喝这么快干吗？"

"我心里真的……难过啊。"大胖又端起酒杯。

"难过，恋爱了还难过？"张大光按住大胖的手，"慢点儿喝吧。"

"说不出口的难受，跟谁说也没有跟你说这么难受。"

"这就没意思了，你这是怕我嫉妒你？"

"也算吧！"大胖拿起酒杯，"兄弟，跟我干了这杯。"

"咋的了？"

"喝了，再跟你说。"大胖催促张大光端起酒杯。

张大光喝干杯里的酒："别扯淡，别跟我绕圈子，也没看出你这回跟之前有啥区别，狗改不了吃屎。"

"这回不一样。"大胖坚定地说。

"不一样？这才几天没见，认识了新姑娘，恋爱了，睡了人家，马上当爹了。"距离上次一起吃饭喝酒，隔着一个春节，满打满算没有超过一个月。

"老板，再来一瓶酒。"大胖大声招呼。

"恋爱、结婚、生孩子，打包一起来，你这是人生赢家啊。"

"这回，我是真的动了心。"

"动了心？我才不信，过不了几天，又得喜新厌旧。"

"不是你想的那样。"大胖表情有点儿奇怪。

"不是我想的那样？孩子咋来的，你给谁当爹？"

"你这话，问得好。"

"什么意思？"张大光放下筷子，看着张大光。

"没意思，喝酒。"端起酒杯，大胖猛喝一口。

酒喝得有点儿快。桌子上肉串儿和蔬菜几乎没动，两个人打开第二瓶白酒。眼前这架势，今天不喝透了，肯定没完没了。像是变了一个人，大胖忽然变得深沉起来，深沉得不再像大胖。一场恋爱刚刚开始，神魂颠倒成这样子，看来这个女人足够有魅力。

酒真是个奇怪的东西，喝多了人会胡说八道，话多得没边没沿。

确实有点儿反常，一瓶白酒之后，大胖反倒镇静下来，盯着张大光："你还记得，上次咱俩一起喝酒，我跟你说的话吗？"

"什么话？"

"这么快就忘了？"大胖瞪着眼睛，一本正经地说，"春节前，就是在这里喝酒，我跟你说的。"

"哪句话啊，那天我不是喝多了吗？"张大光还是想不起来，大胖那天到底说了啥话。

"仔细想，好好想一想。"

"真的想不起来了。"张大光说，"对了，刚才忘了跟你说，我也要当爹了，秦晓卉怀孕了。"

"我知道。"

"你怎么知道的？"张大光很吃惊。秦晓卉和大胖没有联系，自己又没有告诉过他这个消息。

"知道就是知道呗，非得刨根问底个啥，你这个人，毛病。"

"哎，我说你吃了枪药了？"

"刚才，下手有点重，我打疼你没有？"大胖端起酒杯，"喝。"

"还好吧。"张大光抿了抿酒杯里的酒。

"还想不想，再来一次？"大胖放下酒杯，拿起一串肉串儿，递给张大光。

"你高兴的话，怎么都行。"张大光接过肉串儿，咬了一口，"神经病！"

两个人一起工作，一起吃喝玩乐各样鬼混，放个屁的味道都彼此熟悉。张大光知道，大胖肯定有事情要说，而且是重要的事情，要跟自己说。

"是不是，结婚需要钱？"张大光试探着问大胖。

"这个还没考虑。"

"孩子都快生出来了，总得先结婚啊。"

"这个，的确是。"大胖若有所思，"就是啊，孩子得有爹有妈，得有家啊。"

"算下来，跟我家秦晓卉，日子差不多吧。"

"那又能怎样？"

"孩子生下来，这不，他俩也是好兄弟。"张大光笑着说。

"他俩……他俩本来就是亲兄弟。"大胖不再喝酒，也不吃菜，若有所思。

"是啊，这是好事儿。"

"所以，我难过啊。"

"难过？"大胖到底怎么了，说话吞吞吐吐。

"咱俩的关系，我说不出口。"大胖居然哭了起来，"如果我娶了她，咱俩的关系，可怎么处啊？"

"什么意思？"张大光彻底糊涂了。

"还不知道，我为啥揍你？"

22.神秘的恋情（中）

酒，喝出恍如隔世的感觉。

还是这家烧烤店，还是两个人一起喝酒，甚至点的菜和肉串，还有喝的酒都完全相同，只不过中间隔着一个春节。酒是好东西。大胖喝得手舞足蹈，又哭又笑。大胖说，等两个人的孩子都出生，要像一个爹的孩子一样，要比亲兄弟还亲。等他们长大了，会跑了，带着他俩去河边打架，就像刚才一样。

大胖说，两个人刚才的掐架，只能算是半拉子工程。等俩娃长大，再好好干一场，完成他俩未完成的这场战争。

"你想好了啊。"张大光说，"婚姻不是开玩笑，得彻底想明白。不能像我一样，稀里糊涂，到现在也搞不明白，和秦晓卉到底是结婚了，还是没有结婚。"

"那还不都一样，反正你俩天天一被窝儿睡觉。"大胖恢复了嬉皮笑脸。

情人节前后，发生了这么多事情，张大光好些话憋在心里没处说，一直盼着大胖早点儿回来，跟他唠叨唠叨，谁想大胖先来这么一场恶作剧。

"我想……跟秦晓卉离婚呢。"张大光说。

"你别扯淡，离哪门子婚，吃饱了撑的？"大胖一脸疑惑。

"我心里难受啊。"张大光叹气。

"多好的一个女人啊。现在，我只能说，你更不是人。"

"那我该怎么办呢？"

"好白菜都让猪拱了，猪还委屈？"大胖嘴里"呸"了一声。

"说说你那姑娘吧，是不是把人家搞上床，怀孕了，人家家里不干了，找过来要逼婚？"张大光问。

"孩子不是我的。"

"孩子不是你的？谁的？"大胖把张大光彻底搞糊涂了，"不是你的，为啥要跟她结婚？"

"她很特别。"

"特别，特别就要结婚？"

"那我就跟你说说吧。"大胖抬起头，"我第一次见到她，就觉得跟她有缘。这个女孩儿，感觉特别熟悉，特别亲切，总感觉是在哪里见过的样子。"

"嗯，然后呢？"

"然后，她被人骗了，骗得特别惨。"

"怎么被人骗了？"

"她认识的所有人，都骗了她。"

"然后呢?"

"她找到我,希望我帮帮她。"大胖淡淡地说。

"为什么找到你?然后你就英雄救美?"这个世界上,居然还有这样荒唐的事情,大胖这么一个不靠谱的人,居然要帮助别人。

张大光和大胖,两个人彼此熟悉对方的脾气、个性、气味,甚至讲话的方式和做事的态度。酒喝得差不多了,大胖很快就会从一个深沉的酒鬼变成话痨。喝了一口酒,靠在椅子背上,张大光开始认认真真听大胖讲故事。

"其实,我不想结婚。你也知道,我这个人,没心没肺,赚了钱随手花了,根本没想着要结婚过日子。"

"那你不小心点儿,睡了就睡了,干吗搞出孩子来?"

"不是啊。"

"你行啊,过个年的工夫,这才几天啊,你就让人家怀了孩子,你还嘴硬,不是你的,难道是我的?"张大光盯着大胖。

"她说,请我帮一个忙。"大胖说。

"这事儿,还有帮忙的吗?"

"有一天,她突然约我,见了面,第一句话就说她怀孕了。"

大胖很诧异,女孩儿怀孕和他一点儿关系没有,不知道这个女孩儿为什么找他帮忙,也不知道要帮什么忙。

"她跟我说,我必须得帮她。她说她想来想去,找不到更合适的人选,只有我能帮助她,别人都不行,要我无论如何得帮她这个忙。"

"帮忙?"

"下面的事儿,你绝对想不到。"大胖继续说,"她说,要把这个孩子生下来,请我来给孩子当爹。"

"当爹?"听起来足够荒唐,"孩子到底是不是你的啊?"

"不是。"大胖回答得很干脆,"但是,我准备给这个孩子当爹,以后,我就是他亲爹,等他生下来,谁敢欺侮我儿子,老子就跟他拼命。"

凌乱。

故事线索过于复杂,张大光感觉到凌乱,怎么也听不明白。

"不是你的孩子,是谁的孩子?"

"这不重要,重要的是,她想让孩子有个爹。"

"你这是何苦呢,好人好事也不是这样做啊。"

"我也没干活儿,又没费力气,就有了个大儿子,属于不劳而获,何乐而不为呢?"

"这……"

"我想让孩子有个爹,有个靠谱的爹。"大胖盯着张大光说。

女孩儿跟他说这话的时候,大胖差点儿惊掉下巴。女孩儿说,这个孩子,无论如何要生下来,因为种种原因,不想让孩子亲爹知道,才想出这个办法。眼下的困难是,要生下这个孩子,必须得有个爹,否则孩子没法落户口,将来没法上学,甚至到妇产医院建个档,都很困难。再者说,以后孩子大了,别的孩子都有爹,孩子问起来,总不能说他没爹,是石头缝里蹦出来的吧。

女孩儿没有太多的朋友,想了好几天,觉得大胖是一个善良的人,所以请他帮忙。女孩儿说,实在是走投无路了。

"我这个人,虽然挺操蛋,但是见不得女人的眼泪啊。"

"那你,就答应了?"

"还能怎样?"

"糊涂!这样做,你知道后果吗?"

"那又怎样!"大胖目光里充满挑衅,"人家遇到了难处,如果找到你,你要不要帮?"

女孩儿说，不会耽搁大胖太多时间，就是等孩子生下来，大胖有时间的话，偶尔来陪陪孩子，让孩子感觉有一个爹，就行了。生孩子的钱，还有养孩子的钱都攒够了。而且，女孩儿的闺蜜，也答应帮她养孩子。

"你答应了？"

"答应了。"

"我咋说你啊，这个戏不好演啊。"

"谁说要演戏？"

"还能咋？"

"我要跟她结婚，真的结婚。结了婚把孩子生下来，别人不愿意给孩子当爹，我愿意，我给他当爹。"

"胡闹！"

"你还不知道，真的不知道，我为什么揍你？"

"……"

"现在，我还想揍你。"

"你这个人，有病，真有病！"

"看看谁有病。"大胖拿出手机，拨出一个号码，然后把电话递给张大光。

"你在哪里，咋还不回家？"电话里，是雪儿的声音。

"雪儿，雪儿……"张大光心跳加速，听筒里，只剩下嘟嘟嘟的声音，电话那边已经挂断。

"孩子，是谁的？"电话里，为什么是雪儿的声音？

"你说呢？"大胖把嘴里嚼着的一颗花生米，狠狠地吐在地上。

"不知道啊。"

"你还不知道，为啥揍你？"

"不知道。"

"你要当爹了。"大胖说。

"是啊，要当爹了。"张大光答。

"我要替你养儿子！"

"我儿子我自己养，用不着你瞎操心。"

"你给我装傻，是吧？"大胖愤怒地举起拳头。

"你喝多了吧？到底咋回事儿？"

"还没想明白？"

"有点儿糊涂了。"

"非得我直说？你这人欠揍！"

"别藏着掖着了，咋这么磨磨叽叽啊。"

"我要给你养儿子。"大胖抡起拳头。

23.神秘的恋情（下）

彻底糊涂了。

从拘留所出来之后，大脑的转速明显变慢。张大光怀疑，因为拘留所房间过于狭窄，人员太多，封闭的空间严重缺氧，对大脑造成不可逆的伤害。或者父亲去世的打击，过度悲伤让大脑短路，开启了自我保护模式。

大胖的话莫名其妙，逻辑混乱理不清头绪。

"我要给你养儿子。"大胖抡起拳头。

宛若泥塑，愣在那里，张大光傻了。电话里绝对是雪儿的声音。这个声音，再熟悉不过，绝不可能听错。浑身燥热，坐立不安。

"你说的人……是雪儿？"凌乱之后，张大光意识到问题的严重性。

大胖古怪诡异的行为，还有绕来绕去的描述，所有情节和内容，很明显指向了雪儿。

"你猜啊。"

"到底是不是，你快说！"

"是又怎样，不是又怎样？"大胖用筷子扒拉着盘子里的拍黄瓜，拣出里面的红辣椒，一只一只整齐地摆在桌子上。

"我就问你，刚才是雪儿吗？"

"你说呢？"

"为什么，是雪儿？！"张大光吼叫。

"不可以吗？"大胖一副挑衅的表情。

"我问你为什么是雪儿！"

"你可以三妻四妾，我不能找个老婆结婚？"大胖声嘶力竭地号叫。

"可是……"像个霜打的茄子，张大光彻底蔫了。

"可是什么，没有可是。"

"可是，雪儿……"

"嘘——"大胖做了一个制止的动作。

"什么意思？"

"不用说了，有些话，还是不说出来，更好些。"

线索越来越清晰，然后又变得混沌模糊。事情过于尴尬，虽然两个人都没有把谜底直接揭穿。以为毫无悬念，又似是而非。不敢循着思绪思考，无法面对这个现实。好兄弟之间什么都可以共享，但是，这件事情不可以。不可能，这绝不可能。这绝对是一个恶作剧，大胖是一个善于搞恶作剧的人。就像当年，大胖说如果张大光睡了秦晓卉，或者偷了她一条内裤烧掉，就可以祛除血光之灾一样。就是一个恶作剧，后来大胖亲口承认了，那是胡说八道戏耍张大光。

"是雪儿。"大胖终于放下筷子。

"怎么可能?"张大光无法面对。

现在的事情,不仅仅是莫名其妙、不可理喻,而是,根本没法收场了。

跟大胖的晚餐,最终不欢而散。和电影里的情节不同,酒桌上,两个人谁也没有喝到大醉,用醉到不省人事那种方式躲避难堪,也没有再动拳头,没有掀桌子,甚至谁也没有再说一句话,不约而同站起身来,一言不发扭头就走。

喝酒之后,头脑异常清晰。

张大光想起来两句话,这两句话的逻辑关系,形成一个完整的故事情节:第一句,是雪儿托大胖带给他的一句话。春节前,在这间烧烤店喝酒,大胖告诉张大光,雪儿不愿意再见他,委托大胖捎一句话给他,雪儿的那句话是:"谢谢你,送给我的珍贵礼物。"就是这句话,让张大光百思不得其解。酒喝得昏天黑地,怎么想,都没有想明白。

第二句话,是刚才河边打架的时候,大胖随口说出的那句话:"如果我娶了她,咱俩的关系,可怎么处啊?"当时没有听清,没有听明白,或者是根本没有在意。

此刻,这两句话清晰地在耳边响起。

这两句话,叠加在一起,故事线索逐渐清晰起来。的的确确,这场戏,没法收场了。

串儿店老板追到门口,大声嚷嚷:"两位大哥,还没结账呢。"

大胖丢给他几张钞票,之后扭头对张大光说:"下周日,世贸天阶,有一场我跟她的求婚仪式,我就不专门给你送请柬了。"

还求婚仪式?

荒唐透顶。

这叫啥事儿啊。张大光想起俩词：鸡飞狗跳、鸡犬不宁。愣愣地站在空旷的路边，此刻，思维变得更加清晰活跃。一切，终于都搞明白了。大胖的恋爱对象，是雪儿。雪儿怀孕了，孩子不是大胖的。

大胖说："我要替你养儿子！"

雪儿把自己杯里的酒一饮而尽。

"你觉得这个世界公平吗？"喝过酒之后的雪儿脸蛋通红，认真地看着张大光。

"应该还算公平吧，但是也不绝对。"

"嗯，对你来说，也许是吧。"雪儿说，努力想做一个好人，生活中却总是遭遇各种倒霉的事情，身边的骗子，却都过得好好的。雪儿又给自己倒了一杯酒，和张大光碰了碰杯，两个人一口干了。洋酒的味道怪怪的，辛辣的气息，火烧火燎从嘴巴穿过喉咙直接进入胃里。

"我不偷不抢，只想过个好日子，能够正常穿衣吃饭，每天平平安安，不求大富大贵，就是这么点儿要求，也都……很难。"雪儿继续喝酒。张大光按住她的酒杯："怎么了，慢点儿喝。"雪儿夺回杯子，一口喝光了杯子里的酒。

"怎么了，别喝了。"张大光劝她。

"不怎么，就是想喝酒，就是想跟你说话。"

"那就说呗。"张大光说。

"现在不说，恐怕以后就没机会说了。"雪儿说。

"什么意思，怎么会没有机会了呢？"

雪儿说："我给你看一样东西吧。"

她从抽屉里拿出一个本子，张大光看清那是一个病历本，里面夹着几张化验单。雪儿翻开病历本，指着其中一页，张大光瞪大眼睛，仔细辨认上面潦草的字体，终于看清楚一个刺眼的词汇——骨癌！

"怎么会这样？"

"医生说了，也许还有三年，最多也就五年。"

"雪儿！"张大光惊愕地看着她，端着酒杯的手微微颤抖。

"没事儿，哪怕只有一天了，也要高高兴兴、快快乐乐的。"雪儿说，"陪我喝酒吧。"

雪儿告诉他，自己生病的事情，还没有和任何人说。对自己来说，这个病是个灾难；对于别人来说，只是生活里的一个事件而已。

雪儿说："谢谢你，这些天来陪我。"

张大光浑身颤抖，抱住雪儿，紧紧抱着。

"抱紧我，抱紧我。"怀里的雪儿面色惨白，身体瘦弱。

没有想到，雪儿清秀的面容之下，竟然埋藏着这样的一个秘密。雪儿每天看起来快快乐乐，却背负着这样巨大的包袱。在这个世界上，张大光一直以为自己运气不好，倒霉透顶，没有想到还有比自己运气更差的人。

雪儿美丽如花，然而这样美丽的生命即将凋谢。这个世界，没有公平，没有正义，甚至没有是非可言。

张大光不愿意相信雪儿说的话。

病历本上那两个字，灼痛着他的眼睛。

失散多年之后，再次遇到雪儿，充满戏剧性的巧合。两个人紧紧地拥抱，唯恐再一次走失。雪儿浑身战栗，眼神里充满恐惧。那个晚上的记忆，一片模糊。的确喝醉了，后面的事情，记不起来。问题肯定出在了那个晚上——那一晚，酒醉的张大光没有回家。

这个世界，实在荒诞透顶。

这件事情的复杂程度，完全超越正常人的思维。大胖怎么又掺和进来了呢？这场复杂的游戏，大胖本该是一个路人乙，现在升级成故事中的另一个重要主角。

鸡犬不宁，猝不及防。没有想到后面的情节，这样复杂悲催，窝囊透顶。心里憋屈，像压了一块石头，喘不过气来，张大光想找个人倾诉，可是，能跟谁说呢？这个人只能是秦晓卉。

但是，难以启齿。

秦晓卉策划的游戏，本来是一个非常好的契机。张大光准备彻彻底底把心里想说的话，一同讲给她，但是机遇稍纵即逝。情人节过了，情人节游戏卡在那里，之后又发生了那么多的事情。所有事情拧在一起，思绪越来越乱，理也理不清楚了。

"我要替你养儿子！"

大胖是个滚刀肉，不管不顾。大胖那句话，像一把明晃晃的尖刀，把张大光逼到了墙角，没处躲没处藏。尖刀插入身体直刺心脏，鲜血喷溅，疼痛难忍。谜底揭开的那一刻，无法面对真相。没法收场了，所有人陷入难堪。大胖这个混蛋！装哪门子好人，干吗非得蹚这个浑水，非得把事情搞得如此不堪？

张大光像是落入陷阱的一头野兽，浑身捆满绳索无力挣扎。

即将做母亲的秦晓卉，每天有太多的快乐，此刻，根本无法理解张大光的苦闷。

24.救命稻草

民间有一种说法：一孕傻三年。

秦晓卉愿意做那个快乐的傻女人。生活里很多乱七八糟、旁枝末节的事情，如果不去仔细想，就没有烦恼。烦恼属于聪明人，越是聪明的人烦恼越多。烦恼多了，多得拎不清楚，压在身上背不动，压在心里喘不过气来，唯一解脱的方式就是不去想它。不去想，就没烦恼了。虱子多了不痒，债多了不愁，到了这样的境界，人就没烦恼了，就会变聪明。

秦晓卉不去过问，也不清楚张大光的烦恼。

即使知道了又能怎么样呢？整个事情的复杂程度，秦晓卉无法想象。无论是张大光，还是秦晓卉，或者任何一个人，对这样的事情，都无法承受也难以面对。秦晓卉是一个眼里不揉沙子的人。但是，怀孕后的秦晓卉，思维变得越来越简单。这个孩子来得太是时候了，简直就是一根救命稻草。怀孕，成功地掩饰掉她和张大光之间，因为那个难堪的情人节游戏带来的一切麻烦。秦晓卉不再想之前的事情，不再计较婚姻关系调查事务所那些人骇人听闻的胡说八道，不再对任何心理学知识和精神分析感兴趣，甚至不再关注张大光每天的作息时间和言谈举止，全部注意力转移到肚子里的孩子上。怀孕成为一个分水岭，怀孕后的秦晓卉更加完整。

或许，这就是秦晓卉的聪明。或者说怀孕之后，秦晓卉变聪明了。所谓怀孕变傻的说法，其实是一个玩笑，这不过是孕妇的保护色而已。为母则刚，一个女人怀孕之后，会非常清晰地知道，在家庭中自己要面对的一切。女人怀孕之后，肚子外面的世界，似乎与己无关，无论发生什么，完全可以充耳不闻。

但是，张大光注定不是一个聪明人。

彻底忘掉雪儿，绝对是一个谎言，完全是自欺欺人。春节前，雪儿托大胖捎话，让张大光彻底忘掉她。张大光也试着跟自己商量，既然如此，那就忘掉吧，就当什么事情都没有发生。

本以为记忆可以删除，能够说服自己，张大光想安安静静过一个春节，然后一切重新开始。所以他接受了秦晓卉的建议，想借着情人节游戏的情节和氛围，向她倾诉一切的苦闷还有烦恼，甚至彻底坦白。天不遂人愿，没想到一连串的糟糕接踵而至，冰雹一样砸了下来，让人毫无抵抗能力，更没有时间去思考。现在，大胖的故事，打破了这份宁静。谎言再一次破裂，自己无法骗过自己。特别想听听雪儿的声音，想知道雪儿究竟在哪里。如果真像大胖说的那个样子，雪儿也应该亲口告诉自己啊。

张大光不接受大胖说的一切。

即使再尴尬，也要向雪儿求证真相——只有雪儿亲口说出来才是真的。急不可待拨打电话，想听雪儿的声音，哪怕只是一秒钟。

拨通雪儿电话，是三天后的事情。

接通电话的那一刻，电话两端谁也不吭声。雪儿屏住呼吸，但张大光听出来，雪儿哭了。雪儿没说话，挂断电话，随后发来一条信息：过年的时候，特别想和你在一起，在一起过一次春节，但是，我忍住了。一切都过去了，就像一场梦。大光，谢谢你！

紧接着，又发来一条信息：我终于自由了，现在一切都好。

回微信过去，信息被拒收，很显然雪儿拉黑了他。之后，雪儿的电话，永远关机。

窗外的雪，还在无声无息地下着。

雪儿，你在哪里啊？

看着雪花儿杂乱无章漫天飞舞，张大光觉得自己就是其中的一片雪花，在天空中飞呀飞，最终不知道究竟该落到哪里。迎着飘舞的雪花，张大光骑着电动自行车，故意放慢速度。自行车轮胎碾压着地面的积雪，发出嘎吱嘎吱的声音，像是一个人愤怒的谩骂。肆无忌惮的雪花狠狠地抽在脸上，然后顺着领口钻进衣领，沿着脖子滑落到小腹，就像一双冰冷的小手，在抚摸身体的每一寸肌肤。张大光加快速度，让一片片雪花更猛烈地撞击自己。脸部的肌肉早已麻木，感觉不到任何的寒冷和疼痛。

走在前面的一辆出租车，左右扭了扭屁股。路边有个姑娘伸手拦车，出租车不打转向灯，毫无征兆地突然靠边停车。张大光来不及刹车，电动自行车直接滑倒扔了出去，人也趴在雪地上。迅速爬起来，拉开车门，张大光把司机薅出来，上去就是一拳，然后直接把他按在地上，又是两脚。司机蜷缩一团双手抱头，杀猪般地号叫着。

"唉，唉，别打人啊。"旁边打车的女孩儿伸手去拉他。

"没你的事儿，"张大光粗暴地甩开女孩儿的手，"我就想告诉他，下次记住了，停车打转向灯。"

张大光扶起电动自行车，车把有点儿歪。司机从地上爬起来，死死抓住自行车。司机说："你别走，你别走，打完人你还想走？"

照着司机下巴又是一拳，出租车司机直接摔倒在地上。骑上电动自行车扬长而去，走出很远，回头看了看，那个司机还坐在雪地上打电话，张大光吐了口唾沫，感觉打架之后，心情好了很多。

张大光经历的这一切，秦晓卉当然不知道。秦晓卉的思维里，和张大光的婚姻就像眼前的雪景一样简简单单。谁能想到这种简单只是假象，张大光忙忙碌碌惊慌失措，一切的一切都隐藏得很深。

一场降雪宛若童话，这个世界看起来简单纯粹、洁白无瑕。回到家里，到了晚饭时间，秦晓卉坐在沙发上发呆。

"我妈包的饺子，临走包了很多，冻在冰箱里，等着我给你去煮。"秦晓卉起身去了厨房。

"我自己去煮吧。"

"不用，不用，马上就好。"

张大光换好拖鞋，脱掉外衣，坐在餐桌前。饺子很快煮好端了上来。

"快吃吧，我去给你拿蒜和醋。"碗里冒着热气，秦晓卉笑盈盈地递过筷子。张大光爱吃饺子，夹起一个饺子放在嘴里，不小心咬到了舌头。

"我妈包的饺子，好吃不？"

"好吃。你也吃啊。"

"你先吃吧，我这几天老是想吐，吃不下。我说你爱吃饺子，临走前，我妈专门给你包的，谁让你娶了个不会包饺子的笨媳妇呢。"

窗外雪花肆虐，屋内温暖如春。房间虽然不大，但被秦晓卉收拾得干净利整，桌上是热腾腾的饺子，对面坐着白皙漂亮的女人。如果没有雪儿和大胖说的事情，如果没有这些是是非非，眼前绝对是一幅幸福而温馨的画面。

秦晓卉指指肚子："看看，有啥变化？没准儿啊，他在肚子里叫爸爸呢。"

"瞎说，刚刚怀孕，怎么可能？"

"你想想，给他取个名字吧。大光，我改变主意了，现在我想要一个男孩儿了，如果是个男孩儿，咱叫啥？"

"晓卉，我还没有准备好。"张大光放下筷子，"你看看，我现在这个样子，有资格当爹吗？"

"怎么没有资格啊？"

"我总觉得，得生活稳定了，咱再要孩子。"

"可是，他已经来了啊。"

"咱俩之前一直说不生孩子，我们就这样丁克一辈子，你也同意的啊。"

"是，当时我同意，但是你知道吗，这两天，我每天都和他说话，我和他有说不完的话，我觉得做母亲是一件很幸福的事情。"秦晓卉满脸幸福，"都能想象出他长什么样子。你回家之前，我坐在沙发上和他说话，我说宝宝乖，你爸爸马上就回来了，我感觉他在和我笑呢。"

张大光默默吃饺子。

"大光，谢谢你，给了我一个孩子。"大颗大颗的眼泪涌出来，怀孕后的秦晓卉越来越爱哭。秦晓卉对他说："遇到你，遇到他，都是我这辈子最幸福、最快乐的事情。"

秦晓卉浑身散发着即将做母亲的热情。

"我想，出去抽根烟。"

"外面下雪呢，我也想出去看看雪。"

"下雪天，路滑，你还是在家里待着吧。"张大光穿衣出门。

雪越下越大，地面的积雪越来越厚。几乎所有的道路都被积雪掩埋，建筑在落雪中若隐若现，张大光漫无目的地一路往前走。这个世界荒诞透顶，眼前只有一片洁白，走着走着，看不清方向，找不到路口，风雪中张大光居然迷路了。

大雪整整下了一个晚上，早晨出门的时候，雪已经没过了窗台。父亲从火炕上坐起来，不紧不慢地穿好衣服，趿拉着鞋子走出屋门，开始清扫院子里的积雪。张大光一骨碌爬起来，穿好衣服下床，跑到院子里抄起一把铁锨，和父亲一起铲雪。父子俩谁也不说话，两个人一起，在院子里铲出一条通往院门的通道。父亲把院子里清出来的雪堆在门外，张大光滚了一个雪球摆在雪堆上，父亲在雪球上面，塞了两个土坷垃，一个雪人儿活灵活现地出现在面前。

父亲冲他笑了笑，拍拍他的肩膀："最近怎么样，儿子？"

"爸，我好想你。"张大光鼻子一酸，"爸，昨天晚上下雪，我迷路了。"

"看你想不想找到路。"父亲笑嘻嘻地坐在门口开始抽烟。

抽着抽着烟，父亲开始慢慢融化。张大光伸手去抓父亲，手里什么也没有抓到，只剩下敞开的院门。

张大光浑身疼，头疼，骨头疼，睁不开眼睛。

"你醒了？说了一晚上梦话。"

努力睁开眼睛，雪儿端着一碗姜糖水，笑眯眯站在床头看着他："昨晚上不让你出去，你非要出门，你看看，感冒了不是？"

嗓子疼，张大光说不出话来。

伸手去拉雪儿，眼前的雪儿变成了秦晓卉。

浑身没有一点儿力气，躺在床上，张大光脑子里始终是父亲的影子，仔细回忆梦里父亲和他说过的每一句话。

秦晓卉的母亲打来电话说，张大光这是病毒性感冒，怕传染给秦晓卉。母亲提醒，怀孕的时候一定要避免感冒。

张大光说："要不，我出去找个酒店住两天吧。"

秦晓卉不同意。秦晓卉说："你病了，我得陪着你。"

这次的感冒，特别厉害，张大光在床上躺了三天。

头疼，嗓子疼，骨头疼。

疼，浑身疼。

第五章

张大光的疼痛

25.你看到的，不一定真实

乱七八糟的事情堆积在一起，层层叠叠要把生活压垮，日子没法过了。想起那句话：虱子多了不痒，债了多了不愁。很多事情想不明白，索性不去想，没有解决办法，干脆躲起来回避。无法面对，无力解决，最坏也不过如此了，去他的吧，爱啥是啥。脑袋变成了木头疙瘩，除了吃饭睡觉，其他事情一概停滞。

中午，胡乱吃一口饭，张大光躺在沙发上发呆。

秦晓卉的生活，每天三点一线，上午去公司干活儿，下午回家晒太阳。张大光刻意保持和秦晓卉不同的节奏，上午待在家里，下午出门闲逛。

窗外，一辆警车呼啸而过，警报声音尖厉刺耳。半梦半醒中，张大光抬头看墙上的石英钟。足足看了五分钟，时针分针一动不动，始终指向14:45。终于明白过来，电池耗尽钟表停摆了。

石英钟下面的电视柜上，摆着一台遥控玩具汽车，是一台警车。张大光拿起它，想抠出里面的电池。不知道碰了哪个按钮，遥控汽车吱哇吱哇响起警报声，和刚才大街上经过的那辆警车，声音一模一样。

"我送你一辆汽车吧。"

那天，在雪儿家吃过饺子，雪儿收拾好碗筷，在围裙上蹭了蹭手："我想送给你一辆汽车。"

"送我一辆汽车？"张大光张大了嘴巴，"你是……富婆吗？"

"你想哪儿去了啊。"雪儿大笑起来，眉毛上那个紫红色的胎记，就像一只紫色的瓢虫，在雪儿灿烂的笑容里蹦蹦跳跳。

雪儿打开柜子，拿出一个大纸盒子，递给张大光。

"这是什么啊？"

"我送你的汽车。"雪儿笑眯眯地看着张大光。

"汽车？"

"当然了，汽车，你打开看看就知道了。"

难道盒子里有一把车钥匙？张大光拆开纸盒，原来是一台遥控汽车。

"你是不是想太美了？"

"什么意思？"张大光不解。

"想一想，十年前，我咋骗的你？"

认识雪儿的时候，张大光还在省城读书。

初秋季节，天气转凉，路上积满落叶，双脚踏上去，发出嘎吱嘎吱的声音。嘎吱嘎吱，夜色中这种声音格外嘹亮。学校对面的一条街，叫斜街，里面林林总总充斥着各种大排档、小饭馆、网吧、发廊，没事儿的时候，宿舍里的那帮鸟人都喜欢到这条街上鬼混。

感觉有人始终跟着自己，张大光停住脚步猛然转身，一个女孩儿差点撞到他身上。

"你为啥跟着我？"

"我没想跟着你，前面是我家店。"女孩儿往前一指。路边是一家发廊，里面亮着粉红色的灯光，门口坐着一个打扮光鲜的女孩儿，目光正往这边瞟。

"你是大学生吧，来吧，进来坐坐吧。"女孩儿拉了张大光一把。张大光跟着女孩儿，两个人一前一后进了门，在门口女孩儿的目送中，走到最里面的一个小屋子。屋子不大，只有一张单人床，铺着淡蓝色的床单，整洁利索。

女孩儿身材很好，随手脱掉外衣，身上只剩下一条白色的吊带儿。

摸了摸张大光的耳朵，女孩儿说："小哥你应该懂规矩，进了我这屋子，要五十块钱。"

"啥规矩？"张大光摸不着头脑。

"俺这里是洗头房，也就是说，是个消费场所。你和我一起进来，外面老板娘看得清楚，你进了我这屋，就算一个钟，出去的时候，你要给老板娘五十块钱。你傻啊，这也不知道啊。"

"我，我……"

"你们那边的大学生，好多人都跑在我们这里耍。咱这里，你想要的服务都有，一口价五十块，都知道的。"

女孩儿盯着张大光，叹了口气："看来你是个雏儿，算我倒霉，你陪我聊一会儿天吧，钱我给你垫上，谁让我喜欢帅哥呢。"

"我，我有钱。"张大光拍拍裤子口袋。

"有钱就好，那还不快点儿。"女孩儿抱住张大光的头，用吊带里胀得满满的胸口蹭了蹭张大光的脸。"那就开始了啊。"

浑身滚烫，张大光感觉身体里有一股火焰，要喷出来。

女孩儿的手，从张大光的后背摸到前胸，张大光浑身哆嗦起来。女孩儿轻轻摸着张大光的脸颊和头发，又轻轻地亲了一下张大光的眼睛。

"反正是五十块钱，做啥都是五十块，啥也不做也是五十块。"

女孩儿开始解张大光的皮带："抓紧时间吧，如果赶上警察来了，咱俩提裤子就跑。"解开裤子的最后一颗纽扣，就在这时候，窗外传来警车呼啸的声音。

"不好了，警察来了！"

顾不得穿好衣服，嗖地一下从床上蹿起来，拉开窗户，两个人跳到了外边。

那个女孩儿就是雪儿。成为张大光的女朋友之后，雪儿解密了当天的情景：洗头房门口坐着的女孩儿，是她表姐。警报的声音来自一台遥控玩具警车。玩具警车的声音，吓得张大光拔腿就跑——成功地把钱包掉在地上。

雪儿告诉他，这种套路，她和表姐屡试不爽。

"你这个人，太好骗了，所以送给你一辆警车。"雪儿按了一下遥控器。警报声瞬间在屋子里嘹亮地响起来，张大光手一抖，玩具警车掉在地上。

"瞧把你吓的。"雪儿哈哈大笑，笑得前仰后合。

"还以为，你送我一辆豪车呢，那样可真会把我吓坏。"

"你想得美，就是送一辆豪车，我也送得起。你敢收吗？"

张大光尴尬地捡起遥控警车，重新包装好，放在沙发上。

"你说你，挺大的一个人，上医院看个病，差点儿就让人家忽悠走几万块钱。"雪儿指着遥控玩具车说，"没事儿的时候，多听听这个警报的声音，受受教育，好长记性。"

"我看前列腺被骗，不会也是你导演的吧？"

"本故事纯属巧合，请勿对号入座。你非要撞上门来，人家还能有钱不赚？"

当年洗头房被强拆之后，从此再也联系不上雪儿。

完全没有想到，十年后在北京，再次遇见雪儿。因为吃辣上火尿不出尿来，以为前列腺出了问题，跑去医院，医生一通吓唬加忽悠，张大光乖乖刷卡交钱。没有想到，雪儿居然是这家医院的护士。十年后的这场意外邂逅，雪儿为张大光讨回来被骗的钱。

后来去雪儿家吃饭，雪儿说了自己的遭遇，张大光知道雪儿得了骨癌，又遭遇家暴。雪儿欲哭无泪，张大光震惊不已。那个晚上，是那样的漫长，雪儿面容憔悴，眼神儿宛若受惊的小鸟。张大光心痛，针扎一样地痛。雪儿双肩颤动，一头长发垂了下来，趴在张大光双腿间呜咽，眼角儿那块紫色的胎记，像一只受惊的瓢虫，随时准备起飞逃窜。张大光双手紧紧抱住雪儿的肩膀。

遥控汽车做工精美，放在柜子上好久，落满灰尘。坐在沙发上，张大光摆弄遥控警车，警灯在他的手里闪烁，警报声嘹亮高亢。关掉开关，打开电池仓，取出两节五号电池，准备给钟表换上。

一张纸条儿从电池仓掉了出来。张大光捡起纸条，纸条上面是一行手写的字：

"你看到的，不一定就是真实。"

"怎么会这样呢？"张大光喃喃自语。

26.求婚仪式（上）

星期日，世贸天阶，求婚仪式。

实在难堪。每个字眼儿，都令人心痛。张大光痛恨的那个日子，终于来了。

那天吃过饭后，大胖丢下一句话："我跟她的求婚仪式，就不专门给你送请柬了。"张大光没有求过婚，不知道世贸天阶求婚是个什么梗。大胖这么个土鳖，竟然要在世贸天阶来秀个求婚，没天理了，简直是出洋相。想着大胖那一张胖脸，就觉得恶心。怎么也想不出，大胖的求婚仪式能搞成啥样子。

思考再三，坐上公交车，趁着黄昏，张大光悄悄溜进世贸天阶的广场。世贸天阶，绝对是一个时尚的地方，来来往往的男男女女，都是潮流达人。太阳刚刚落山，各种霓虹灯开始闪烁。抬头向上看，横跨在头顶的巨型 LED 屏幕，播放着一条乳酸菌广告，画面里手拿饮料瓶的女孩儿，说话声音嗲嗲的，让人胃里一阵阵反酸。

　　这是一个即将开始的求婚仪式。

　　很明显，大胖求婚的对象就是雪儿。

　　雪儿说的珍贵礼物，是怀了孩子。那天，大胖一直拐弯抹角、旁敲侧击。起初，张大光并没有听明白，津津有味像听着一个和自己无关的段子，一边听，一边以过来人的姿态教训大胖。大胖愤怒了，直切主题，捅破谜底，张大光彻底傻了。那个晚上，张大光没有走，住在了雪儿家，雪儿说她得了骨癌，生命已经走向了尽头。面对身材娇小、浑身战栗的雪儿，张大光怎能离开呢？那个晚上，紧紧抱着雪儿，张大光不知所措。

　　雪儿肚子里怀了孩子。雪儿想做母亲，要生下这个孩子，又不想打扰张大光的生活，所以选择了失踪。雪儿找人帮忙，要为肚子里的孩子找一个爹，一个充门面性质的替代品，找到了大胖。

　　现在，不仅仅是帮个忙的问题了，大胖实实在在地爱上了雪儿，心甘情愿要给雪儿肚子里的孩子当爹，还要娶雪儿做老婆。所以，大胖像头愤怒的狮子，狠狠揍了张大光一顿，还说出那句撕心裂肺的话："如果我娶了她，咱俩的关系，可怎么处啊？"

　　荒唐啊。

　　不是客串，不是临时当爹，彻底入戏。大胖要求婚，情节过于魔幻，这件事翻来覆去怎么说，都不够体面，也不好听。

　　连续几天，雪儿都不接电话，估计是觉得太尴尬，无法面对。

　　秦晓卉的情人节游戏，严重干扰了张大光的思维。大脑被这个荒唐的游戏占用太多的存储资源，以至于忽略了雪儿，还有关于雪儿的一切细节。就连雪儿捎过来的那句"谢谢你，送给我的珍贵礼物"，这样明显的一句话，都没有解读出来，实在是愚蠢。

秦晓卉的游戏演砸了，张大光进了拘留所，断了和外界所有联系。恰恰在这时候，在张大光完全不知情的情况下，大胖和雪儿的关系，发生了化学反应。

雪儿，为什么不能面对面直接告诉我呢？

世贸天阶，巨型 LED 屏幕下面的小广场，响起震耳欲聋的音乐。

难道，非得搞成这个样子吗？无论发生了什么，总会有解决办法。即使再难，也应该让我跟你一起去面对，一起去承担啊。

想象着雪儿柔弱的样子，张大光一阵阵心痛。

广场角落，乐队的乐手不慌不忙地开始排练，手拿麦克风的主持人，跟工作人员一起调试音响。头顶的大屏幕上，开满了玫瑰。红色的玫瑰花鲜艳欲滴，色彩浓郁奔放，仿佛要从 LED 屏幕垂下来，砸在每个人的脑袋上。歌手声嘶力竭地唱起一首爱情歌曲。广场周围，很多人驻足观看，窃窃私语。世贸天阶的小广场，据说是北京著名的求婚圣地，每年都有无数个爱情故事在这里上演。这块大屏幕，价格不菲，租一个晚上的费用，足足可以买上一台小轿车了。

不知道大胖哪里弄来的钱，土包子进城，居然要搞点儿洋事情。

歌手还在深情地歌唱，手捧鲜花的两个姑娘，站在大屏幕下面的柱子旁边。看起来，求婚仪式就要开始了。

张大光躲在角落里，目光在人群中努力寻找，没有看到大胖和雪儿的身影。

"天气虽然依然寒冷，情人节虽然已经过去，但是，今天晚上，在这个地方，我们将一同见证一段美好的爱情。一个充满梦幻色彩的爱情故事，即将在这里上演。现场的朋友们，你们期待不期待？"主持人声音嘹亮。

"期待！"人群里，稀疏的声音在附和。

"今天，我们请到了 Alpha 乐队的朋友，为大家现场表演助兴。现在距离那个最激动人心的时刻，还有半个小时。"

音乐响起，乐队开始卖力地演唱、演奏，主持人的声音，淹没在音乐中。张大光焦急地等待着，寻找着。大胖和雪儿，雪儿和大胖，还是没有任何踪影。手机响了一下，张大光接起电话。

"你在哪里？"是秦晓卉打来的。

"我一会儿，一会儿就回家。"距离音响太近，亢奋的音乐，让张大光听不太清楚秦晓卉的声音。

"我就在你身后，我看见你了。"秦晓卉挂断电话。

衣角被人拉了拉，回头一看，秦晓卉正看着他微笑呢。

"这算偶遇吗，你咋在这儿？"

"我，也是路过这里。"

秦晓卉上班的公司，离世贸天阶还有一段距离，想不到秦晓卉在这里出现。想跟她说，今晚求婚的主角是大胖，左思右想，还是咽了回去。

"我饿了，请我吃饭吧。"秦晓卉拉起张大光的手，"还以为你是专程过来接我的呢。"被秦晓卉拉着，去了世贸天阶旁边大厦的顶楼。这里有一家日式料理，两个人吃饭的桌子旁边，是一扇落地大窗，能够俯瞰世贸天阶广场的全景。

"我印象中，你很少来这边。"秦晓卉夹起一块儿三文鱼放进嘴里。

"你的意思是，我很老土呗。"一边吃饭，张大光一边眺望窗外。无奈楼层太高，透过窗户，根本无法看到楼下广场的细节，也听不到任何声音。

"楼下挺热闹啊。"

"嗯。"

"好像有求婚的，你注意到没有？"秦晓卉边吃边问。

"好像是吧。"张大光漫不经心。

"据说，租这个场地很贵的。"

"嗯，好像是。"

"你说，当初，你咋没想到租个大屏幕，跟我求婚呢？"望着窗外，秦晓卉一脸羡慕，"这个女孩儿，可真幸福。"

"你羡慕了？"

"有点儿，没有哪个女人不羡慕的。"

"嗯。"张大光喝了一口清酒，看着秦晓卉说，"我们管这个，叫过家家，小时候经常玩儿。"

"那你咋不跟我玩儿？"秦晓卉抬起头来，盯着张大光。

"过家家，过不长啊。"

"那天，我做过一个梦，梦见你开着一辆敞篷跑车来接我，车上拉着一车鲜花，然后就来到这里，跟我求婚，跟今天的场景一模一样。"秦晓卉看着窗外说。

张大光浑身不自在，暗自庆幸，没有告诉她大胖的事情。怎么有这样的巧合，秦晓卉不会也是大胖请来的吧？

"刚才，我看了一眼大屏幕上的照片，女孩儿挺漂亮的。"

"我还……真没注意。"秦晓卉说的女孩儿照片，应该就是雪儿。

张大光的注意力，都用在寻找大胖和雪儿上，没有看到现场的照片。

"你认识他们吗？"秦晓卉帮张大光倒了一杯酒，"吃日料，喝点儿热清酒对身体好。"

"你说呢？"张大光苦笑一下，"应该是你们圈子里的。我一个卖二手车的车贩子，哪儿有这么有钱、这样时尚的朋友。"

"大光，我也想要！"

"要什么？"

"别人有的，我也想要。大光，你也这样跟我求一次婚吧。"秦晓卉把目光投向窗外，"你先跟我求个婚，然后咱俩去成都把证领了，再摆个酒。"

张大光没有吭声，秦晓卉像是自言自语。

秦晓卉酷爱吃日料，世贸天阶顶层这家日本料理自助餐，每人花费二百九十八元，三文鱼、北极贝、甜虾，还有烤牛舌、寿司、寿喜锅之类随便吃，清酒啤酒饮料随便喝。餐厅号称三文鱼都是从挪威空运过来的，绝对新鲜。秦晓卉说，吃自助餐，就得努力吃回本，反正咱俩今晚也没事儿，多吃点儿。

怀孕之后，秦晓卉变得话多了。张大光一边喝酒，一边听她唠叨。

这顿饭整整吃了两个小时。两个人吃饱喝足走出餐厅，坐着观光电梯到了楼下，求婚仪式早已结束，没留半点痕迹。

"完了？"秦晓卉问。

"什么完了？"张大光不解。

"求婚仪式啊。"

"那就完了呗。就是个游戏，过家家。"

"一点儿痕迹都没有了。"秦晓卉一脸失望。

风吹过来，天气还是有点儿冷，两个人钻进路边的一辆出租车。

"你还要啥痕迹呢？"张大光自言自语，"就是个游戏，还想咋的？"

27.求婚仪式（下）

秦晓卉居然准时出现在求婚仪式现场。

这背后，不会又是一个游戏吧？

或许，纯属巧合，或者是天意。秦晓卉的出现，打乱了张大光的节奏。一顿日料自助餐，避过求婚仪式，也避开了尴尬的场景。

音乐和玫瑰，不一定都代表着浪漫和美好的事情。大胖居然爱上了雪儿，这剧情真是无厘头。看起来不可思议，但是，这件事却真实发生了。世贸天阶求婚仪式散发出的气场，足以证明大胖是认真的。此刻，张大光彻底麻木，广场上求婚仪式的悬念还没有从他心头散去，就在刚才，舞台上求婚的两个人，其中一个是初恋女友，肚子里怀着自己的孩子；另一个是好哥们儿，生意合作伙伴。这两个人恋爱了，求婚了，马上就要结婚了。大胖要把雪儿娶回家，要给雪儿肚子里的孩子当爹。这个事情，逻辑混乱，见不得阳光，没法摆出来，放在台面上。

无法面对，困境根本无解。张大光相信雪儿是没有办法，才去求助大胖。但是，大胖咋就会爱上雪儿呢？还搞出这么一个盛大的求婚仪式，跑到世贸天阶求婚，满世界宣扬，这是给谁看啊，明摆着嘲讽自己。

那天之后，大胖不再露面。看这架势，生意没得做了。二手车卖不成，黑出租也开不成，大胖开着那台破捷达，不知道整天去哪里晃悠，总之，就是不再出现。春节前到现在发生的这些事情，一件一件一股脑地浮现在眼前，要是拍成电影，剧情足够猎奇的了。如果平白无故和别人讲起来，估计没人会相信，反而会觉得讲这个故事的人，肯定是脑壳进水了。之前的那些烂事，放在肚子里憋得难受，想和别人说说话，又能跟谁去说呢？一直盼望着，憋在心里许久、压得喘不过气来的这些破事儿，跟多年的好兄弟和创业伙伴说说，释放一下压力，还指望大胖帮着找出解决办法呢。

盼星星盼月亮，盼回来大胖，没有想到，弄出这么个结局。哭笑不得，左也不是右也不是。老母猪钻篱笆，进退两难，卡在这里了。张大光像一个充气过量的气球，各种压力从四面八方继续挤压，气球越吹越大，感觉随时要爆炸。秦晓卉照常忙碌，对之前的事情闭口不提，也不过问张大光的任何事情，回家之后坐在沙发上柔声细语地和肚子里的孩子聊天。

在家睡不着，一个人又闷得慌，憋得要爆炸，不爆炸也要疯掉了。

索性出门溜达。在街上闲逛了一会儿，不知不觉中，张大光走到了雪儿住的小区门口，拿起电话，想给雪儿打个电话，想了想又把手机放回口袋。

这条街道冷冷清清，几只麻雀站在光秃秃的树上，叽叽喳喳热烈地交谈着。羡慕这些麻雀，有那么多同伴可以说话谈心，张大光特别想找个人，说说自己的心里话。

"不要总是抱怨，记住，好事情不会让你赶上，坏事情随时砸在你脑袋上，有时候得认命。"想起拘留所里九叔说过的一句话，甚至觉得有几分哲理。或许，九叔是个倾诉的最佳人选——不是两个人关系好，是因为两个人距离遥远、毫无瓜葛。这种距离就像一道护城河，划出一条安全边界。分别的时候，和九叔两个人留过联系方式。张大光试着给九叔打电话。电话能打通，说明九叔也出来了。

"我就说你是个好高骛远的人。"两个人在街边的小酒馆见面，见面后九叔第一句话就这么说。和九叔的关系，是狱友，是同监舍的难兄难弟，这种患难与共结下的友情，就像同学、战友一样亲密无间。两个人热烈地握手拥抱，然后点了两个热菜、一瓶白酒、一盘花生米，边喝边聊。九叔刚理的发，新刮的胡子，不再显得那么精瘦，出来后调养得不错，加上喝了两杯，满面红光的样子。

"怎么想起给我打电话？"

"憋得慌，想找个人说说话。"

"在里边，没被我折腾够，出来了，还怀念这口儿？"九叔往嘴里丢了一粒花生米，一脸嘲讽地看着张大光。

"跟你有缘呗。"

"那倒也是，不过谁愿意去那地方啊，倒了八辈子霉，才跑那里染一水。"

张大光不说话，举了举酒杯，示意九叔喝酒。

"你是不是以为自己特别倒霉，这个世界上，只有你张大光最倒霉？"

"那倒不是。"张大光说，"要不哪能认识你。"

"这就对了。"九叔一口喝了杯里的酒，"见过比你更倒霉的人吗？这世界上，比你倒霉的人，多了去了。比如我，我给你说说我的事儿吧。"九叔打开了话匣子。

九叔告诉张大光，其实他是一个开黑出租的司机。这点让张大光很诧异，在里边的时候，一直以为九叔是拧门撬锁的小偷，没想到九叔居然跟自己算是同行。九叔说，当年先在国企工作，后来辞职去一家房地产公司，当了办公室副主任，说白了就是给老板开车。"后来的事情，你也知道，咱俩有缘，在里面跟你都说了，那时候认识了你嫂子。那年我喝酒出事儿，差点没撞死，她答应嫁给我，我俩就跑来北京了。"

在拘留所，九叔说过当年打掉别人两颗门牙，然后带着女友跑来北京的故事。

"想起来了，你是因为爱情。"

"啥爱情不爱情的，咱啥本事也没有，来了就来了。"九叔接着说，"但是，来了得吃饭啊，还把你嫂子拐了来，更得让人家吃上饭啊，你说我要本事没本事，要技能没技能，可咋整？"

"那后来呢？"

九叔端起杯子，喝了一口酒，继续缓缓地说："我开黑出租，晚上带两个客人去歌厅，到了歌厅门口，客人甩给我三百块钱，让我等着。谁想这么一等，就等出了事情来了。"

九叔夹起一颗花生米，送到嘴里："那俩货在KTV强奸了一个姑娘，完事儿后大摇大摆坐我车回家了。人家报了警，后半夜我就被警察给掏了，说我提供犯罪交通工具。车被没收了，人也被判了半年。因为刑期短，所以没有送到监狱就在拘留所服完刑，这几天刚出来，还不知道接下来该怎么谋生。"

"刚进去的时候，我也想不通，他们租我的车，他们干了坏事儿，我啥也不知道，我只是挣我的钱，跟我有啥关系？"九叔看着张大光，"我就每天想啊想，数着手指头过日子，日子一天天过去了，我越想越觉得冤。有一天在监舍里看电视，新闻里说大风刮倒广告牌，砸死一个过路的人。我一下子就想通了，谁让我赶上了呢，要说倒霉，跟那个无缘无故被广告牌砸死的人比，我这不算个啥，毕竟命还在。"

"九叔，喝酒。"张大光帮他把酒杯倒满。

"兄弟，在里面对不住你啊。"

"都过去了，不说这。"两个人碰了碰酒杯。

"啥事儿都是一个过程，想明白了，心里那叫一个舒服。"

九叔问他，是不是遇见啥感情问题了？九叔说，女人如衣服，男人如果被感情牵绊，这辈子都不会有出息。

"这事儿，翻篇儿吧！不管你遇到啥事，得学会翻篇儿。"九叔说，"把这一页，咱给它翻过去。"

"翻过去？"

"对，翻过去，就行了。"

"可是……我翻不过去，"张大光说，"我卡在这里了。"

"跟你说了半天，"九叔头也不抬，自顾自端起酒杯一饮而尽，"都算白说了？"

28.社会性死亡

张大光是一个不愿意动脑子的人。

对生活里的任何事情，都不愿意处心积虑地去思索和计算，不管是公司的事务，还是家里的各种繁杂，什么事情都顺其自然就好了，想多了会让他头疼。生意上的事情都交给大胖。比如和上家公司的结算，每个项目的利润，两个人之间的分成，还有工商税务之类七七八八的事情，甚至那台破捷达车的维修保养加油，都交给大胖打理。这些事务性的工作，张大光觉得琐碎，费脑子又太麻烦。

无法面对大胖，和大胖好几天没联系，所有的事情好像都没有了。所有生意，都是跟大胖一起做，所有线索都在大胖手里。没有大胖，和生意相关的信息，完全被屏蔽掉。没有大胖，等于没有了一切。

无所事事，待在家里除了晒太阳还是晒太阳，没有任何其他事情可做，晒得心里发空，晒得日子混沌漫长，感觉快要把自己晒干了。越晒越是轻飘飘的，头重脚轻没着没落。好比蚂蚁搬家，一队蚂蚁整齐有序地走在路上，大胖就是自己前面那只蚂蚁。风吹落一片树叶，落在两只蚂蚁中间，队形或者利益链条被挡住了，张大光找不到方向。

雪儿，就是那片树叶。

树叶是一个实实在在的存在，蚂蚁必须找到方向。

处境尴尬，纯属没有办法，帮忙找到方向的那根救命稻草，只有大胖。艰难地拨通大胖的电话，一阵沉默，隔着手机，两个人谁也不说话。

"我的求婚仪式，你为什么没有来？"大胖瓮声瓮气地问。

"我去了啊，只是……"说话没有底气，张大光的声音像蚊子一样柔弱。

"我咋没看见你？"

"我也没看见你。"

"费劲吧咧，搞这么大动静，不就是想给你看看，显摆一下吗，你居然没来。"大胖有些泄气，"你找我，有事儿吗？"

大胖的问话，实在歹毒。

一时间张大光不知道该怎么回答，忘了为什么要打这个电话。

"我想……见见她。"

"给过你机会了，你不来，活该。"沉默一下，大胖接着说，"那天她特别漂亮，没想到，你胆子这么小。"

"我咋胆子小了？"

"你居然不敢来，真是窝囊废。"

"那，她答应你了吗？"

大胖不再说话，张大光悻悻地挂断电话。雪儿究竟在哪里呢，即使再尴尬，总得见一面，把这件事情说一说吧。

再一次拨通大胖电话："我觉得，咱还是见一面吧。"

"有这个必要吗？"

"总得说说道道吧。"

"说啥呢，现在再说这个，还有用吗？多尴尬啊，我都替你尴尬，说说咱俩交接，然后我帮你养儿子？"大胖的语气不无挑衅试探。

"那是你愿意。"张大光心里冒火，"谁让你非要搅和呢。"

"我搅和？"大胖愤怒了，"我倒是想听听，如果没有我搅和，你张大光咋收场！"

"咋收场，关你屁事！"

"好，不关我的事，好好好，不关我事！"大胖语气开始火爆，"你在外边祸祸女人，惹出乱子来，没法交代了，我给你擦屁股，肚子里的孩子，我直接接盘了，作为兄弟，你自己拍拍良心！你还有事儿吗？"

"我想……我就是想见见她。"张大光一屁股墩坐在地上。

"人家不想见你，你就断了这念想吧。"

电话里一阵忙音。蚂蚁搬家的游戏，到此结束，前面的蚂蚁并不想让后面的蚂蚁找到方向。树叶无动于衷，任由两只蚂蚁自己摆平眼前的困境。

无解，这件事再次陷入僵局。

秦晓卉还是像往常一样，整天忙忙碌碌。

和秦晓卉的关系，是一种说不清的感觉，像是透明人，互相视而不见。同居一室，两个人关系却很别扭。不管是当年秦晓卉被人骚扰，强拉张大光留宿给自己当保镖，还是张大光租住的房子遭遇强拆，落难求助搬进秦晓卉的公寓，都没有过这样别别扭扭的感觉。这是一种说不清楚的拘束，说不清楚的违和感。

雪儿始终没有出现，彻彻底底断了线。电话也打不通，即使能找见，还能说些啥？张大光继续躺在沙发上晒太阳，不晒太阳还能去干啥呢？最近有个新名词，"社会性死亡"，现状差不多就是这样了——和大胖的线索中断，买卖二手车和开网约车这两个营生，目前都不存在了。工作和谋生的事情，完全搁浅，除了还能喘气，啥也干不成。一团混乱的局面理也理不清楚，和真的死了也差不了多少。干脆爱啥是啥吧。歪在沙发上，半梦半醒之间，手机铃声一直在响。抓起电话，胡乱按下接听键。

"张大光吗？"电话里，一个女人极其不耐烦地吼叫。

"我是。"大脑迅速运转，前两天忘了还车贷，应该是银行的人来催收贷款。

"你赶紧来一趟医院，通州妇产医院，病人情况紧急。"

"医院？"女人口气很严肃，张大光头发炸了起来。

"患者有危险，需要签字，人命关天，最好半个小时能赶到。"电话里一片混乱，声音嘈杂，还没等张大光反应过来，那边挂断电话。

医院，还是妇产医院，难道是秦晓卉有事儿，有危险了？来不及多想，迅速穿好衣服，像猴子下山一样跑出小区，打上一辆出租车："通州妇产医院，师傅，麻烦你快一点儿，有急事"。

司机没说话，开车上了京通快速路。

从小听母亲说，女人生孩子是一道鬼门关。秦晓卉到底怎么回事儿呢？没有听她说起有任何问题，早上也没说要去医院做检查。在出租车上，不停地拨打秦晓卉的手机，始终是无人接听状态。

张大光急得满头大汗："师傅，麻烦你，开快一点！"。

"那也得安全第一啊。"司机继续闷头开车。

到了医院，扔给司机一百块钱，张大光一路小跑上了楼梯，直接跑到三层妇产科服务台。"护士，有一个，有一个叫秦晓卉的病人，刚才医院给我打电话，到底咋回事，人在哪儿？"

"秦晓卉？"护士翻看手里的病历，"没有啊，没有这个人。"看着张大光着急的样子，护士安慰他："您先别着急，会不会记错了医院？我们是通州妇产医院，城里还有一个北京妇产医院……"

叮铃铃，手机铃声响起，屏幕显示是秦晓卉。张大光迅速接起，对着电话吼："你在哪里？"

"我在公司啊。"电话里秦晓卉急切地问，"出了啥事，我这显示十三个未接电话？"

"在公司？你干吗不接电话？"

"我一直开会。"

"你没事儿吧？"

"没事啊，咋了？"秦晓卉莫名其妙。

挂断电话，坐在候诊区的塑料椅子上，张大光满头大汗浑身瘫软。安静片刻之后，又从椅子上蹦起来，拿出手机按下雪儿的号码。

电话通了。"雪儿，雪儿，出了啥事儿，你在哪里？"

"你有事吗？"听筒里传来大胖的声音。

"到底出了啥事儿？"张大光心急火燎。

"和你，有关系吗？"大胖挂了电话。

29. 尴尬的偶遇

秦晓卉坐在公司大厦一层的咖啡厅里，悠闲地喝着咖啡。

怀孕后，虽然医生叮嘱不要吃刺激性食物，不要喝浓茶和浓咖啡，但要秦晓卉戒掉咖啡，确实是一件很困难的事情。秦晓卉点了一杯美式，又要了白开水，倒出咖啡杯里一半的容量，兑上白开水稀释掉咖啡的浓度，不加糖不加奶，一个人坐在角落里，喝咖啡完全成为一种形式，或者说是一种仪式。不管怎样，秦晓卉喜欢这样的感觉，一个人静静地坐在这里，一坐就是一上午。没人打扰，没有工作上的纠缠，放下一切事情，彻底遗忘所有的是是非非，听着音乐看着窗外的风景，身心放松悠然自得。

怀孕之后，秦晓卉感觉自己变了一个人。

女人真是奇怪。没有怀孕之前，所有的关注点都在张大光身上，怀孕之后，张大光完全不重要了。肚子里的娃，成为生活的全部。难怪高中生物课本里说，有一种动物雌雄完成交配，雌性怀孕之后，就会把雄性当作优质蛋白吃掉。想起这个，秦晓卉忍不住想笑，这种动物太可爱了，为了生存和繁衍后代，竟然如此务实，动物世界里雄性的地位过于低下了，最终变成了孕妇的食物，生命以这样的方式延续。看来，人类应该好好向动物学习，婚姻的实质是繁衍生息，干吗非要加上那么多的情感诉求，累不累啊！秦晓卉更为之前的种种荒唐之举感觉羞愧——花钱请人调查张大光，被婚姻关系调查事务所里那个害虫忽悠得找不见北。因为那个害虫给的几张照片，心神不宁以为婚姻的大厦即将倾覆，居然想用一个游戏来拯救婚姻。

归根结底是因为紧张，对婚姻的不自信。现在想起来，实在荒诞可笑。甚至严重怀疑，或许在创意行业里待久了，脑壳出了问题。总之，之前的问题都不是问题，用放大镜主动检索婚姻的瑕疵，这种行为纯属有病。

当然，如果这个孩子早点来的话，那就好了。孩子的到来，改变了秦晓卉，改变了婚姻的情状，改变了生活的格局，改变了思维方式，甚至改变了自己的世界。因为肚子里这个孩子，秦晓卉一脸坦然，其他都不重要了，那些无聊的照片不重要。害虫说的那些话，简直是胡扯，不重要。所谓的护士，不重要。甚至结婚证，两个人偷偷摸摸买来替代婚姻合约的假证，也不重要了。

重要的只有肚子里的孩子。

怀孕，犹如游戏的晋级，秦晓卉就像获得了新装备。一个新生命即将到来，让女人变得强大，做好忍辱负重的准备；所有的耿耿于怀瞬间放下，心里不再有任何芥蒂；一个新生命的到来，让秦晓卉眼前的世界豁然开朗，再无黑暗只有阳光。

张大光几乎要疯了。

此如同热锅上的蚂蚁，在医院大堂里来来回回走动。雪儿的电话，为什么是大胖接听？雪儿，到底出了什么事情呢？已经不止难堪，这背后到底隐藏着怎样的故事？所有人都跟自己作对，包括秦晓卉，包括大胖，也包括雪儿。这些人神经兮兮躲躲闪闪，他们之间好像达成了某种默契，成为一伙。张大光孤零零被丢在一边，信息不对等，各种消息完完全全被屏蔽掉了。

张大光想找人打架，又找不到合适的人选。这种局面，不光是自己理亏，即使去打架，也没有正当理由，或者这场战争，会变成非正义战争。大胖，你这个狗杂种，你给我出来。你给我出来，告诉我这一切到底是怎么回事？

拿出手机，按下大胖的号码，对方很快挂断。

再打雪儿电话，电话关机。

简直要把人逼疯啊。张大光双眼通红怒不可遏，继续拨打大胖的电话号码，根本无法接通。

大胖，你这个狗日的，我跟你没完。

疯了。张大光双手抱头，蹲在地上。

对面候诊区的椅子上，一个女孩儿孤零零坐在那里，长长的头发，一张惨白惨白的脸。女孩儿肩膀抖动了两下，红色的羽绒服滑落在地板上。

是雪儿。

张大光跳起来。

雪儿，终于出现了。

"雪儿？雪儿！"张大光冲了过去，捡起地上的羽绒服帮她披好。

然后抱住雪儿肩膀："雪儿，到底出了什么事情？"

雪儿的身体，剧烈地抖动，努力挣脱张大光的双臂。

"你干吗，干吗啊？"像受惊的麻雀，雪儿声音无力。

"你？"张大光愣住了。

女孩儿抬起头来，怒目而视。眉毛上没有那个紫色的像瓢虫一样的胎记。

不是雪儿。

很显然，张大光认错了人。女孩儿的身材和长相的确很像雪儿，但明显比雪儿瘦弱，比雪儿年轻一些。

"对不起，认错人了。"颓废地站在那里，张大光手足无措。

女孩儿一脸嗔怒，披在肩膀上的羽绒服，又滑落下来。因为惊恐，手里的几张化验单，掉在地上，落在椅子底下。女孩儿弯腰去捡，快要拿到的时候，忽然呻吟一声，双手抱住肚子，脸色更加惨白，惨白得吓人。

"你……怎么了？"张大光吓了一跳，脑门儿渗出一层汗，"需要帮忙吗？"

女孩儿痛苦地摇摇头，双手继续抱住肚子。

张大光弯腰捡起地上的化验单，想递到女孩儿手里，看到女孩儿痛苦的样子，又收回了手。

"干吗呢，还不赶紧交钱拿药去，还等啥呢。"一个中年女护士从背后走过来，瞪着张大光，"我说你这家属，刚才跑哪去了，你没看都疼成这样了吗？你还是不是男人，不管不顾就知道自己快活，女人遭多少罪，你知道吗？作孽啊，还不赶紧拿了药，回家休息去。"

瞪了一眼张大光，女护士风风火火飘走了。女孩儿脸色比刚才好些了，双手抱住头，无声地哭起来。基本上能看明白，女孩儿没有家属，独自来医院应该是做了一个手术。张大光没再说话，捏着手里的单据，到交费窗口替女孩儿交了费，又去窗口拿了药。回来的时候，女孩儿变换成双手抱头的姿势，张大光帮她拉了拉衣服，把羽绒服披好。

"你好些了吗？"

女孩儿点点头。

"我帮你叫个车，送你回家吧？"

女孩儿还是不说话，点了点头。张大光叫了一辆出租车，司机很快就到了。

"你能走路吗？"

女孩儿显然很虚弱，拽住张大光的胳膊，费了很大力气才站起身，因为出汗的缘故，头发粘在额头上。

"干什么呢，干什么呢，还不赶紧把帽子戴上！你们这些年轻人啊，真要命！"刚才的护士，不知道又从哪里冒出来，指着张大光的鼻子，劈头盖脸地说，"刚做完手术，要是落下月子病，得头疼一辈子，赶紧戴好帽子！"

"我不是……"解释不重要了，赶紧帮女孩儿戴上羽绒服的帽子。

"到家给她熬点儿鸡汤喝，补补身子。"护士看看张大光，又轻轻拍了拍女孩儿的肩膀。

女孩儿挤出一丝微笑，冲护士点点头，然后，指了指座位上的包儿，还有一条围巾。张大光明白女孩儿的意思，把刚刚买好的药，装进女孩儿的大包儿里，帮女孩儿仔细围好围巾。女孩儿紧紧倚着张大光的身体，眼泪哗哗地流下来。张大光不敢看女孩儿的眼睛，弯腰把女孩儿的包儿拎在手里。

女孩儿伛偻着腰拽着张大光胳膊，两个人摇摇晃晃走出医院大堂。

上了出租车，女孩儿似乎缓过来一些，脸上有了一些血色。拉着张大光胳膊的双手，热乎乎的。张大光伸手摸了摸女孩儿的额头，有些烫。

"你在发烧。"

女孩儿不说话。

"要不，再回去找医生吧？"

女孩儿摇摇头。

女孩儿住的小区，是一个很破旧的老小区，名字特别古怪，叫葛布店北里。出租车很快到了女孩儿住的小区，张大光本打算把她送到门口，再赶回医院去。现在女孩儿的状况，张大光左右为难，还是跟她一起下了出租车。女孩儿指了指前面一栋楼，抓紧张大光的胳膊。没有办法，张大光继续搀扶着她，一步一步地往前挪。

终于到了楼下，张大光准备离开。

"我住六楼。"女孩儿开口了，声音像蚊子，"没电梯，我走不动了。"

明白了女孩儿的意思，张大光蹲下身子，女孩儿老老实实抱住他的肩膀，俯在后背上。张大光背起女孩儿，一个一个台阶地爬上楼梯。

爬楼梯的时候，张大光有点儿恍惚，今天为什么要去通州妇产医院，是不是真的接到过医院打来的电话？

会不会是一个人待久了，憋疯了，出现的幻觉？

也许，背上的女孩儿，就是雪儿。

十年前，他就是这样背着雪儿回家。

30.疼痛

张大光背着女孩儿，一层一层地爬楼梯。

女孩儿紧紧搂着张大光的脖子，身体热乎乎软绵绵的。爬到一半儿，背上的女孩儿打起呼噜，张大光放慢脚步，尽量动作缓慢。刚才在医院，护士的那些话，即使傻子也能听明白，这个女孩儿，做的是一个人流手术。护士错把张大光，当成了女孩儿的老公或者男朋友了。

女孩儿做手术，怎么就没个人陪着呢？

雪儿现在怎么样了呢？

不去想了。张大光对自己说，现在，背着的女孩儿就是雪儿，这个女孩儿，就是雪儿。无论你是谁，无论你遇到了什么，今天，找不到雪儿，你就是雪儿了。尽管女孩儿瘦弱，但背着女孩儿爬上六层，绝不是一件轻松的差事。想起雪儿，张大光鼻子一酸，爬着爬着，大颗大颗的泪滴掉在楼梯上。

到了六层，女孩儿醒了，递过一把钥匙。张大光开门进屋，把女孩儿轻轻地放在沙发上。

"我饿了。"正准备转身离去，女孩儿说话了。

房间很小，屋子里乱糟糟的。钥匙还在手里攥着，张大光没有说话，转身出门，锁好门下了楼梯。

问了小区门口的保安，隔壁就有一个菜市场。

雪儿的电话打不通，大胖也联系不上，不去想这些了，张大光反倒一身轻松。现在这个时间，秦晓卉应该回到家里了，肯定一脸幸福，沉醉在即将做母亲的喜悦之中。

身后这个老旧破败的小区里，刚刚做了流产的女孩儿，满脸苦楚，蛰伏在狭窄凌乱的屋子里，还在无声地哭泣。母亲说过，女人坐月子伤元气，一定得好好补一补。在医院里，女孩儿惨白惨白的脸，着实把张大光吓得够呛。在菜市场买了一只老母鸡，又在日杂店买了个砂锅，张大光匆忙回到女孩儿住的地方。

女孩儿靠在沙发上，睡着了。张大光把老母鸡收拾好，放在砂锅里熬鸡汤。鸡汤在砂锅里翻滚，张大光再一次拨打雪儿电话，还是关机。

今天的事情，有点儿奇怪，难道冥冥之中，老天安排自己来给这个陌生女孩儿熬鸡汤？客厅里，女孩儿脸色不再那样惨白，安安静静坐在沙发上看手机。

"刚做了手术，别看手机，对眼睛不好。"

女孩儿冲他笑了笑："反正我也没事儿做。"

半个小时之后，鸡汤熬好了。张大光把砂锅里的鸡汤倒进一只大碗，又夹了几块儿鸡肉放进碗里，摸着碗边不烫了，端给女孩儿："你这咋也算是坐月子，喝点儿鸡汤补补吧。"

女孩儿接过碗和勺子，大口大口喝鸡汤。

坐在女孩儿对面的椅子上，张大光默默地看着她。看样子，女孩儿饿坏了，喝完碗里的汤，又把鸡肉吃了个精光。女孩儿的脸色，不再那么吓人，放下碗筷，对张大光粲然一笑："谢谢你。"女孩儿笑的时候很好看，脸上左右各有一个酒窝儿。

"你咋知道我……"毕竟是陌生人，女孩儿的问话很含蓄。

"护士不是说了吗？"张大光拿起茶几上的碗筷，送到厨房，"咋没人陪你？"

女孩儿刚刚灿烂起来的笑容，瞬间没了。

"这事儿，你说，得谁陪着去呢？"女孩儿像是自言自语。

张大光不知道该怎么回答，随口问道："鸡汤，好喝吗？"

"淡。"

"不能太咸。好喝吗？"

"嗯，好喝。"女孩儿抬起头来，"那又能咋样？"

"嗯。"张大光含混地点头。

"你又不能……给我做一辈子鸡汤。"女孩儿的眼睛里，有一丝幽怨。

"你好好休息吧，别忘了吃药。"张大光笑了笑，站起来准备告辞。

"你等等。"

"还有什么事情吗？"

"我刚才问你的话，你还没有回答我。"

"什么话？"张大光一脸疑惑，"我也不会做鸡汤啊，别说一辈子，做一次都费劲。"

对面的女孩儿面容清秀，大概也就是二十多岁的样子。

"我问你，"女孩儿停顿一下，若有所思好像在组织语言，"像今天这样的事，该谁陪着我去？"

张大光很为难，这个问题貌似很简单，但是又很难回答："应该是……老公，或者男朋友吧。"

"如果没有老公，没有男朋友呢？"

"这……你父母呢？"

"你觉得，这样的事情，能和父母说吗？"女孩儿瞪圆眼睛，大颗的泪珠流了下来。张大光最见不得女孩儿流眼泪，心里一下子难过起来。雪儿，现在是不是也没人陪，会不会也是这样？

"谢谢你，帮了我这样的忙。"女孩儿的目光，变得柔软起来。

"我也是，刚好路过。"

"那你能再帮我一个忙吗？"

"嗯，你说。"

"你过来。"女孩儿示意，让张大光坐到自己身边来。

张大光不知所措。

"你结婚了吗？"女孩儿问他，又自言自语，"肯定结婚了，对吧？"

"嗯。"

"你刚才说了，这种事情，肯定要老公陪着。"

"对。"

"那我没有老公，咋办？"

"这？"张大光搞不懂女孩儿要表达什么意思，慌忙从沙发上站起来。

"你不用惊慌，我只是想请你帮我一个忙。"

"你不会是，想请我帮你，当你孩子的爹吧？"随口说出这样一句话，又觉得不妥，女孩儿不是雪儿，女孩儿肚子里的孩子，刚刚做掉。

"你知道吗，女人，这时候是最脆弱的。"女孩儿没有顺着张大光的话说下去，女孩儿的声音，很无助。

"嗯。"张大光点头。

"所以，请你一定帮我这个忙。"女孩儿满眼泪水。

"你说吧，要我帮你什么？"

"我能管你，叫一声老公吗？"

"这？"张大光有些慌乱。

"今天做这个手术，应该是老公陪着。谢谢你，今天一直是你陪着我，我真心感激。但是，我心里发空，特别想，特别需要，有个男人，陪在我身边。"女孩儿看着张大光说，"就当你是那个人，就想这么叫一句。"

张大光不说话。

"老公！"女孩呜呜呜哭出声音，张大光伸手帮她理了理头发。

"我还想……还想咬你一口。"女孩儿说，"我可以，咬你一口吗？"

还能说什么呢，咬就咬吧。卷起衬衫袖子，张大光抬起胳膊，送到女孩儿的嘴巴旁。

"男人没有一个好东西！"

咔嚓一声，女孩儿在他胳膊上狠狠地咬了一口。

张大光耳朵里，听到女孩儿牙齿在肌肉上摩擦的声音。疼痛，沿着胳膊一直向上传递，这是一种特别的疼——绝不是尖锐的物体穿刺身体的疼，是一种扭曲拉扯的疼，就像自己的躯体，被拧成麻花状的疼痛。那种疼痛，沿着胳膊，迅速扩张到每一寸皮肤、每一块肌肉、每一根骨骼，最后传递到心底。那是一种翻来覆去反复发作的疼痛，让人全身战栗的疼痛，令人眩晕的痛。一阵阵的疼痛之后，张大光浑身僵硬感觉躯体被冻结。

"疼吗？"女孩儿问。

"不疼，胳膊不疼。"张大光说，"心里，疼。"

女孩儿低头说："你走吧，回家，赶紧去陪你媳妇。"

女孩儿微笑着，把张大光推出了门。

"谢谢你的鸡汤。"

第六章

彻底凌乱

31.月亮河女子医院（上）

月亮河女子医院，坐落在北京东三环边一幢非常漂亮的地标性建筑物里。这个长相独特的大厦，算得上 CBD 的一道景观，秦晓卉每天上下班都从这里经过。这家医院漂亮得不像医院，大堂更像一个五星级酒店，或者现代化的美术馆。钢结构加上玻璃幕墙的建筑物，在阳光照射下通透明亮，墙上挂着各种各样充满艺术气息的女性形象油画。后现代风格的环境里，很少有男人的踪影，来来往往都是衣着时尚的女人。大堂一侧，巨型 LED 屏幕上的广告语吸引了秦晓卉：我们只为女人的健康和美丽服务。

这句话，出自秦晓卉的创意。

月亮河女子医院是紫标公司的客户。这所医院的风格，是秦晓卉喜欢的。之前，秦晓卉没有来过这家医院，只见过照片和效果图，没有想到实景更震撼，每个细节都令人喜欢。女人天生就是感性动物，只有在这样的环境里，才能如同鸟儿一样，优雅地梳理自己的羽毛。女人不光生孩子需要这样的环境，生病了或者面对各样难言之隐的时候，也能够在这里寻求到安全感，不像那些嘈杂老旧的公立医院，就像进了难民营或者屠宰场，远远地就能嗅到令人不安的血腥气息。

秦晓卉来医院检查和建档，张大光之前说好要陪她，临出门接了个电话，说有一个客户的事情，需要马上赶过去。秦晓卉让他去忙吧，说自己去医院就行。或者张大光并不想来医院，秦晓卉不愿意勉强他。秦晓卉就是这样一个人，什么事情都不依靠别人。

穿着漂亮职业装的导诊小姑娘，引导秦晓卉走过门诊大厅，穿过一个类似书吧的休闲区，来到22号诊室门口。

女孩儿面带微笑地说，女士请进。

这家医院的诊室，更像一个咖啡厅。诊室大概三十平米的样子，靠窗位置是一个类似咖啡厅的卡座。卡座旁边有一个小型花坛，窗外的阳光投射到花坛上，整个诊室营造出阳光花房一样的氛围。

"女士，请问您喝点儿什么？我们有纯净水、果汁、绿茶和茉莉花茶，也有咖啡，不过我们不建议您喝刺激性饮料。"导诊小姑娘退了出去，护士迎上来，微笑着问她。这家医院的女护士，打扮得像空姐，粉红色的护士服，设计类似旗袍，脖子上围着精致的丝巾，护士帽是时髦的贝雷帽。想不到护士服也能穿出这样的美感，秦晓卉暗暗笑了笑，想起情人节晚上在月光酒店里穿的护士服，和眼前小护士的穿戴比起来，实在是太老土了。

女护士带着秦晓卉，做了各种检查，之后再次回到诊室，示意秦晓卉坐下。

"您好。"医生微笑着打招呼，"化验报告出来了，我刚看了一下，您已经进入了妊娠状态。"医生和颜悦色地说："根据您的年龄，以及受孕状态，我们建议您做一个全面检查。"

来之前秦晓卉有点儿紧张，从进入这家医院的那一刻起，慌乱忐忑的心情开始松弛下来。情人节游戏里，没有怀孕的打算，一切都是天意，这个孩子，或许是上帝赐给她秦晓卉的礼物。

和秦晓卉说完，医生对着漂亮女护士说："帮助这位女士建档，大龄孕妇，要做一个全面彻底的检查，按照我们的套餐内容来做。"吩咐女护士之后，医生转身对秦晓卉说："怀孕对女人来说，是一个天大的事情，所以，来到这里，一切都要听医生的，先做检查，然后我们一起制定整个孕产期计划。"

这家医院的诊疗区，除了医生之外不允许任何男人进入，家属也不可以。医生接着说："是您先生陪您来的吧，没关系的，一会儿等所有结果都出来之后，我们可以通过影像，用视频会议的方式，和他一起讨论这个孕产计划。在我们这里，每一个孕产妇，每一个案例都采取三维建模方式，在云空间建立一个元宇宙家庭，所有的病历档案都能在这里呈现，我们会模拟出从孕妇怀孕到孩子出生的所有场景，让孕妇和家里人一目了然，全面了解接下来的一切事情。不光孕期教育，孕妇心理辅导、孕期防护方案，整个过程都可以模拟，精准细致而且每个环节可追溯。"

医者父母心，笑眯眯的医生，一脸温和，看起来很亲切，也很熟悉，让秦晓卉很温暖，甚至有一种想哭的感觉。医生开出一沓化验单，交给女护士。护士扭头的那一刻，秦晓卉看到医生的眼神儿里，有一丝意味深长。这个场景感觉很熟悉，而且，这个医生，看起来有点儿面熟。之前，秦晓卉陪张大光去看前列腺，那次差点被人给骗了，秦晓卉一眼识破了骗子的伎俩。再端详，这不就那个忽悠张大光，给他看前列腺的大肚子医生吗？

婚姻关系调查事务所给的那一沓照片，画面不断闪现。"你老公前列腺出了问题，去医院认识了一个护士。"眼前的医生，就是那天为张大光看前列腺的医生，医生对面也有一个女护士。女护士转身准备离去，秦晓卉的目光，循着护士脖子上漂亮的丝巾向上看去，女孩儿五官清秀精致，笑眯眯的眼角儿，仿佛有一块儿紫色的胎记若隐若现。

女人怀孕之后，容易激动。

认出大肚子医生的那一刻，秦晓卉变成了一头愤怒的母狮子。这家医院的整体宣传策略，秦晓卉亲自操刀，亲手写下策划全案，月亮河女子医院，是秦晓卉心目中最完美的妇幼医院。大肚子医生的出现，就像一桌美味饭菜中，发现一只苍蝇。这里居然也是一个骗子集散地。秦晓卉感觉人格受到了侮辱，实在让人恶心，不仅助纣为虐还自投罗网，成了野兽的猎物。骗子无处不在，也许生活的过程就是一个交智商税的过程，但是这件事情彻底颠覆了秦晓卉的认知。这样一所国内知名品牌的民营医院，竟也是徒有虚名，里面的职工道貌岸然，背地里如此猥琐。眼前这个大肚子医生，更像一只肥头大耳的蟑螂，和婚姻关系调查事务所那只螳螂一样，都是害虫，都是人类文明和社会秩序的破坏者。是因为他们的存在，生活变得混乱，让整个社会变得不堪。

那一刻，秦晓卉怒不可遏，把手里的化验单狠狠地砸向大肚子医生。

大肚子医生一脸错愕："女士，你怎么了？"

秦晓卉起身薅住大肚子医生的领口，愤怒地说："你这个骗子！"

女护士冲上前来，拉住秦晓卉的手："女士，请冷静，冷静，女人怀孕容易心理波动，没事的，放松一下就好了。"

月亮河女子医院这间诊室里，场面有些失控，秦晓卉拉着大肚子医生的衣领，女护士伸手去拦秦晓卉。大肚子医生表情尴尬，在秦晓卉的拉扯之下，身子微微前倾，胖脸变成猪肝色。护士试图解救他，但面对一个孕妇的狂躁，无法伸展手脚，万一孕妇摔倒，吃不了兜着走。"女士，冷静一下，我们做女人不容易，怀孕期间要多休息。"护士试图掰开秦晓卉薅着衣领的右手。

"你别动！"秦晓卉怒吼，顺势一把扯下女护士的护士帽。女护士眉清目秀，眼角儿干干净净，根本没有任何胎记，刚才若隐若现的瓢虫，不见了踪迹。秦晓卉松开右手，大肚子医生跌落在椅子上。

"这里是医院，你撒什么野！保安……"

"别吵吵，嚷什么嚷？"秦晓卉语气平静地说，"我要找你谈谈。"秦晓卉示意女护士回避。

"你……没事儿吧，怀孕要保持情绪稳定。"护士一边整理护士帽，一边关切地问她。

"我没事儿，谢谢你。我跟他有些私人的事情，麻烦你回避一下。"

"你别走。"大肚子医生急了，"我不认识你，有什么事儿直接说吧。"

"我刚才说过了，这是咱俩的私事。你不认识我？我在前列腺门诊见过你，你看，要不咱去卫生局去说说？"秦晓卉面带微笑地说，"我找你好久了。"

"这里是医院，你想闹事儿吗？"大肚子医生指了指屋顶的摄像头，"这位女士，我不知道你在说什么，刚才所有的问诊和检查，我们都是按照流程，合理合规，全程都有监控记录。我们这里，医生看病必须有护士在场。"明显受了惊吓，大肚子医生喘着粗气说。

"别揣着明白装糊涂。"秦晓卉一字一顿地说，"之前陪我先生去过一次前列腺诊室，差点儿被你骗了。"

"我不明白你说的什么意思……"

生活就是一面镜子，有时会撕裂变形。那又能怎么样呢？撕裂变形的镜子里，依然有轮廓清晰的影像。秦晓卉对面的镜子，变成了哈哈镜。女护士不断地安抚，秦晓卉的情绪逐渐平静。生活对面的镜子，恢复了正常状态。大肚子医生，不过是哈哈镜里面出现的形象。

疲惫地瘫坐在卡座的沙发上，秦晓卉一脸疑惑。

坐在秦晓卉对面的医生表情错愕，并没有那个臃肿的大肚子，毫无油腻感。刚才那个肥头大耳的大肚子医生，此刻，变成了一脸清秀的年轻面孔。医院里发生的事情，只是一种幻觉，不过是脑海中的情景再现。

秦晓卉浑身无力，甚至失去睁开眼睛的力气。

恢复平静之后，女护士问她："你家属在哪里？"

32.月亮河女子医院（下）

带张大光去看前列腺那次，秦晓卉记忆深刻。整个过程让人哭笑不得，张大光好像有点儿弱智，像一个木头人一样，那么明显的骗局，居然没有看出来。

那天早晨起床后，张大光说："我有点儿不舒服。"

秦晓卉摸摸张大光额头："怎么不舒服了？"

"有点儿……有点儿尿尿费劲，还疼。"

"咋回事？"秦晓卉说，"那我陪你去医院看看吧，今天正好周六。"

"那就去我上班路过的那个医院吧。"张大光说。

秦晓卉换好衣服，两个人一起出门来到医院。

张大光看病的医院，是一家民营医院，之前连名字都没听说过。看个病就像演戏，特别滑稽，特别别扭，秦晓卉总感觉哪里不对，但又说不清楚。

"来，来，小伙子，哪里不舒服？"推开诊室的门，眼前的医生挺着个大肚子，热情地打招呼，让张大光坐在桌子前。

"尿尿特别吃力。"说了说症状，张大光扭头儿看看身后的秦晓卉，"是不是，辣椒吃多了？她是四川人。"

"让我检查一下。"看了一眼秦晓卉，大肚子医生笑眯眯地说，"感觉前列腺有点儿问题，男人的前列腺都很脆弱。"

"嗯。"张大光点头。

大肚子医生在病历本上写着什么，护士起身关上诊室的门。

医生指了指角落里的诊疗床："上去，跪在床上。"一边给自己戴胶皮手套，一边说，"把裤子脱了，褪到膝盖下面。"然后又看看秦晓卉："女士回避一下。"

"我是他老婆。"秦晓卉微微脸红，"还用回避吗？"

"去外边等吧。"

大肚子医生笑得不怀好意，张大光迟疑一下，拎着裤子，不知道脱不脱。

"要不，我带你去候诊区？"女护士领着秦晓卉走出诊室。

坐在门口的椅子上，虽然看不见诊室里的张大光，但是秦晓卉能够清晰地听见屋子里的对话。

回家之后，张大光红着脸，又为她描述了当时屋里的场景。

"快点儿脱裤子，还等啥。裤衩也脱了！"医生说，"没人对你那东西感兴趣，我们的护士啥场面没见过，真是的，有病得抓紧治，不能讳疾忌医。"医生一把扯掉他的内裤。护士端来一个托盘，大肚子医生一边往手指上涂着润滑油，一边说："年轻力壮的时候，做啥事都得学会克制。"

护士从托盘里拿出一个小塑料容器，对着张大光的下身敏感部位。张大光的脸立马红成了茄子。

"放松，深呼吸。"医生猛一用力，张大光号叫一声，感觉钻心的疼痛。大肚子医生戴着橡胶手套的手指，插进肛门，还在里面搅来搅去。"马上就好，马上就好。"伴随医生手指的搅动，一股黏稠的液体喷了出来。

"没事儿，不疼，男人的前列腺液就是蛋白质。"医生说。

大肚子医生身边的女护士，收起盛着前列腺液体的透明塑料盒。淡粉色护士帽下面，一双大眼睛始终似笑非笑。

"你先把前列腺液送过去检验一下。"医生不紧不慢地摘掉橡皮手套丢进垃圾桶，挽起袖子打开洗手盆上的水龙头，反复在双手上涂抹着洗手液。

洗完手，医生继续说。

"男人的前列腺很娇气，也很金贵。"医生还是不紧不慢地说，"每次射精，精液里大部分都是前列腺液。年轻人精力旺盛，但是那事儿也不能当饭吃，你说对吧？"医生紧紧盯着张大光，盯得他脸上火辣辣的。"你的前列腺肿大得厉害，明显不像你这个年龄的状态，说明白一点，你性生活过于频繁，生殖器经常反复充血，前列腺得不到良好的休息，细菌乘虚而入，造成反复感染。"

所有对话，走廊里听得清清楚楚，秦晓卉推开虚掩的门。大肚子说："来来，没事儿，病人的妻子，也应该听听。"护士推过来一把椅子，站在旁边看着张大光和秦晓卉。粉红色的护士帽下面，一块紫红色胎记若隐若现。

医生拿着报告单说："细菌感染。"继续看着张大光，"你现在性功能正常吗，做那事儿的时候，还行吗？"

"男人的前列腺虽然表面有坚硬的壳体，实际上脆弱不堪。你这个得早治，再晚了的话，你的性能力就废了。细菌感染再严重点儿，到时候就阳痿了，而且会失去生育能力。你们有小孩了吗？"医生严厉地看着他俩。

"还没。"秦晓卉说。

"再发展下去，很可能会得前列腺癌，癌变堵死尿道，会把人疼死，让尿憋死……"

大肚子医生绝对是一个好演员，但秦晓卉绝不是一个好听众。大肚子滔滔不绝，张大光如坐针毡，女护士低头偷笑，坐在旁边的秦晓卉一脸严肃。秦晓卉眼里不揉沙子，不等大肚子说完，拉起张大光就走，弄得张大光和大肚子措手不及。

骗术太低劣。但秦晓卉并不知道，这是一个导演好的情节。张大光看病的事情，被偷换了时空。自始至终，这场过家家，秦晓卉只是一个被动参与者。

秦晓卉没再过问张大光前列腺的事情。她数落张大光："你这人，咋这么没脑子，多小儿科的骗局啊，差一点儿就被那个大肚子给忽悠了。"

护士拨通电话之后，王立春风风火火赶到了月亮河女子医院。

秦晓卉瘫坐在沙发上，连道歉的力气都没有了。更奇怪的是，护士询问家属的联系方式，秦晓卉直接报出王立春的电话号码。医生没有叫保安，护士一直在安抚她。王立春问明白情况，不停地向人家作揖道歉。

"我得跟你谈谈。"医生示意王立春坐在他对面，很严肃地说，"怀孕初期，女人容易情绪波动，作为丈夫，这个时候应该多体贴关心妻子，多陪陪她，尤其是来医院产检，怎么能让她一个人呢？"

"是是是，下次我陪着。"王立春不住地点头。

秦晓卉坐在卡座的沙发上，小护士柔声细语地和秦晓卉聊天。

对刚才秦晓卉的情绪失控，医生接着说，孕妇容易出现幻觉，是因为身体和心理上的压力导致的。怀孕期间，孕妇的身体会经历很多变化，包括荷尔蒙水平的变化、身体重心的改变、睡眠不足等等。这些因素可能导致孕妇的身体和大脑处于一种疲劳状态，影响到认知和情感。此外，孕妇在怀孕期间还可能面临着一些心理压力，例如焦虑、紧张、恐惧等情绪，这些情绪也可能导致孕妇出现幻觉或其他精神症状。总之，孕妇的身体和心理都处于一种特殊的状态，容易出现各种身体和精神上的不适，比如幻觉。女人不容易，这时候需要多关心体贴，要多陪伴。

喝了一杯女护士递过来的蜂蜜水，秦晓卉终于缓过来，轻声跟医生道歉。医生摆摆手，没再说什么。千恩万谢之后，王立春开车带着秦晓卉离开了医院。

"没有想到，没有想到。"手扶着方向盘，王立春哈哈大笑。

"有这么可笑吗？"秦晓卉很气愤。

"没想到，我们的秦总，居然大闹妇产医院，人家差点儿报警。"

秦晓卉不再说话，闭目养神。王立春继续说："怀孕还会出现幻觉？是真的出现了幻觉吗？"

秦晓卉还是不搭理他。

王立春问她，去哪里。秦晓卉说，想回家睡觉。

"去哪个家？"显然，王立春话里有话。

"别废话，送我回我家。"

王立春默默开车，把秦晓卉送回家，到了门口幽幽地说："你回吧，我就不上去了。"

秦晓卉回到家里，张大光歪在沙发上，漫不经心地盯着电视屏幕。没有陪秦晓卉去医院，张大光并非忙得四脚朝天，见秦晓卉进屋，勉强打个招呼继续看电视，对检查的事情问都不问一嘴。

换好衣服，秦晓卉坐在沙发上说："你猜我今天见到谁了？"

"谁？"

"我见到那个大肚子医生了！"秦晓卉拿起遥控器，关了电视机，"给你看前列腺的那个医生，让我又遇到了，居然成了妇产科医生。"

"啥？怎么可能？"张大光从沙发上坐起来。

"就是感觉到奇怪，也许我出现幻觉了？"

"妊娠反应吧。"

"没听说，怀孕还会出现幻觉啊。"

"怎么可能！"张大光说，"医生都穿着白大褂，戴着一样的帽子，反正长相都差不多，你肯定看错人了。"

"我记得特别清楚，绝对是他。"

"不可能吧，根本不是一个科。"

"我也觉得不可能，但是，肯定没有看错。"秦晓卉说，"大肚子医生旁边的护士，看着也眼熟。"

"你还是换一家医院吧。"张大光皱起眉头，"别遇见骗子。"

"我也是这么想的。就是好奇，特别想弄清楚怎么回事儿，要不，你明天跟我去看看？"

"这个大骗子！"秦晓卉说起那个大肚子医生的时候，张大光满脸厌恶，"明天，我跟你去会会他，我倒要看看，他又咋作妖。"

明明是幻觉，秦晓卉却当真事儿一样说给张大光。张大光表情错愕，一脸警觉，反应很强烈。之后，两个人都陷入了沉默。

秦晓卉有些恍惚。生活里的很多事情，会不会和刚才一样，仅仅存在于幻觉中，把臆想出来的情景当成真实经历，就像婚姻关系调查事务所里螳螂说的那些事情，包括那一沓照片，还有那个女护士？人类的记忆片段会不会经常撒谎，被调换或是经过改写、覆盖、伪装，被某种力量牵绊，被假象控制，在思维中制造出各种各样的记忆陷阱？

这一天发生的事情，让秦晓卉费解：月亮河女子医院里，年轻的妇产科医生被自己当成了前列腺诊所的那个骗子，大闹医院之后，漂亮女护士跟她要家属的联系方式，居然报出了王立春的电话号码。

不正常。

所有的事情都不正常。

这是错误的一天。

33.踏雪无痕

街头空空荡荡，无论整个 CBD 商务区，还是秦晓卉所在的紫标公司，都是忙忙碌碌而又空空荡荡。窗外的风景慵懒倦怠，忙碌只是一种假象，很多繁杂琐碎的事情叠加在一起，又变得无所谓不重要了。每个人动作机械，忙碌成为一种习惯，工作枯燥乏味，为了忙碌而忙碌。眼前的场景如果是一个游戏的话，每个人不过是脚本规定情节里面的一个符号。

貌似都在忙忙碌碌。忙忙碌碌是一种心理感受，空空荡荡是生活中的客观存在。总之，钢筋水泥的丛林里，到处都是忙忙碌碌、空空荡荡。忙碌之后，心里更加空空荡荡。每天总有干不完的活儿。但是仔细思量，所有的工作，又显得毫无价值，只是一个状态而已。

对秦晓卉来说，上班比待在家里更轻松惬意。

午餐之后，习惯在办公室的沙发上眯一觉。自从怀孕之后，每天都昏昏欲睡。半睡半醒之间，感觉有人给她盖了一件衣服，秦晓卉睁开眼睛，王立春正笑眯眯看着她。

"你干吗？"秦晓卉狠狠瞪了他一眼。

"关心关心公司里的怀孕职工。"王立春指了指茶几，茶几上摆着一块蛋糕和一盒水果，"我还有个职务，正经八百是咱公司的工会主席。"

"你有事儿吗，为啥不敲门？"秦晓卉从沙发上坐起来。

"敲了啊。"

"敲了？我咋没听见？我同意你进来了吗？"

秦晓卉怒目而视，王立春夹着尾巴赶紧溜出屋子。

窗外阳光格外灿烂。午休被人吵醒，再也睡不着了。对面的玻璃幕墙就像一面镜子，对着秦晓卉，把一屏蓝天白云送到她的眼前。所以有些时候，生活里我们看到的景观，并不一定是真实的，不过是水中月镜中花，就像对面的玻璃幕墙，或者凭空想象的海市蜃楼。但是，我们常常会愚蠢地惊呼雀跃，为眼前这并不真实的场景。

叮铃铃。

清脆高亢的铃声，穿透空空荡荡的氛围。电话是前台打过来的，前台女孩儿嗲里嗲气地说："秦总，我这里有个人找你。"

"男的女的？"秦晓卉问。

"是个女孩儿。"

昏昏欲睡的秦晓卉立马清醒，匆匆跑到前台。前台空空荡荡，打扮妖艳的前台妹妹，扭动腰肢，端着咖啡杯，在有限的空间里扭来扭去。

"人呢？"秦晓卉问。

"走了。"前台女孩儿放下咖啡杯。

"走了？"

"是的，秦总。"

"她说了啥？"

"什么也没说。给你打完电话，转身她就不见了。"

"长什么样儿？"秦晓卉继续问。

"你们不认识啊。"前台很惊讶，又觉得这样说有些不妥，连忙说，"反正挺漂亮的。"

"挺漂亮的？她跟你说了些什么？"秦晓卉问。

"没说啥，留了个纸条。"前台女孩儿把一张纸条儿递给秦晓卉。

会是谁呢？怎么也想不通，跑过来找她，没等见面又走了。纸条儿上面写着一串数字。那串儿数字虽然歪七八扭，但是笔触有力，每一个字符都张牙舞爪，像是透着一股无奈的表情。那串数字，在纸条儿上挣扎着，扭动着，似乎要突破某种束缚，从纸条儿上冲出来。

下午公司里没事儿，也没人再打扰她。整整一个下午，秦晓卉捧着纸条儿，看着这一串儿神秘的数字，翻来覆去地研究上面的内容。

这张纸条儿正面，好像是一份诊断证明：

患者姓名：白晓
年龄：31 岁
宫外孕，需要紧急手术。

患者比秦晓卉小一岁。诊断证明只有半张，另外的半张纸不知道去了哪里，上面的信息，明显不全。患者的名字，应该不是白晓，后面还有一个字，因为纸张缺掉一半儿看不到了。

宫外孕，这几个字非常刺眼。对女人来说，宫外孕是非常危险的，秦晓卉为这个叫白晓的女孩儿捏了一把汗。好在白晓到了医院，危重的病人，只有在医院里才是安全的。不再想宫外孕的事，翻到病历背面，盯着那组东倒西歪潦草的数字，秦晓卉试图去破解这组数字的秘密。这串阿拉伯数字，一共有九位，没有任何规律，似曾相识又很陌生，不是某个日期或者生日之类，也明显不是电话号码或者地址门牌号码。

纸条儿上的数字，究竟是什么意思呢？

秦晓卉喜欢简单，数学不好。怀孕之后，更不愿意动脑子思考复杂的事情。秦晓卉的生活逻辑就是努力追求简单。但是这串数字，破坏掉了她的逻辑。有些事情，越是想不明白，越会激发出探究秘密的热情。整个下午，阳光很好，时间过得很快。数字已经背得滚瓜烂熟，依然无解。

想喝咖啡了，助理还没有给她送过来。

电脑上的 QQ 图标开始闪烁，有人发消息给她。盯着电脑屏幕，终于破译了纸条儿上的密码——这是一个 QQ 号码。按照纸条儿上的数字，秦晓卉添加好友，很快就通过。

对方 QQ 的名字叫踏雪无痕，头像瞬间闪烁。

"你找我？"踏雪无痕发来信息。

"是的，我找你。"秦晓卉敲击键盘。

"我们认识吗？"对方的问话，有点儿没头没脑，紧接着又发来信息，"不过也没关系。"

"我们，也算认识吧。"秦晓卉继续敲击键盘。

"说吧，你找我有什么事情？"踏寻无痕问。

"你是雪儿吗？"明明是你来找我，留下纸条和这串数字，秦晓卉心想。

"雪儿？"

"对，雪儿。"

"雪儿是谁？"踏寻无痕的话模棱两可。

电脑屏幕后面的人，到底是谁呢？

"你认识张大光吗？"索性单刀直入。

屏幕上的 QQ 符号，许久不动。

"我叫白晓静。"QQ 又开始闪烁。

"白晓静？"手里这份病历，就是她的。

秦晓卉不说话，因为不知道该说些什么。这份病历告诉她，宫外孕，这个女孩儿刚刚经历过一场生死灾难。

"你做过母亲吗？"踏雪无痕也就是白晓静问她。

"还没有。"秦晓卉不愿意把怀孕的事情，告诉陌生人，尤其是在这样的交流场景里。

"那你肯定不能理解，一个女人，做母亲的那种幸福感。"踏雪无痕的语气，有点儿失望。

"怎么会呢？每个女人，都想做母亲。"

"你根本无法体会的。"女孩儿继续说，"经历十月怀胎，才能体会做母亲的这种快乐。"

秦晓卉下意识地摸了摸肚皮，肚子里的胎儿似乎很配合，恰如其分地在这时候动了一下，肚子里一阵疼痛。

"你想生孩子吗？"踏雪无痕发来信息。

"当然。"秦晓卉继续保持谨慎。

"我特别特别想要一个孩子，一直以来，想要一个女儿。我觉得，孩子可以延续我们的生命。"

望着窗外，秦晓卉有点儿走神。自从怀孕后，母亲每天都打来电话嘘寒问暖。也许，每个女人天生都想做母亲。

屋子里，已经没有阳光的痕迹。

窗外，对面大厦的玻璃幕墙上，依然阳光灿烂。秦晓卉盯着电脑屏幕。电脑屏幕后面，有一个女人正在窥视着自己，就像面对面跟一个朋友在聊天，气氛和缓慵懒，秦晓卉甚至想问她，要不要来一杯摩卡。

"然后呢？"秦晓卉问她。

"很多年以前，我爱上一个男孩儿。但是我知道，他根本不属于我，不可能属于我，早晚会失去他，后来我真的失去了他。"

"后来，我随便找了个男人，我知道，这个男人根本不爱我，也不会在乎我。我就是想要一个男人，要一个家。但是，你知道吗，你越是想得到的，你越得不到。"

不知道这个踏雪无痕，或者屏幕对面的白晓静，想要表达什么。

"然后呢？"

"我很绝望，我的男人，简直不是人，动不动就打我，我也曾经想离开他。"虽然是文字聊天，依然感觉到女孩儿语气里充满绝望。

"那，怎么办？"

"我曾经认命了。"白晓静仿佛在叹气，"不认命，又能咋办呢？"

"嗯。"

"这时候，我想要的那个男人出现了。"想象着女孩儿一脸欣喜，"他又回来找我，给我做了我爱吃的羊肉烩面。"

秦晓卉若有所思。

"但是，又能怎样呢？"踏雪无痕继续娓娓道来，"他已经结婚了，有一个漂亮的老婆，有一个幸福的家庭。"隔着屏幕，也能听到白晓静叹息的声音。

"那怎么办？"秦晓卉问。

"是啊，怎么办，你能帮我出个主意吗？"白晓静问。

两个人似乎都陷入了沉思。

之后，踏雪无痕的头像，变成灰色。

34.咱俩扯平了

踏雪无痕的出现，确实有些蹊跷。

一串数字，或许能够串起整个故事。写字楼里不缺故事，秦晓卉所在的这个高档写字楼里，每天上演各种各样的故事。假如生活是一个巨大的游戏，所有的人，不过是游戏中一个微不足道的人物，是一种毫无秩序、不可理喻的存在。有些故事，只能算作是这个城市里的一道风景，一闪而过稍纵即逝，根本就是过眼云烟或者海市蜃楼。

包括踏雪无痕，包括白晓静，甚至秦晓卉自己。

生活中充满各样的偶遇、碰撞、巧合，有些事情貌似普通寻常，情理之中或者纯属意外的背后，没准有着千丝万缕的关联。这个女人的出现，绝不是偶然。打开电脑，点击踏雪无痕的 QQ 头像。

"我知道，你离我很近。我们楼下的咖啡厅，咖啡和蛋糕味道挺不错的，要不咱俩去那里聊聊？"秦晓卉继续和踏雪无痕聊天。

踏雪无痕打出一个笑脸，随后说："我们这些天天吃烩面的人，喝不惯那玩意儿。"

"那我们一起吃饭也行啊，那天你来找我，肯定有话要对我说。"鼓足勇气过来，白晓静一定有重要的事情。那天，白晓静到了前台，说要见自己，为什么又匆匆离去？从两个人聊天的节奏来看，肯定不会是因为有其他更重要的事情，临时改变计划才离开的。

"就是个游戏，一个游戏。"踏雪无痕说，"我们完全是两个世界的人，在这里相遇而已。这只是一个巧合。"

"巧合？"

"对，巧合。"

半张病历，一串神秘的数字，白晓静，踏雪无痕。隔着电脑屏幕，两个女人开始沉默。

就像一个游戏，难道自己拙劣的情人节游戏并没有停止？白晓静这个游戏，跟自己的游戏之间，存在着怎样的关联呢？

"你想跟我说什么？"聊天不能中断，秦晓卉只能继续寻找话题。

"做母亲的感觉，是不是很幸福？"踏雪无痕敲下一行字。

"是的，每天跟他说话，他也跟我说话。"秦晓卉摸摸肚子，幸福感油然而生。

"女人，只有生了孩子，当了母亲，才会成为女人。"

"嗯。"窗外阳光明媚，一股暖流在秦晓卉心底升腾。

"你的孩子，差不多八周了吧？"踏雪无痕继续问。

"嗯。"没有跟她说过怀孕的事情。后背一阵阵发凉，好像有一双眼睛，在身后始终盯着自己。不知道这个踏雪无痕或者白晓静，葫芦里卖的啥药。

"羡慕你。"

那张纸条儿就压在笔记本电脑下边。秦晓卉抬起电脑，拿出纸条儿，把它从写着那串儿数字的一面翻了过来，翻到纸张的正面。

患者姓名：白晓

年龄：31 岁

宫外孕，需要紧急手术。

这份病历，让刚才还陶醉在即将做母亲的快乐中的秦晓卉，心情沉重起来。如果这个踏雪无痕真是白晓静的话，秦晓卉不知道该怎样安慰她。

貌似一个巧合。所有的情节，如果统统装在这一个游戏里，那么，这个游戏有些残酷。

"说说你的事情？"

"也没啥好说的。"踏雪无痕好像在沉思，"那天，确实想找你聊聊天，但是，感觉聊什么呢？"

"你想聊什么呢？"秦晓卉也觉得，这种聊天比较艰难，因为隔着屏幕，不像两个人面对面。如果是两个人面对面地聊天，可以从对方的表情、动作和眼神中，获取谈话内容之外的信息。眼前这样纯文本格式的聊天，屏幕上面的文字，未必就是真实的。

"我们见过面。"踏雪无痕说。

"我们见过？"秦晓卉迅速盘算着。

"这些都不重要，我们彼此熟悉。"沉默几秒钟，她接着说，"都过去了。"

"那，什么才是重要的呢？"

"都是过眼云烟，不是真实的。"

"你为什么这么说呢？"秦晓卉急于想知道，这个踏雪无痕或者白晓静，到底要表达些什么。

"每个人的生命，都要承受苦难，有些人注定是城市里的风景，有些人不过是路边的野花野草。"

"什么意思呢？"秦晓卉迫不及待地追问。

"羡慕你。我说过，都已经过去了。"

"我不明白。"

"不重要了，就是一个过程。"

"你，能不能说清楚一些，要不，咱俩还是见个面吧？"

一切的一切，都像一个谜，秦晓卉急于揭开这个谜底，但是这个女孩儿的话，越发模棱两可，根本猜不透踏雪无痕要表达的主题究竟是什么。

"你是一个漂亮的女人。"

随后，踏雪无痕发过来一张图片，图片上是一片灿烂的向日葵。满屏金黄色彩艳丽。每一朵葵花，都朝着她微笑。

"周日晚上，我在世贸天阶等你。"踏雪无痕在 QQ 里发布了这样一条动态信息。秦晓卉百思不解其意，去了世贸天阶，结果偶遇了张大光。

叮铃铃，半夜三更，手机铃声格外嘹亮刺耳。临睡前忘了把手机静音。谁这么讨厌，秦晓卉抓起手机。

"出事了！"电话里，一个女人急促的声音，秦晓卉听出来，是Maggie。

"咋回事？"手机显示，凌晨3点。

"我到你家楼下了，马上去找你。"不等秦晓卉说话，Maggie挂断电话。

十分钟后，有人敲门。

秦晓卉对张大光说："你先睡，Maggie找我，公司出了点儿事情。"

Maggie冲进客厅，秦晓卉把她拉进另一间屋子。

"到底怎么了？"

"狗改不了吃屎！"Maggie一脸气愤。

"咋了啊，这大半夜的。"

"王立春出事了。"Maggie喘着粗气说，"喝多了，酒后开车，出事了，现在在派出所！"

秦晓卉脑袋嗡的一声："酒驾，被拘留了？"

Maggie说，王立春是喝了酒，但是没有酒驾，叫了一个代驾。

"叫代驾，不就没事儿了吗？"秦晓卉糊涂了。

Maggie说，代驾司机开着他的车拉着他，到他家附近代驾司机接了个电话，然后跟他说，家里有点儿急事，得赶紧回去，就把车给他停在小区外边的马路边上。

其实，拐过弯儿就进小区了。王立春说："没事儿，那我自己来吧。"王立春是一个大大咧咧的人，代驾司机走后准备自己把车开进停车场。结果，车开出不到十米，不知道从哪里窜出一台破夏利，直接怼在王立春那台路虎的轮胎上。

夏利司机说，车子坏了，得修车，开口就要五万块钱。

王立春很气愤，上去就是一拳，把夏利司机打趴下。Maggie 说，很明显，王立春被套路了，这就是一个圈套。

"那咋办啊？"

"司机报警了，好在报的是派出所。所长老黄，跟王立春很熟悉，来了以后一眼就看明白，没提喝酒这事儿，按照打架把两人抓进派出所。"刚才老黄给我打电话，让我赶紧过去想办法。

老黄说了，现在他还要出警，假装不知道王立春酒驾这事儿，把王立春跟夏利司机，都扔进一间空屋子，先凉快凉快，让他俩自己商量，等他出警回来再说。但是，派出所人多眼杂，时间长了，喝了酒这事儿怕瞒不住。

"这事儿得抓紧，必须趁天亮前，把这事儿给处理掉。"Maggie 说。

"那你还不赶紧去啊，还等着什么啊？"

"我不想见他。"Maggie 低下头，"还是你去吧。"

"要不，给大胡子李总打个电话，让他帮忙？"

"这大半夜的，另外，时间也不能耽搁啊。"

秦晓卉穿好衣服，两个人下楼，坐上 Maggie 的车，一路狂奔到了派出所门口。

"我就不进去了。"Maggie 看着秦晓卉，"拜托你了。"Maggie 递给秦晓卉一个纸包。

"这是什么？"

"王立春说，没有钱不能解决的问题。"秦晓卉抱着沉甸甸的纸包下车，Maggie 开车迅速离去。

派出所里，王立春和夏利司机正热火朝天地聊天呢。

"你看吧，早餐都买好，给我送过来了。"王立春嬉皮笑脸地说。

"这是嫂子吧？"夏利司机一脸猥琐，"钱带来了吗？"

"什么钱？"秦晓卉故意提高音量，语气里充满厌恶。

"不是都说好了吗，五万块钱，这事儿就完了。"夏利司机指着王立春说，"你瞅瞅，你瞅瞅，老黄跟你说了那么多，白说了啊，你媳妇咋就不明白呢？赶紧的，再不拿钱来，你等着进号里啃窝头吧。"

"啃窝头？"王立春似笑非笑。

"对，啃窝头。"夏利司机梗起脖子。

啪，一个大耳光狠狠抽在夏利司机脸上，王立春怒不可遏。

"你啥意思，还打人？"

"我打你咋了，我再打你一万块钱的行不？我给你六万！"王立春眼睛冒火。

"好，您打，行，没问题。"

啪啪啪，又是三个大嘴巴。

王立春接过秦晓卉手里的纸袋子，朝着那个猥琐男人的秃头，狠狠砸下去，用力过猛，纸袋子裂开，几沓钞票，撒了一地。

"满意了，舒服不？"王立春看着双手抱头的夏利司机，"你丫的，我用钱砸死你！"

"满意，舒服。"那个猥琐男人顺势在地上打了个滚儿，双手抓起一把钱，"舒服啊，真是太舒坦了！"

"媳妇，咱走吧！"挽着秦晓卉的胳膊，两个人走出派出所的院子。

"说啥呢？"秦晓卉一脸嗔怒。

"媳妇，谢谢你来接我，走，咱俩吃早点去。"王立春得寸进尺。

"该找谁找谁去，谁是你媳妇？"秦晓卉一把甩开王立春的胳膊。

"咋了，不认账了？"王立春说，"不是都说好了吗，咱做人得讲良心。"

"对了，"秦晓卉忽然想起一件事，"纸袋里，只有五万块钱，要不要，再去给他收一万块钱？"

"你傻啊？"

"你不是又打了他一万块钱的吗？"

"管他呢，我数学不好，行了吧？"

"你这才叫不认账呢。"秦晓卉嘟囔。

想起来可笑，前些天，王立春扮演丈夫的角色，在月亮河女子医院挨了医生一通批评，接走了秦晓卉；这次在派出所，秦晓卉又成了王立春的媳妇，抱着一堆现金跟他一起做戏，摆平了王立春的困境。生活的确像个游戏，还要经常客串一下角色。

秦晓卉严肃地说："咱俩扯平了。"

35. 女人最痛恨什么？

来北京之后，张大光的第一份工作，是在建筑设计事务所做助理设计师，这个工作一直做了很多年。四年前，张大光去找房子，一个足球砸中脑袋，就是大胖说的那场"血光之灾"，让张大光认识了秦晓卉。

那时候的张大光留着长长的头发，身穿一件卡其色的工装夹克，迎着噼里啪啦的落叶，沿着街头一路奔走，就像一只蚂蚁，在秋风中漫无目的地觅食。秋天的北京，街边一片萧瑟。眼前是一片破败的楼群，张大光走进了小区的院子。

"砰"！

张大光的头部遭到重重的撞击，眼前一黑，一下子失去了重心，差点跌坐在马路牙子上。一个足球从张大光的头顶弹了出去，准确地说，是一个特殊的，穿着一条粉红色内裤的足球，从他的头顶弹跳到马路边的甬道上，又沿着黄色的甬道蹦蹦跳跳。

恰在这时候，一个笨重的呼啦圈，从楼道里面愤怒地跑了出来，不偏不斜，套住张大光刚刚抬起的脚。张大光两脚腾空，动作笨拙慌乱，一跃而起之后重重地摔下来，头磕在了马路牙子上。

慌乱的脚步声、奔跑的喘息声，夹杂着一个女孩儿的谩骂，以及自己额头在地面摩擦的声音，汇聚在一起，清晰地传入耳朵里。

眼前一片通红，刚才砸在自己头上那个穿着一条粉红色蕾丝内裤的足球，不知道撞击到哪里又弹射回来，在张大光眼前摇摆。足球怎么会穿上一条粉红色的女式内裤呢？足球的后面，是两只白色的运动鞋。

张大光按着足球，撑住身体，缓缓站起身来，顺势捡起足球拿到眼前，终于看清了足球上的三个字：秦晓卉。

这就是张大光和秦晓卉的初次见面，场景有点儿尴尬。

早晨起床后，秦晓卉却不在家。身处最热闹的城市，仿佛与世隔绝，大隐隐于市，也不过如此。张大光的日子，就像被隔离在这座城市里。一道看不见的围栏，把他和现实生活分隔开来，别人进不来，他也出不去。这种沉闷的感觉，令人发疯。想找个朋友，聊聊天，无论是手机通讯录，还是存在于思维和记忆中的朋友圈，都找不到合适的人选。

张大光出门，骑着电动车漫无目的在街上游走。

经过一个路口，这里的红绿灯出了故障。正是早高峰时段，汽车、电动车，以及形形色色的人群从四面八方涌来，十字路口变得混乱不堪。一个老太太左手抱着白菜，右手拎着一捆大葱，在斑马线上缓缓地走着，张大光停下来，让老太太先通过。看着老太太走到马路对面，张大光冲着瞎眼的红绿灯竖起了中指。眼前的情景就像自己的处境，没有信号灯，没人指明方向，不知道该往左还是往右，处境尴尬无法做出判断，无论是左还是右，无论怎么选择，可能都会是一个错误。

黄灯闪烁。四个方向的红绿灯，不约而同地朝他眨了眨眼睛，而且，眼神儿意味深长，明显不怀好意。

电话响了，是九叔打来的。九叔说，没事闲得慌呢，一起喝点儿吧。

九叔说了一个地方，张大光骑着电动车慢慢溜达过去。小饭馆里脏兮兮的桌子上，摆着两盘小菜，九叔面前的酒杯，已经见半了。

"遇到事情，你有没有过不知道该咋选择的时候？"张大光坐在九叔对面的椅子上。

"那就不选择呗。"

"不选择？"

"对，不选择，不去想，干吗要费脑子？"九叔看着他，"我最关心怎么填饱肚子。"

"问题不解决，吃饱了之后，还会再想的。"

"那就是吃多了，吃饱了撑的。"九叔继续喝酒。

"九叔，我想……离婚。"

"找好下家了？"九叔放下酒杯。

"也不算……"张大光把和秦晓卉还有雪儿的事情，一五一十讲了一遍。临了，问九叔："我该咋办？"

"真是闲得蛋疼！你不是都想好了吗？"九叔喝了一口酒。

"想好了？"张大光说，"没有啊。"

"听了你跟我说的，你不是觉得对不住雪儿？"

"可是，我真的不知道咋办。"张大光低下头。

"没看出来，我感觉你已经决定了。"

张大光和九叔碰了碰酒杯。

"你老婆是个好人，可惜一朵鲜花插你身上。按理说，你和雪儿更合适，你俩是一类人，但是你老婆肚子里有孩子了。"九叔像是在自言自语。

"可是，雪儿……也怀了我的孩子。"张大光低下头。

"造孽啊。"九叔独自喝酒，"你想跟雪儿过？"

"我不知道该怎么和秦晓卉说啊。"

"你看，你这不都想好了吗？"

"我开不了口。"

"实话实说吧。"九叔说，"女人最痛恨什么？"

"出轨，但是这个我不能说。"

"为什么不能说？"

"这个，太残酷了，秦晓卉有洁癖。"

"你想不想快刀斩乱麻？"

"当然想啊。"

"那就直说！"一口喝完杯里的酒，九叔起身穿好衣服，"买过单了。你这事儿，我没法管，也不愿意管，你这个人啊……"九叔拍拍张大光的肩膀："做事儿，别太缺德了。"

饭店门口，九叔靠在一棵树上抽烟。走上前去，张大光看到九叔两眼通红。

"怎么了，九叔，哪里不舒服？"眼前的九叔，和监舍里的样子大相径庭。

"说起来丢人。"九叔递给他一支烟，"那我就跟你说说吧，我也是憋得难受，想找个人聊聊天。你嫂子比我小8岁，我进去半年，跟人跑了，和我最好的一个兄弟。"九叔说，进去之前亲手把老婆托付给这个兄弟，让他帮忙照顾。

"我出来那天，你嫂子没有露面儿，是他来接的我，请我吃饭。喝了半瓶子酒，那小子拿出一份协议书，离婚协议书，让我签字。"九叔说，当时他就抄起酒瓶子。

"那小子说，咱俩毕竟兄弟一场，我不想打架，但是也不怕打架，要打随你，绝不还手，也不会讹你，你把我脑袋开瓢儿了，咱俩就扯平了。我不报警，但不敢保证别人不会报警。如果有人打110，警察来了的话，刚才你从哪儿来的，今晚还得回哪儿去。"

那小子说完，九叔放下酒瓶和他继续喝酒，每人喝完一瓶56度北京二锅头。

"兄弟，你这点儿事儿，还算事儿吗？"

张大光不知道该说些啥，转身去了饭馆门口的小卖店，买了两条烟，塞进九叔的手里。曾经的牢头狱霸，哭得稀里哗啦，没想到九叔也会这样。每个人有每个人的难处，不知道该咋安慰他，只能各自保重，各想各的办法了。

九叔跟他说，自己只有一个女人。跟这个女人，当年是初恋。摇着张大光的肩膀，九叔说，初恋，懂不？

走出好远后，回头看了一眼。九叔正双手抱头，蹲在一堆横躺竖卧的共享单车中间号啕大哭。

初恋？雪儿，也是张大光的初恋。

一瘸一拐的张大光背着光着脚的雪儿，一边走路一边回味整个晚上发生的事情。雪儿的身体软塌塌的，伏在张大光背上，两只乳房随随便便抵着张大光的身体。张大光已经没有任何的情欲，只盼着快点到她家。

雪儿住的是平房。雪儿从窗户缝隙里摸出一把钥匙，打开了门锁。屋子很小，一张床占据了屋子的三分之二，床边是一把竹椅。雪儿是被扔到床上的，张大光双腿发软，一下子跪倒在床头。

"你想摔死我啊。"雪儿一声尖叫，之后冷冷地说，"咱俩两清了，你可以走了。"然后自顾自地上床，也不避讳张大光，脱掉吊带，拽掉牛仔裤，像一条泥鳅一样钻进了被子。

"我咋办？"张大光冒出一句。

"你问谁？我到家了，管你咋办。有句话听说过没有？"

"啥话？"张大光挠挠头皮。

"婊子无情，戏子无义。"雪儿拉拉被子，蒙住眼睛，"麻烦你帮我把灯关了，把门带上，我睡觉了，你可以走了。"

往哪走呢？学校宿舍早就关门了，身上只有五块钱，去网吧的话，也不够一个晚上。

"还不滚？我喊警察了啊！没见过这样的，嫖也嫖了，爽也爽了，不给钱还赖着不走啊。不走也行，包夜五百，做不做不管，明儿一早给钱！"

口袋里只有一张皱皱巴巴的五元钞票，另外的一个口袋里是一只安全套。

刚才逃跑的时候，居然把它装进口袋里。摸到这只还没有开封的安全套，张大光彻底愤怒了。又不是老子想嫖，稀里糊涂成了嫖客，险些被警察抓走，还差点被这个小婊子揪掉命根子，深更半夜像驴子一样把她背回家，又要像丧家犬一样被赶出门。

不知道哪来的勇气，张大光一把掀开了被子，扑了上去。

雪儿长得不高、不胖，身体很筋道的感觉。张大光很笨拙，雪儿没有反抗。雪儿的手温暖柔软，抚摸着张大光的肩膀，张大光浑身僵硬，雪儿的身体柔韧灵活。张大光像一头野驴，雪儿像一条蛇，雪儿紧紧地缠住张大光的身体，一步一步引导着张大光，从亲吻开始，两个人的舌头交织到了一起，温热的气息，迎面而来，从头到脚，从外到内，心跳，由远及近，混沌而清晰。

一切回归静寂。狂风暴雨之后，就是浑身瘫软，张大光打起了呼噜。

半夜，张大光被一阵哭声吵醒，睁开眼睛，摸到旁边的雪儿，吓了一跳，才想起来自己在雪儿家里。

见雪儿哭，有点儿不知所措。

"别哭了，你哭啥？"张大光摸摸雪儿的脸。

抓住张大光的胳膊，雪儿上去就是一口，死死地咬住张大光的肌肉。无论张大光怎样痛苦地挣扎，雪儿就是不肯松口。

36.彻底凌乱了（上）

这个世界是荒谬的，荒谬得毫无道理。

那次秦晓卉陪着张大光去看病，是雪儿导演的一出戏。真实场景是之前张大光去看病，直接被大肚子医生给忽悠了，还以为人家好心，屁颠屁颠地交了费。雪儿说她有个愿望，想见见嫂子。她很好奇，好奇秦晓卉是一个什么样的女人，怎么就让张大光落到了她的手里呢。雪儿说，就是想眼见为实。张大光不同意的话，她会自己想办法。总之是必须要见，不见不行。拗不过雪儿，张大光不得不同意，想出 N 种两个女人相遇的场景，雪儿一一否决。雪儿说，只有真实的场景才会自然，否则会很尴尬，女人都很敏感，如果不做好伪装，不经意间一个眼神儿、一个动作都会暴露。雪儿把张大光去看前列腺被骗的经历，重新演绎了一遍。就像一个恶作剧，偷换了时空，把发生过的事情，情景再现一遍而已。医生是那个大肚子医生，护士是雪儿。在秦晓卉和大肚子医生完全不知情的情况下，导演了那天的场景。雪儿是个天才，所有情节设计一丝不苟全无破绽。除了秦晓卉看穿大肚子医生是个骗子之外，其他情节，完全没有穿帮。

回家之后秦晓卉和张大光发生了激烈的争吵。秦晓卉说："好歹你也受过高等教育，这么低劣的骗术，咋就看不出来呢？"

　　"骗子太高明了呗。"张大光心里有鬼，但是依然嘴硬。

　　"高明？"秦晓卉揶揄，"一眼就能看出的小把戏，你就看不出，这智商也是可以了。"

　　"医院咋会骗人，没想到。"

　　"做事情能不能用点心，遇到事情多想想，仔细分析分析，别总是稀里糊涂的。"

　　"好。"

　　"你看那医生，满脸堆笑的样子，一看就不是好鸟，平时去医院，啥时候遇到过这么好心眼儿的医生？"秦晓卉继续唠叨。张大光在很多事情上，缺少原则，做任何事都是凭着感觉走，从来不动脑子，这是秦晓卉最不能容忍的。

　　"不是没被骗走钱吗？"

　　"没被骗，是因为我跟着呢，如果我不去，是不是你就交钱了？"

　　"好好好，你聪明，你能干，我不行，我弱智，我缺心眼儿，行了吧！"秦晓卉的话，戳到了张大光的痛处。

　　本想借着这件事，跟张大光好好沟通一下，张大光在很多事情上缺少原则。就像大胖一忽悠，辞了建筑设计事务所好端端的工作，跟着大胖去卖二手车。张大光说，人家都安排了，跟经理说好破格录用他，不去的话，大胖多没面子啊。还有一次老家的同学来北京，给他打电话，两个人兴高采烈见面，吃完饭同学说帮单位到中关村采买物资，现金带得不够，从张大光这里拿走了5000块钱，说回家立马就还钱，然后就没了下文。还有买车的事，摇号中签取得了小客车指标，当天就接到4S店的电话，女销售一通糖衣炮弹，张大光当即交了定金。本来有更多的选择，张大光说，店里的女孩儿也不容易，人家跑前跑后给自己打饭，跟经理要政策，忙乎得都没吃上午饭，哪好意思拒绝啊。在类似问题上，张大光总是在意别人的感受，宁可自己吃亏。当然，秦晓卉不知道张大光借钱给大胖的事情。总之，张大光不会拒绝别人。别人千方百计想出的借口和理由，费劲巴力挖的陷阱，到了张大光这里，他都觉得正常。

沟通不畅，最终不欢而散。婚姻中有一个豪猪理论，就是在严寒环境里两只豪猪需要相互取暖，身体距离太远了，就会被冻死；离得太近了，身上坚硬的刺就会扎进对方的肉里。婚姻里两个人就像一对儿豪猪，夫妻本来应该是形影不离，但是很多时候又需要保持一定的距离。张大光很敏感，内心深处的脆弱容不下别人去触碰。张大光是一个自尊心极强的人，明明知道自己错了，就是不愿意承认，不愿意在秦晓卉面前没有面子。尤其是雪儿策划的这场见面，以及张大光亲身经历过的事情，被秦晓卉一眼就看穿了。

秦晓卉和雪儿，假设这两个女人一同出现在母亲面前，母亲会更喜欢谁，会更愿意哪一个来做她的儿媳妇呢？张大光知道这是一个伪命题，这只是一个假设。而且母亲根本没有见过雪儿，这个假设非常无聊，如果真的让母亲选择的话，肯定也是一件很艰难的事情。对一个女孩儿喜欢是一码事儿，结婚过日子又是另外一码事儿。家庭生活离不开柴米油盐，但是爱情，需要在真空的环境才能变得纯粹。走进婚姻之前，两个人卿卿我我那是爱情；结了婚，这个性质就变成庸俗地过日子了。

爱情是虚无缥缈，是过家家，婚姻变成踏踏实实一起生活。一切按部就班，然后结婚生子，对很多人来说，这是一件再平常不过的事情。

张大光接到母亲的电话。母亲问他：“晓卉好吧？”母亲说，晓卉是个好孩子，母亲的声音里充满着怜爱。

"妈，我梦见我爸了。"

老家村子在半山腰，手机没有信号。村子里只有刘叔家有电话，母亲不愿意去刘叔家打电话，跑到镇子里给他打的电话。母亲说："你爸走之前和我说，他有你这么一个儿子，已经很知足了。你爸说，咱家培养出了你，这算祖坟冒青烟了。"

"妈，晓卉怀孕了。"

"真的？"

"嗯。"

"感谢上天啊！"

母亲喜极而泣，母亲说，有了孩子日子才有盼头，男人只有当了爹才成为男人，没当爹之前永远都是孩子。

母亲说，只有生了娃，老婆才是老婆，家才是家。

"照顾好晓卉，她想吃啥，你就给她去买，人家是城里的娃，从小金贵，你得给我照顾好了。"

母亲叮嘱他，一定和晓卉好好过日子，等晓卉生了孩子，就来北京看孙子。

挂了母亲的电话，秦晓卉的电话打了过来。

"给我买一串儿糖葫芦吧，我想吃糖葫芦。"秦晓卉说，"厨房的灯泡坏了等你回来换。如果遇到卖糖葫芦的，顺便买一串回来。"

在路边的超市，买了一串糖葫芦，张大光匆匆赶回家。

"谢谢老公。"秦晓卉从张大光手里接过糖葫芦，咬了一口，顺势在张大光脸上亲了一下，冰糖葫芦上的糖黏糊糊地粘在张大光脸上。

"马上当妈了，还这么肉麻啊。"张大光擦了一把脸。

"婚姻也需要保鲜。"秦晓卉笑着吃糖葫芦，"至于吗，我亲你一口，你还擦干净？"

下午的时候，搬了凳子比画半天，秦晓卉想爬着凳子去换灯泡，想起自己是孕妇，还是放弃了，这些登梯子爬高的事情，还是得等张大光回来做。

张大光麻利地换好灯泡，秦晓卉递过来糖葫芦："再吃一个山楂。"

张大光说不吃，粘牙。秦晓卉不干，说必须吃。秦晓卉说，俩人过日子，口味要保持一致。张大光无可奈何地咬了一口糖葫芦。

"这就对了，"秦晓卉说，"好吃不？"

"好吃，就是太甜。"

"生活就该甜甜蜜蜜。"按下开关，厨房的灯亮起来。秦晓卉说："家里还是得有男人。"

"再甜蜜也不能当饭吃。"张大光指了指厨房里的调料罐子，"炒菜做饭，还得用他们。"

秦晓卉没理他，继续嚼她的糖葫芦。张大光把母亲电话里说的话，和她说了一遍。秦晓卉说，男人是家的支撑，是家里的头，没有男人，家就不完整，没有男人的家就不是一个家。秦晓卉边说，边在厨房准备晚餐。

张大光琢磨着秦晓卉的话。如果按照秦晓卉的说法，雪儿的家，已经不是一个家了。

怀孕之后的秦晓卉，就像换了一个人。刻意减少去公司的次数和在公司逗留的时间，窝在家里听胎教音乐，和肚子里的孩子聊天，不厌其烦地给芭比娃娃换衣服，柔声细语打电话问张大光什么时候回来，屋子收拾得干干净净，每天精心为张大光准备晚餐。或许是一种心理暗示，或者进入了角色，孩子还没有出生，就开始饰演贤妻良母。

坐在沙发上，眼前的情景，有些不真实。最近一段时间，张大光经常出现幻觉，对于时空的概念，有些含糊不清。半梦半醒，无法分清眼前的光景是现实还是梦境。时空混沌，无法将现实和梦境准确地切割。

厨房里忙碌的秦晓卉，似乎还是情人节游戏里的秦晓卉，甚至眼前的情景，不过是月光酒店里那个情人节游戏的延伸。秦晓卉从厨房走了出来，客厅的场景仿佛和月光酒店重叠在一起。眼前的秦晓卉，变成了月光酒店里秦晓卉扮演的雪儿。那天，秦晓卉在眼角贴上一张瓢虫贴纸的时候，张大光甚至想笑，觉得眼前的秦晓卉，无论是衣着打扮还是发型，再加上床头那个粉红色的氛围灯，都显得不伦不类，和十几年前遇见雪儿的真实场景，相去十万八千里。

那天的游戏，实在荒诞。

嘈杂的声音让时间放缓，混乱逐渐散去。扑通，扑通，心脏跳动的声音，不断敲击着记忆。魅惑的眼神、扭动的身躯，所有记忆支离破碎，又像是凭空想象出来的幻觉，房间里的灯光摇摆不定，时空像打散了的碎片，撒了一地凌乱不堪。

"我是雪儿，你的雪儿。"声音柔软却又生硬，从遥远的记忆中飘了过来，那声音像一根鸡毛掸子，狠狠抽在他的头上，让他浑身战栗。

吵闹而且荒诞的情节，像是发生在很久很久以前；又好像刚刚发生过，就在昨天晚上，或者就在眼前。一切变得遥远而模糊。

整个过程，甚至像是在看戏。看一个发生在别人身上的故事，和自己毫无相干的戏。在这场大戏中，自己只不过是一个路人甲、匪兵乙之类的角色，是一个旁观者。如果，不是这个荒谬的情人节游戏，也许，生活里就不会有这么多的变故。

谁知道呢？

思绪混乱，毫无办法。

37.彻底凌乱了（下）

就像老母猪钻篱笆——进退两难。

张大光的生活彻底凌乱了，理不出头绪。像个泄气的皮球，走路没有精神，吃饭没有力气。大胖的介入，变得越发糟糕。情节复杂，尴尬不堪，超越了正常人的思维。但是日子还得过，生活还要延续，事情出了总得解决，躲避不是办法，也躲不过去。不光是雪儿的问题，还有公司的事情。两个人的生意，总不能因为这点事儿生意不做了，钱也不赚了。

事已至此，总得有个了断。在家挠了一天墙，张大光混沌的思维，逐渐清晰。问题的症结在大胖身上，如果想解决这个问题，必须先从大胖入手。

没有给大胖打电话。这回换了个方式，早饭后，张大光骑上电动自行车，直接去大胖家堵门。早就想到过这个办法，一直担心去大胖家敲门，如果开门的是雪儿，那场景极端残酷，心理上绝对不能接受。世贸天阶，那么大排场的求婚仪式都搞了，两个人肯定早就搬到了一起。

大胖住的小区院子里，那台破捷达一身黄土，灰头土脸停在楼下。轻轻敲门，屋子里面，没有任何声音，张大光干脆用脚对着防盗门狠狠踹了两脚。

"敲什么敲，快递放门口就行。"屋子里有人嘟囔，肯定是大胖还没起床。继续敲门。

"别敲了，别敲了，你谁啊？"

"警察。"张大光气恼地说。

门终于打开，大胖光着膀子探出一个脑袋。张大光一把推开他冲进客厅。

"干吗，你干吗？"大胖用力往外推张大光，"还没起床呢，你咋回事？"

张大光害怕的事情没有发生，不是雪儿开的门，这让他悬着的心落在了肚子里。

"出去，你给我出去！"大胖握着拳头开始咆哮。

对于大胖，最好的办法是简单粗暴，张大光头也不抬，直接用肩膀撞开他，一屁股坐在沙发上。

"你这是私闯民宅！"大胖的胖脸，因为气愤和激动，成了猪肝色。

"你报警啊。"张大光很淡定。

两个人怒目而视，谁也不再说话，就这样僵持着。很奇怪，眼看着过去了半个小时，雪儿还是没有从屋子里出来。

"说吧，你想干啥？"大胖沉不住气了。

"人呢？"

"谁？"

"你说我找谁呢？"

气氛沉闷，两个人又陷入沉默。

"你别找她了，现在，她是我女朋友。"大胖抬起头，目光里充满挑衅，"你别再纠缠了。"

"到底咋回事，你倒是跟我说说啊！"

"说什么，还有啥可说的？"

"那天，医院里怎么回事儿？"张大光语气舒缓，像是在哀求。

"都过去了，你别问了，雪儿不让跟你说。"

张大光忽地站起来，冲到茶几对面，一把薅住大胖的衣领子："到底怎么回事，出了啥事儿，你到底说不说？"

"别问了。"见张大光不依不饶，大胖语气开始缓和。

绕开大胖，张大光气呼呼地推开卧室的门。屋子里一股酸臭味，乱七八糟，根本没人，大胖的床乱得像狗窝。

"雪儿呢？"

"不在我这里。"

"她去哪儿了，到底出了啥事儿，你说啊！"张大光一脚踢翻茶几，"你倒是说啊！"

奇怪，大胖居然没有发作，不紧不慢扶起茶几，捡起地上的杯子，重新摆好。

"好吧。"叹了一口气，大胖说，"我也不用当爹了。"

"你啥意思？"

"孩子没有了。"

"没有了？"

"没有了。"

"什么意思？"

"我不用给你的儿子当爹了！"

"啥意思？"

"没啥意思，就是不用给你的儿子当爹了！"大胖的嗓音提高了一个八度。

张大光脑海里，浮现出医院里那个女孩儿惨白惨白的脸。

大胖说，雪儿并没有搬过来住，还是自己一个人住，半夜里肚子疼，疼得受不了，下边还出血了，吓得她忍着痛敲开房东的门。房东大姐帮她叫了救护车。到了医院，医生说雪儿这是宫外孕，如果再晚点儿来，命就保不住了。就这样，雪儿肚子里的孩子没有了。

"你不用担心了，咱俩，谁也当不成爹了。"看着张大光，大胖又说，"不对，你可以继续当爹，秦晓卉肚子里，还有一个崽子，你们一家三口，可以继续舒舒服服过日子。"

雪儿从死神那里捡回一条命。雪儿一个人，竟然承受了这样一场巨大的灾难。张大光后背发凉，瘫在沙发上。张大光知道宫外孕的严重性，也明白了医院那天为什么给他打电话。

"你一直陪着她吗？"张大光问大胖。

大胖头也不抬，仿佛张大光根本不存在。

"我要见见雪儿，她在哪儿？"

"她不会见你的，雪儿让你断了这个念想。"

"让我见她一面，还不行吗？"张大光声音里带着哭腔，"别这样折磨我，行吗？"

大胖不再说话。

"我要见见她！"张大光大嚷大叫。

"还有意义吗？"大胖冷冷地说。

"你什么意思？"张大光瞪起眼睛。

"她是我老婆，你再这么纠缠，有意思吗？"大胖握紧拳头，然后接着说，"我得问问她。"

第七章

告诉你一个秘密

38.幸福很简单

幸福其实很简单，就是忙碌之后早点回家。

国贸 CBD 商圈儿，永远是北京最繁忙的商务区。下午五点三刻，秦晓卉准时下班。走出大厦，一台敞篷汽车，停在路侧，车厢里铺满玫瑰。张大光转过身来，微笑着向她招手。西边天空即将落幕的太阳，温柔地望着他俩。阳光打在张大光头上，张大光头顶金灿灿的，脸上也铺满阳光。夕阳西下，敞篷车和车上铺满的玫瑰花，都镶起一层金灿灿的轮廓。时间仿佛静止，城市里忙忙碌碌的脚步，此刻变成摄影机升格拍摄出的画面，充满电影的胶片感。

秦晓卉印象里，张大光的笑容，从来没有这样灿烂过。张大光目光里充满温情，含情脉脉地望着秦晓卉。秦晓卉娇嗔如同被宠爱的公主，热烈地奔跑过去，扑向张大光的怀抱。

那一刻实在美好，甜蜜得駒人。

张大光穿着一身浅灰色西装，还一本正经打着领结，随手从车厢抽出一枝玫瑰，送到秦晓卉鼻子底下，然后为她拉开车门。老实木讷的张大光，居然开着敞篷跑车，带着一车鲜花来接自己下班。对一个二手车从业者来说，找一台敞篷跑车并不困难。想到这些，秦晓卉笑出了声音。

幸福来得太过突然。从认识到结婚，记忆中，张大光从来没有如此浪漫过。张大光不说话，返回司机座位，发动汽车。此时此刻的氛围，似乎不再需要任何语言。两个人在一起生活久了，不需要依赖语言去沟通。

空气里，弥漫着鲜花的气息，敞篷汽车在城市里缓缓穿过。

秦晓卉一脸陶醉，张大光转过头，突然在秦晓卉的脸上亲了一口。

傍晚的夕阳，美丽如画。打开音响，舒缓的音乐弥散开来，更是为今天的场景，增添几分欢乐幸福的味道。秦晓卉闭上眼睛，深深陶醉在张大光制造的浪漫氛围之中。生活中能够想象出的浪漫，不过如此，就像一部爱情电影里的画面。坐在敞篷跑车里，秦晓卉变成了幸福的芭比娃娃。悠扬的音乐中，秦晓卉爱意泛滥，闭着眼睛，完全陶醉在这一刻的美好之中。敞篷跑车，在车流里穿梭。张大光身上崭新的西装，映衬出成熟男人特有的魅力。一袭长裙化着淡妆的秦晓卉，举手投足一颦一笑，宛若公主，浑身上下透着一种古典美。

经过一个商业中心的广场，敞篷汽车停下来。广场一侧，有个小舞台，小提琴的声音轻柔悠扬。帮秦晓卉拉开车门，张大光牵着秦晓卉的手，向舞台慢慢走过去。

舞台中央，是一个女歌手舒缓深情的歌声：

> 曾经那一夜，
> 我们走过雪地，
> 雪花飘在眼前，
> 我们手拉着手，
> 雪花在我们的掌心融化，
> 爱已不是往事……

通道的两侧，摆满了花篮。

抬头向上看去，头顶是一块巨型 LED 屏幕，屏幕上是张大光和秦晓卉的照片，各种浪漫的场景，两个人一起奔跑，一起嬉戏，笑逐颜开，充满温情的回忆。

太阳落山，天色已晚，城市的夜色中，一道温柔的追光，投射到两个人的身上，就像是情人节之夜，月光酒店窗外的月光一样清澈，一样玲珑剔透。舞台上，女歌手一脸微笑站立在一旁。音乐戛然而止，秦晓卉不知所措站在舞台的中央。

亲爱的晓卉，你是我的月亮，你是我的太阳，你是我的一切。

张大光单膝跪地。

今天是"520"。这个城市结束了一天的喧嚣，在这样一个安静的夜晚，请你答应我。

答应你什么呢？

你就是我的一切，我的生活里，不能没有你。亲爱的晓卉，嫁给我吧。

张大光从口袋里掏出一个纸盒。秦晓卉看清楚，那是一个钻戒。

亲爱的，嫁给我吧。

张大光把戒指戴在秦晓卉手指上。

音乐响起。

我愿意！

秦晓卉激动得热泪盈眶。

亲爱的大光，你知道吗，这一天，我整整等了四年。四年将近一千五百个日日夜夜里，我们朝夕相处形影不离。每个夜晚，我们相拥而眠，就连呼吸，都保持同样的节奏和频率。亲爱的大光，我们的婚姻，绝不是一个游戏。我们已经成为一个人。亲爱的大光，往后余生的岁月里，我愿意每时每刻都陪在你的身边，我愿意和你走过今后每一个日子——无论疾病还是健康，富有还是贫困，我愿意始终与你相伴。

秦晓卉拉起张大光，音乐和掌声、欢呼声一同响起。两个人紧紧地拥抱。

亲爱的大光，我爱你，我们永远不要分离。

亲爱的人光，生沽里无论发生什么事情，我们永远也不要分开。

永远永远。

叮铃铃，叮铃铃，秦晓卉被手机闹钟吵醒。

竟然是一个梦，场景浪漫温馨，甜蜜觑人。

傍晚的时候，张大光回到家里。

"我想和你说个事儿。"两个人几乎同时说出这句话。

"那你先说。"张大光让秦晓卉先说。

"你看，我父母都同意咱俩的事儿了。"秦晓卉的目光里充满了温情，"结婚四年了，我知道你不在乎那张纸，可是，我是个女人，我需要那张纸，我们去把结婚证办了吧！"

张大光看着秦晓卉不说话。

"大光，你爱我吗？"

"爱。"

"你爱我肚子里的孩子吗？"

"肯定爱。"

"我是谁？"

"你是……"张大光捧起秦晓卉的脸，"你是这个世界上，跟我最亲最近的女人。"

"夫妻不再是两个人，我们就是一个整体。"秦晓卉看着张大光，嘴角微微颤动。"我想让你跟我回一趟成都。"

"去干吗？"

"我想，咱俩去领结婚证，领个真的。父母还要办几桌酒席，亲朋好友热闹一下。大光，咱俩好好过吧，等把孩子生下来，我们一起好好培养他，让他从小受最好的教育。大光，下周，咱俩就去成都吧。"秦晓卉说，"领完证，咱俩就去看房子。"从客厅走到卧室只有几步的距离，走路的时候，张大光脚底软绵绵的，甚至，右脚被自己的左脚绊了一下。

"怎么了？"秦晓卉上前扶住他。

"有点儿恍惚。"张大光说，"你咬我一口，看看是不是在做梦。"

温暖的气息和幸福的味道似乎扑面而来，眼前的所有情景，有些虚无缥缈。秦晓卉笑了："我想狠狠咬。"

"那就狠狠地咬，我也想狠狠地疼一下。"

撩开张大光的衬衫，在胳膊上咬了一下。

"疼吗？"

"有点儿疼。"

"那就对了。"秦晓卉帮他放下卷起的袖子。

疼痛，也可以穿越。

虽然表面上用足了十分的力气，但是，秦晓卉下嘴并不狠，咬得不疼。

奇怪，疼痛居然让人兴奋。

疼痛，让记忆变得异常清晰。

39.爱，不是往事（上）

那年暑假，秦晓卉收到北京一所著名大学传媒专业的录取通知书。

没让父母送她，买了一张软卧票，欢天喜地直奔北京。下了火车，在西客站上了一辆出租车，司机一口地道的京腔，听说秦晓卉第一次来北京，热情地给她介绍长城、颐和园、香山还有故宫，跟她说谁家的烤鸭好吃，哪里的老字号小吃最正宗。下了车，收了380块钱，秦晓卉对距离和钱都没有概念。晚上聊天，同寝室的女孩儿告诉她，西客站打车到学校，最多80块钱，秦晓卉被宰了300块。到北京的第一天，秦晓卉就被打了一闷棍。

之前没有来过北方，秦晓卉对北京充满着好奇，开学前几天，去了故宫、香山、北海和颐和园。一路跑下来，秦晓卉白皙的皮肤被晒成了粉红色，然后开始脱皮。从小生活在成都的女孩儿，这种阳光暴晒简直要命。脸皮太薄，从那之后秦晓卉夏天出门一定带把伞。

本科毕业之后，同学们各显神通，有人去了电视台，有人进了报社。秦晓卉不愿意回成都，学传媒还是应该在北京寻找机会，就去了电视台实习。台里有个平时道貌岸然的主持人特别关照秦晓卉，对她说，想留下的话，我可以帮你，但是你得付出一点儿代价。说完，就在化妆间对她动手动脚。秦晓卉一个巴掌甩过去，从此再没有踏进那家电视台半步。求职经历，彻底打击了秦晓卉。

随后，秦晓卉听了老师的建议，留在这所大学读研究生。老师是一个风趣的男人，成熟稳健、幽默睿智，秦晓卉喜欢跟老师一起聊天吃饭，切磋学术，探讨各种话题，老师对秦晓卉也是特别关心。老师的夫人，一个更年期提前的老女人，非说秦晓卉跟老师有一腿，带着几个人半夜找上门来抓奸，对着秦晓卉吐口水、扯衣服、拍照片。事后秦晓卉才知道，老师跟好几个学妹开过房，风流儒雅之外，那么肮脏。老师的形象轰然坍塌。

秦晓卉内心纯净喜欢简单，进入紫标公司，面对客户、同事、老板之间各种纷繁复杂的关系，局促不安不知所措。东京珠宝节那次，活动结束之后的庆功晚宴，客户送给她一套价值十万元的珠宝首饰，半夜三更老板王立春敲开房门，告诉她上一届珠宝节是Maggie做的，客户送了首饰还把 Maggie 拖上了床。王立春说，我跟客户说了，你是我的女人，免得被他惦记。职场上，同样有这么多肮脏，秦晓卉再受打击。

再后来，Maggie 导演了那个酒店兼职的八卦新闻，把一盆脏水泼向秦晓卉。然后，村干部刘叔来家里骗吃骗喝，没安好心向秦晓卉伸出魔爪。还有老板王立春，对秦晓卉垂涎已久。

之前，秦晓卉是个脸皮很薄的人。

生活的复杂程度，远远超乎了秦晓卉的想象。以前看电影里那些情节，秦晓卉始终觉得是编剧胡编乱造，没承想生活里的残酷，远远超越电影的情节。经历了这些尴尬和难堪，秦晓卉还有什么害怕的呢？欺骗、羞辱、打击、难堪，无处不在，让她遍体鳞伤。屡屡被人按在地上，不断地摩擦再摩擦之后，秦晓卉变得粗糙厚实，成为全身披挂铠甲的斗士，心里再没有惧怕，百毒不侵，无畏敌人的攻击，甚至可以随时冲锋陷阵了。

最困难的时候，秦晓卉求助王立春，愿意付出一切代价。秦晓卉咬咬牙说，可以嫁给他。王立春没有食言，用尽力气捞出了张大光。这是没有办法的办法，当时的状况，只能破釜沉舟。困境化解之后，处境尴尬了，王立春进入了角色，每天眼巴巴等着要迎娶秦晓卉呢。即便抛出怀孕这个撒手锏，王立春却并不介意，一脸坏笑地说，算是买一送一，赚到了，还不用自己辛勤耕耘。

"你就缺德吧！"秦晓卉恨得咬牙切齿，又不好发脾气。家里面，男人催着要跟她离婚；公司里，老板急着迎娶。听起来像个冷笑话，夹在两个男人中间，即使劈成两半，也想不出办法。

"你未婚，我未娶，咱俩是绝配，你不能反悔。"

王立春不像张大光，王立春做事情只规划框架，从来不顾细节。用他的话说，这叫抓大放小，男人就得大大咧咧，屁大的事情都放在心里，累不累啊，只有把那些乱七八糟的想法都丢弃，才能活出人样儿来。男人，绝不能学习老娘们儿，男人办老爷们儿的事，把那些缝缝补补的事儿，丢给老娘们儿，才能互补。公司如此，家庭还是如此。王立春说："我定个日子，其他都交给你来操办，专业的人做专业的事。"

王立春说："既然都没意见，咱就筹划婚礼吧。"

婚礼的事情，都交给秦晓卉策划。

又要策划，策划和老板王立春的婚礼。有时候，秦晓卉觉得自己的职业挺无聊。所谓的策划、所谓的创意，不过是编故事，无非是耍小聪明。这个行业里，很多人是大忽悠，整天忽悠来忽悠去，还美其名曰创意改变生活方式。这年头儿大家都想耍小聪明，都想不劳而获巧取豪夺，靠着流量助纣为虐吸引眼球。每个人心里打着小九九，都想收割别人，剪人家身上的羊毛。但是谁比谁傻呢？

婚礼的日子，一天天临近。事已至此，毫无回旋余地。接下来的故事，变得可笑。

秦晓卉都觉得可笑的事情，一定是非常好笑，或者荒唐透顶。紫标公司王老五要结婚的消息不胫而走，成为圈子里这几天最热门的话题。王立春发出去的请柬设计精美，封面上印着"王立春的婚礼"几个烫金大字，却没写新娘的名字，类似马云的酒局、王兴的饭局之类，看起来怎么都不像结婚请柬，更像一个做工别致的书签儿。

秦晓卉说，留点悬念，让大伙猜。"婚礼的代号就是——猜猜我是谁。"秦晓卉说，"你是公众人物，咱得给人留点儿八卦的空间，让大家伙儿乐和乐和。再说了，我也不想这么早，把这件事儿捅出去，不想让别人嚼舌头根子。"

秦晓卉说："如果你愿意，还可以搞一个'谁是新娘'的有奖竞猜环节。"

"这也行？"王立春差点笑喷了。

"反正，我不想现在把自己抛出来。"

"怕啥啊，还搞这么神秘兮兮。"王立春嚷嚷。

"我也得安排一下……后事。"

"后事？"王立春问。

"张大光的事情。"秦晓卉说。

"你俩又没登记结婚，给他点儿钱，打发了不就行了吗，你看，需要多少？"

"得得得，又是钱钱钱。"

"那咋弄？"

"任何事情，都得有一个缓冲的过程吧。"

"还得处理后事，还要猜猜我是谁？不就是结个婚，请朋友们撮顿饭，没那么复杂吧。"王立春撇撇嘴。

"复杂。"

"复杂个啥？"王立春撇撇嘴，"太搞笑了吧？"

"我的王总啊，我是你的员工，而且现在怀着孕，大着肚子。"秦晓卉朝王立春笑了笑。

"挺好的啊。"

"当然，别人可以换个说法。"

"啥说法？"

"紫标公司老板王立春勾引女员工。"

"这……"

"然后……"秦晓卉拉长声音说，"然后，女员工怀孕了。"

"那咋了？"

"老板勾引女员工，致其怀孕，还是个有夫之妇，不得不离婚再结婚。"

"爱咋说就咋说，我不怕，只要把你娶回家，啥委屈我都接得住。"王立春把胳膊搭在秦晓卉肩膀上。

"或者，变成心机女把老板拖下水，博上位成了老板娘？"秦晓卉甩掉王立春的胳膊，"这样也不好听啊。"

"还不是一样。"

"你不怕，我还嫌难听呢。"

"怕啥啊。"

"我脸皮没你厚。"秦晓卉说，"而且，整个北京城，都知道王总风流倜傥，所以，我觉得还是设置一个缓冲，留点儿悬念，到婚礼的时候，才揭开谜底。"

"直来直去就行，何必故弄玄虚呢，没必要。"王立春说。

"你瞅瞅你，身边那么多小姑娘围着你转，你选哪个不好？非得拆散别人的家，娶个二婚带娃的，真不怕别人笑话？"秦晓卉揶揄着。

"我乐意。"

"那也得低调点儿，缓冲一下。"

"我可没拆散任何人，别给我扣帽子，你现在还是单身啊。"王立春说，"这也好办，我会找人写个剧本，某公司女白领爱上她老板，搞了个障眼法：请来男演员扮演新郎，自己扮成新娘，买了个假结婚证，然后在酒店搞了一个假婚礼，请她老板来做证婚人，目的只有一个，就是想办法吸引她老板，让他吃醋。"王立春笑嘻嘻地看着秦晓卉："这个剧的名字，就叫《猜猜我是谁》。宣发的时候说，根据真实故事改编。怎么样，可以合情合理解释圆满吧？"

"你这是颠倒黑白！"

"艺术创作嘛，来源于现实，又高于现实。我只是举个例子，不要担心别人会怎么说，咱把故事讲好了，讲圆满了，其他一切都不是问题，天天做公关，这还能难住你？"王立春一本正经地说，"真可以投资做个舞台剧，可以尝试尝试，我去搞点钱，咱就到保利剧院去演出，如果真有必要，首场的时候，咱俩还可以客串一下，怎么样？"

那个尴尬的时刻，最终还是来了。

婚礼定在一家五星级酒店。

婚礼请柬上，还印着一句话："爱，已不是往事——我们，一路走过，一同见证。"

婚礼简化掉迎亲、接新娘等环节，也没有邀请秦晓卉的娘家人参加，秦晓卉说别搞那么俗气，就是个仪式，别具一格关键看气质。酒店里很热闹，来了很多朋友，各种应酬过后，王立春到处找不见秦晓卉，急得出了一脑门儿汗，问了化妆和司仪，谁也不知道。这个时候跑哪去了呢？不会像外国电影的情节那样，婚礼前新娘子逃婚，跑去找她的相好去了吧？婚礼开场前，王立春的手机响了，收到了一条微信。

灯光变暗，音乐响起，大屏幕上打出一行字：爱，不是往事。

一对青年男女上台，在舒缓的节奏中开始舞蹈。悠扬的曲子，一个嗓音略带沙哑的女歌手在演唱：

曾经那一夜，
我们走过雪地，
雪花飘在眼前，
我们手拉着手，
雪花在我们的掌心融化……

一束追光，打在大厅中央，女歌手捧一束鲜花，边唱歌边缓缓走向舞台。

风雪中，我们彼此相拥，
路就在脚下，可是爱情挡住了我们的眼睛……
爱，不是往事……

王立春瞪大眼睛，眼前的歌手竟然是 Maggie！

灯光变幻成暖蓝色，整个舞台幻化成洁白的雪地，Maggie 走到舞台中央，继续唱歌。

台下响起热烈的掌声。

音乐戛然而止。王立春走上舞台，台下的观众有点儿蒙，热烈期盼着新娘登场。"下面是有奖竞猜环节——猜猜我是谁。"王立春站在舞台中央，"猜猜今天的主角是谁！"

"猜新娘？"台下的人一脸困惑，大家交头接耳四处观望。

"你们找啥呢？"王立春站在舞台中央。

远处，新娘缓缓走上舞台，灯光童话般的绚丽，王立春拿起话筒，"各位来宾，亲爱的朋友们，欢迎你们的到来，大家中午好，我是王立春，今天，让我们一起见证一个美好的时刻。"

掌声过后，王立春接着说：

"爱不是往事——今天是一个好日子，Z 品牌珠宝新品和 Maggie 女士最新 MV 作品《爱，不是往事》联合发布会现在开始。感谢珠宝设计师的精彩设计，感谢紫标公司创意总监秦晓卉女士和总经理助理 Maggie 小姐联袂策划的这场活动。今天，让歌声、音乐、珠宝、时尚，还有欢笑，和我们一起，度过一段美好的时光，让我们一起感受爱，学会爱，一起感受爱带给我们的温暖和力量。"

哇，台下一片骚动。

音乐响起，掌声雷动，绚丽的灯光照射下，一对新娘和新郎打扮的青年，手牵手登上舞台，在舒缓的音乐中跳起了舞蹈。模特们手持托盘，缓缓从舞台走过，环形 LED 大屏幕上，珠宝首饰一件件被放大，华丽而精美。

"哇，我们受骗了。"大堂里有人议论。

"不是婚礼吗，咋变成发布会？"

"咋回事儿？"

"也没收你份子钱啊！"欢快的气氛中，有人回应。

"我说呢，王立春的婚礼，咋还打着引号呢。"

舞台上，模特一件件展示珠宝作品之后，Z 品牌珠宝公司的大胡子李总、秦晓卉、Maggie 登上了舞台，礼仪小姐献上鲜花。

"你把我卖了。"王立春瞪了一眼秦晓卉。

"也不能总被你卖吧？怎么样，还能给公司赚一笔钱。"秦晓卉把 Maggie 推到王立春身边，看着王立春调皮地眨了一下眼睛，"要不要我现场宣布一下新娘的名字？"

Maggie 手捧鲜花笑而不语。

"放心，费用不会少你的。"大胡子李总在王立春后背拍了一下，"这单生意，你得多分秦小姐点儿钱哦。"

"不愧紫标一姐，"王立春竖起大拇指，"够狠，不是浪得虚名。姑奶奶，我服了，还不行？"

"你服了我什么？"

"'猜猜我是谁'啊。"

四个人一阵大笑，音乐的基调调皮而欢快。

Z 品牌珠宝的大胡子李总，又开始大谈珠宝与爱情，台上台下气氛热烈。

40.爱，不是往事（中）

一个月以前。

咖啡厅里，Maggie 和秦晓卉说："这是一个阴谋。"

"咱俩的事儿扯平了。我不恨你，一点儿也不恨你。其实，你被骗了。"Maggie 说，"我给你讲个故事吧。"

"眼睛看到的，耳朵听到的，不一定就是真实的。你天天给别人讲故事，怎么还会钻进别人的故事里呢？"

秦晓卉不说话。

Maggie 继续说："我们都是王立春的棋子，我们上了他的当。"

Maggie 姓徐，在鱼吻酒吧喝酒那天，和秦晓卉说自己出生在一个小村里，也是随口编出来的假话。Maggie 出生在山东的一个油田城市，从小喜欢唱歌，梦想成为一个歌星，盼望着长大后能够边唱歌边流浪，唱着自己喜欢的歌儿，游走于各个城市。

刚到北京那些年，Maggie 在三里屯一家酒吧里唱歌。那天晚上，王立春喝醉了，被 Maggie 的歌声感动，买下酒吧里卖花小姑娘手里所有的鲜花，东倒西歪地冲上舞台，抢夺 Maggie 手里的话筒，在舞台上直接对 Maggie 说："今晚，我想把你娶回家。"三个保安冲上来合力把王立春扛下舞台，拖到墙角。王立春抄起酒瓶子，冲着一个保安的脑袋砸下去，保安躲闪，酒瓶砸在他肩膀上。

混乱的酒吧里，声音纷杂。舞台上 Maggie 继续唱歌，三个保安把王立春按在地板上一顿拳脚之后，拉起来扔到酒吧门口。

凌晨两点，下了班的 Maggie 走出酒吧，眼前的情景让她震惊：王立春手捧一束被踩扁的玫瑰，头发凌乱，鼻子流着血，扯破的外衣上，还有三个清晰的脚印儿。

王立春朝着她微笑。

Maggie说，这一辈子也忘不了王立春那天晚上的微笑，那个微笑是那么灿烂，一下子就打动了她。

"没想到吧？"看着秦晓卉惊愕的表情，Maggie笑了。

王立春拉着她的手，来到地下车库。车位上停着的车，是一台她认不出名字的豪车。王立春喝得烂醉，Maggie开着他的车，来到他住的公寓。

"一开始以为他是个烂仔呢。他说，那天晚上他失恋了，所以才这个样子。那天我的歌儿，正好唱出他的心情。从那一天起，我们两个就没有分开过。"Maggie说，"整整八年了。"

秦晓卉惊掉了下巴。

"第二天早晨起来，我再看到他，完全变了一个样子，虽然眼角还有点儿淤青，穿着整齐利索的白衬衫，头发梳得一丝不苟，笑眯眯地看着我，一脸阳光。我觉得是在做梦，这不就是我梦里无数次出现的王子吗？"Maggie深深陶醉。

"那你俩，后来呢？"

"他让我做他的女朋友，然后又让我来公司工作。"Maggie说，"我们很快就恋爱了。起初，我觉得非常甜蜜，朝夕相处，每天和他一起上班下班，以为终于找到了自己的爱情，经常半夜做梦笑醒。"Maggie喝了一口咖啡说："但是，后来他和我说，他是公众人物，和我约定，在公司里我们的感情是地下恋情，不能让别人知道，甚至我们不能一起上下班。一开始，我天真地以为，这是为了工作方便，就答应他。后来慢慢发现，我们之间的关系，好像变了味道，虽然我还住在他的公寓里，但在所有人面前，他不承认我是他的女朋友。甚至有时候，当着我的面和别的小姑娘打情骂俏，这个是我最受不了的。回家之后，我们狠狠地吵架，每次吵完，他都会认真地和我道歉。"

Maggie 继续说："虽然在外边他不承认我是他女朋友，但是在家里，我们非常非常地相爱，我觉得我的生命里不能没有他。八年，我把我的全部感情放在他身上，除了他，我从来没有过第二个男人，我愿意为他做任何的事情，失去了他，我宁愿去死。"

"藏得太深了。"秦晓卉惊呼。

"我们最凶的一次吵架，是因为你，就是你们从东京回来那天。"

"因为我？"

"对，我在他衬衣上，闻到了你的香水味道。"

"怎么会？我俩没有任何问题。"

"你俩留下，我们从东京回来，我心里始终不安。"Maggie 盯着秦晓卉。

"我俩可没有问题。"

"所以，我恨你，对你咬牙切齿。"

"东京珠宝节晚宴，他们使劲灌我喝酒，大胡子李总送我价值十万的珠宝样品。因为大胡子李总不怀好意，那天晚上，他待在我房间，和我讲了很多他小时候的故事。我们俩的确共处一室聊天，但是你知道，我是结了婚的人。"看了看 Maggie，秦晓卉接着说，"王立春说你和大胡子李总，说你因为钱跟他……"

"屁！"Maggie 说，"你信吗？"

"他说，上一次珠宝展，李总把珠宝送给你，你就跟他……睡了。"

"放屁。"Maggie 说，"你知道，我为什么恨你吗？我发现王立春看你的眼神，越来越不对劲儿，每次看到他盯着你的样子，我的心里，像针扎一样难受，真的，我不骗你。他说的那一通鬼话，目的只有一个，他想得到你。你俩，真的没……"

"没有！"

沉默之后，Maggie接着说，因为嫉妒，她总想找机会收拾秦晓卉一下。

"酒吧那天……"秦晓卉看着Maggie。

"我们同样天真。"Maggie若有所思。后来的事情，黄毛儿拍了照片之后，王立春赶过来把她接走了。

"你没有被强奸？"

"除了王立春，没有别的男人动过我。王立春说，我们拖得太久，已经没有激情了。他说，要跟我分手。"Maggie继续说，"还要我帮助他，把你给拿下。"

这是一场阴谋，彻头彻尾的阴谋。

原来如此，剧情简单又复杂，让秦晓卉错愕不已。秦晓卉终于明白，原来这一切，都是王立春的阴谋。

"所以，你答应了他？"

"他说，他爱我，深深地爱着我，爱得太久了，变成了一种习惯。他跪下来求我，说他和我之间是爱，他和你之间才是爱情。"

"什么混账逻辑！你还爱他吗？"

"爱，特别地爱，爱到疼痛。"Maggie说，"可是，他说，我们的爱，已经成为往事。"

41.爱，不是往事（下）

奇葩。

王立春太缺德了。

那次珠宝艺术节从东京回来以后，王立春闹着和 Maggie 分手。王立春亲口告诉 Maggie，在东京的时候，把秦晓卉搞定了。

"可是秦晓卉有老公啊。"Maggie 说，"你这样不道德。"

管不了这么多，结婚了可以离啊。王立春说，在东京的那几天，朝夕相处，他跟秦晓卉的爱情生根发芽，很快就会结出果子。Maggie 每天以泪洗面，但在公司还要强装笑颜。完成了"长城脚下的霓裳"，王立春准备给 Maggie 放个长假，希望度假回来之后，Maggie 能够放过他。

"王立春说，我们曾经深爱，爱得死去活来，爱得昏天黑地，爱得支离破碎，爱得遍体鳞伤，我也想爱到天荒地老。但是我们得相信，这个世界上从来没有永恒，生活就是一个七天接着一个七天，一个八年接着另外一个八年。我们不妨来一次凤凰涅槃。"

"什么叫凤凰涅槃？"

"就是重新开始，推倒重来。"

王立春许诺，答应 Maggie 一切条件。"就为了给你腾出个地方来。"咖啡厅里，Maggie 看着秦晓卉说。

"然后呢？"

Maggie 问王立春，到底什么意思。那天，王立春居然说，秦晓卉肚子里，怀了他的孩子。

八年时光，难道仅仅是南柯一梦？

"八年，为了他，我放弃了自己，放弃了梦想，甚至放弃了唱歌，每天陪在他身边，为了他哭，为了他笑，而且是偷偷摸摸。我们两个的感情，从来都没有放到阳光下，公司里所有的人，都以为我是他的情人、小蜜、小三儿。"

"我听过你唱歌，你应该继续你的梦想。"秦晓卉说，"女人不能迷失自我，绝不能给男人当花瓶。"

"整整八年，我甚至忘了我是谁。"

"你还想不想唱歌？"

Maggie 不说话。

"你还相信爱情吗？"秦晓卉问 Maggie。

"不知道，"Maggie 回答，"其实，我只谈过这一次恋爱，我不知道该何去何从。"

"我始终相信爱情。"秦晓卉说。

"嗯。"Maggie 点点头。

"那你答应他，答应帮他搞定我。"秦晓卉笑了笑。

"答应他？"Maggie 不解地看着秦晓卉。

"剩下的事情，我来搞定。"秦晓卉说，"血债就要让他血偿，这回，我帮你，让他长点儿记性。"

女人的能量是巨大的，尤其是恋爱中的女人。王立春说过，秦晓卉和 Maggie 两个人一起做事情，那简直是珠联璧合。两个女人决定，珠联璧合一回，给他搞出点儿颜色看看。

王立春跟 Maggie 说，给她五十万，让她去欧洲留学。王立春跟秦晓卉说，那起强奸案，需要赔偿 Maggie 五十万才能摆平。那天，秦晓卉找王立春要了五十万现金，Maggie 拿了钱，签了谅解备忘录，当天搬出王立春的公寓。

秦晓卉帮 Maggie 找了房子，用王立春的这笔钱，帮 Maggie 拍摄 MV，出了唱片专辑。又悄悄找到大胡子李总，说服他，几个人联手策划了这个发布会。

Z 珠宝的大胡子李总说，每次和紫标公司合作，从来都是酣畅淋漓惊喜不断。大胡子李总接过礼仪小姐送过来的鲜花，举到秦晓卉、Maggie

和王立春面前："感谢，感谢，你们三个都不是人。"

"咋还骂人啊，那是什么？"王立春瞪大眼睛。

"你们三个，都是大神，Z品牌感谢你们。爱，不是往事！厉害，厉害！"

"为了李总，我连色相都出卖了。"王立春面带微笑。

"连婚礼都卖了，卖给了李总。"秦晓卉笑着说。

"Maggie，祝贺你，你的歌儿唱得真好。"李总把鲜花送到Maggie手里。

"谢谢李总，可惜，有人不识货。"Maggie看了看王立春。

"爱，不是往事，不是往事！"大胡子李总和王立春拥抱一下，"明年能不能充值，兄弟，看你的表现了。"李总看着王立春："今天本来要喝喜酒，没想到王总送我这么一个大礼包！"

"今天有更好的喜酒。"王立春看看李总，又看看秦晓卉和Maggie，"今天也算三喜临门。"

"哪三喜呢？"秦晓卉问。

"王总的Z品牌珠宝发布，Maggie新歌首发。"

"这才双喜啊。"大胡子李总伸出两根手指。

"还有，还有就是——"王立春斜着眼睛盯着秦晓卉的肚子。

"什么意思？"大胡子李总一脸蒙。

"秦晓卉有喜了。"王立春扭头看看秦晓卉说，"晓卉，祝贺你。"

"谢谢你，晓卉。"Maggie搂着秦晓卉的肩膀，"我们去吃饭吧。"

"我也谢谢你，晓卉，没想到搞得这么跌宕起伏。"大胡子李总接过Maggie的话茬。

"原来你们都知道，就我一个傻子？"王立春转过身来，看着秦晓卉说，"我也谢谢你，晓卉。"

"婚礼还继续吗？"秦晓卉一副似笑非笑的表情。

王立春朝着众人作揖："已经皆大欢喜，不必画蛇添足。"

一团糟糕的事情，被秦晓卉理出了头绪，所有矛盾和问题，在皆大欢喜中尘埃落定。大胡子李总的珠宝产品销售火爆，Maggie又搬回了王立春的公寓。

这能算皆大欢喜吗？秦晓卉问自己。

发布会结束后，秦晓卉请了一天假，待在家里。暖暖的阳光，照进屋子。秦晓卉静静地坐在沙发上，摸着自己的肚皮，看着阳光从窗户的东侧一直转到西侧，不停地和肚子里的孩子说着悄悄话。

"爸爸一会儿就回来了。"秦晓卉像是自言自语，又像和孩子聊天。

在外边游荡了一天的张大光回到家，都快11点了。

秦晓卉说："给孩子取个名字吧。"

"晓卉，假设没有遇到我，你现在的生活会是啥样子呢？"

张大光冷不丁问出这么个问题。秦晓卉想了想，如果不是遇到张大光，又不知道Maggie的事情，那么王立春向她求婚，还真可能会嫁给他。

"但是生活里没有假设。遇到你，嫁给你，这是命中注定。"秦晓卉说。

临睡前，张大光说："我想和你说一个秘密。"

秦晓卉做了一个制止的手势，拉起他的胳膊："上次，我咬的你这边，晚上却发现，牙印儿在那只胳膊上。"

"这个，不是……"张大光不知道该怎么解释。

胳膊上，牙印依然清晰可见。医院里遇见的那个女孩儿咬过的地方，还在隐隐作痛。那天，女孩儿下嘴狠毒，肯定把自己假想为那个祸害她的男人。另一条胳膊，秦晓卉咬过的地方，早已没了痕迹，也没有任何感觉。张大光希望有人再咬一口，狠狠地咬，咬得鲜血淋漓，那样才会掩盖心里的疼痛。

秦晓卉看着张大光："一开始我觉得委屈，特别委屈，后来，我就开始在自己身上找原因。"

"不是你想象的那样儿。"

秦晓卉抱住张大光的脑袋，让他的耳朵贴着自己的肚皮上。

"你听，听听孩子心跳的声音。"

42.告诉你一个秘密

每天的工作喧嚣结束之后，秦晓卉喜欢窝在家里。

秦晓卉喜欢像鸟一样窝在巢里的感觉。如果不用去工作，两个人羽毛挨着羽毛，每天紧紧依偎在一起，那该有多好啊。不仅是两个人羽毛挨着羽毛，身体紧紧相依，而且，秦晓卉现在开始孵蛋了。

完全入戏，秦晓卉进入做母亲的角色，这种感觉真好。

"在婚姻的森林里，两棵植物也需要保持同样的海拔。你有没有试图调节一下，婚姻里你们彼此的高度？"那天，在心理学专家欧阳荷花老太太家里，她被问过这样一句话。欧阳荷花老太太的这句话，当时怎么也理解不透。

"我们两个，还有爱情吗？"秦晓卉轻声问张大光。

"我们，有过爱情吗？"

"你说呢？"

"我害怕……"张大光耳朵紧紧贴着秦晓卉的身体。

"怕啥啊？"秦晓卉抱紧他的头。

"从跟你在一起的那天开始，我就一直担心。每天都在担心，从早到晚，我每天都在害怕。早晨出门，怕晚上回来，你已经走了；夜里睡觉，怕第二天早晨醒来，你不在我身边；你出差了，我担心你和别人跑了，永远不回来了。我一直害怕，一直害怕失去你。"

秦晓卉轻轻抚摸张大光的头发。

"晓卉，每天生活在恐惧中，你知道是一种什么感觉吗？夜不能寐，心惊肉跳，我就像是一个逃犯，每天都在担惊受怕着，怕有朝一日被警察给抓住。也许，只有被抓了，心里才会踏实……所以，我想……"张大光还是不忍心说出那两个字。

秦晓卉很平静，一脸淡定，认真地听他说话。

"晓卉，我觉得，我们还是分开吧！"

"我们先把结婚证领了，行吗？"秦晓卉说。

"为什么？"

"你说，我们一场婚姻下来，连个结婚证都没有，咋能算是婚姻呢？"秦晓卉自言自语。

"可是……"

"即使你真的想跟我分开，这个结婚证我也要，哪怕是先领结婚证，再去办离婚证。"秦晓卉坚定地说。

张大光说："对不起，晓卉，我知道你有洁癖。"

"那又怎么样，这么多年，不是也都过来了吗？"

"我指的是，我是想告诉你，其实……"

没等张大光继续说，秦晓卉伸手捂住他的嘴巴。

趁着秦晓卉去卫生间，张大光抱起被子，搬到客厅的沙发上，场景恢复到当初跑来借宿的样子。

难道整个婚姻，都是一场游戏？月光酒店，秦晓卉的情人节游戏，只不过是这场游戏中的一个片段？或者，好端端的日子，被两个人过成了游戏？

两个人的关系，不仅仅是在同一个屋檐下。举办过婚礼，这是一场婚姻；没有领结婚证，婚姻关系又不成立。所以，如果想分开，不过是分分秒秒的事情。就像一块镜子，摔成两半儿很容易，但是如果想把摔碎的镜子，重新粘在一起，可就难上加难了。

母亲打电话，催着她回去摆酒和办结婚证。秦晓卉和母亲说，这些天有点忙儿，等一等，等一等马上就回去。母亲发火了："再不回来，我俩周一就过去找你。"婆婆也打电话给秦晓卉，问她怎么样了。如果需要，婆婆随时可以坐火车过来，还让她告诉张大光："谁敢欺侮我儿媳妇和我孙子，我跟他玩儿命。"

那天晚上之后，两个人变得客客气气。

秦晓卉妊娠反应强烈，公司没啥事情的时候，就在家里办公，即使需要去公司，也是处理完事情早早回来。看着张大光魂不守舍的样子，秦晓卉说："挺好的一个女孩儿，她也不容易。"

"你说的是谁？"

秦晓卉看着窗外说："谁都不容易。"

张大光摇摇头，诧异地看着秦晓卉的眼睛，秦晓卉一脸坦然。

无所事事，张大光索性出门继续做酒后代驾。这个工作和跑黑出租没有本质区别，毫无技术含量而且轻车熟路。张大光不愿意待在家里，不敢看秦晓卉的眼睛。秦晓卉的目光是那样清澈，两个人的目光每次交织，张大光都会觉得自己实在龌龊。虽然和雪儿在一起那个晚上，酒醉后的事情记不起来了，没有半点支离破碎的记忆，但是张大光痛恨那个晚上。

如果没有那份病例，如果没有喝酒，和雪儿的关系定格在十年前，那该多好啊。如果那个晚上把持住，没有发生任何事情，雪儿就不会怀孕，就不会弄成现在这个样子。和大胖的关系就不会搞得如此复杂尴尬难堪，也不会无法面对秦晓卉，无法面对现在的一切。

张大光努力躲避秦晓卉的目光。躲避秦晓卉最好的办法，就是逃出家门，趁着夜色，在这个城市里不停奔忙到处流浪，每天跑到精疲力竭，上下眼皮打架。

一个晚上的忙碌之后，骑着电动自行车回到院子里，站在楼下数到自己家所在的楼层，看着客厅窗户里暖暖的灯光，愈发感觉自己像个孤儿，在这个城市里孤苦伶仃。就像走在旷野的一头困兽，在暗无天日的黑夜里，无助地奔跑，没有朋友，没有同伴，没有任何目标，也无法辨明方向。

秦晓卉曾经是自己的同伴。

一开始两个人肩并肩地奔跑，但是秦晓卉跑得太快，始终跑在他的前面，跑来跑去再也跟不上她；后来，雪儿追了上来，雪儿也是自己的伙伴，曾经一同奔走，在旷野中失散，再次相遇的时候，两个人欣喜若狂忘乎所以，一同奔跑一起哀号，之后再次失散……跑啊跑，前面依然是旷野，没有边际，依然是黑夜，暗无天日。

"跑累了，就早点回家吧，我等着你呢。"秦晓卉发来一条信息。

"还没吃饭呢吧？"回到家，秦晓卉从厨房端出一碗面条，放到沙发前的茶几上。

张大光闷头吃面条。在张大光眼里，秦晓卉太单纯了，是一个简单纯粹的人。装在肚子里的秘密，始终无法消化。特别想把那天晚上的秘密告诉秦晓卉。情人节，那一晚上的记忆，始终挥之不去。秘密憋在心底，就像虫子整天咬噬自己。

憋在心里的秘密，还是应该跟秦晓卉说清楚。

"晓卉，你知道那天晚上，我们为啥被抓吗？"

"有人报警呗。"

"你知道是谁报的警吗？"

"我塞小卡片的时候，旁边有一个穿着暴露的女的，看了我一眼，估计，那是她们的地盘儿。"

"不是她。"

"那是谁呢？"

"是我。"张大光放下筷子。

"你？"秦晓卉张大了嘴巴。

"对，是我。"

"你为什么要这样做？"

貌似冲动，又不是头脑发昏。其实，张大光也无法理解，更说不清楚，当时为什么跑到洗手间，悄悄打了报警电话。一切都不是理性的，不可理喻。

"为什么？"秦晓卉诧异地看着张大光，端着水杯的手，哆嗦一下，水洒了一地。

"我想看你的笑话，就想给你难堪。"张大光继续说，"我们两个人在一起，家里的事情，从来都是你说了算，作为一个男人，我特别窝囊，我一直想和你分开，但是又离不开你。我觉得，好像有两个我，一个特别特别地爱你，另外一个我，特别讨厌你，每时每刻都憎恨你，憎恨这个家庭，都在想着和你分开。这两个我，每天都在打架，搞得我头疼欲裂，筋疲力尽，整天睡不着觉，日夜不得安宁。"

"嗯。"

"每天都担心，怕你不要我了，但是又天天盼着和你分开。"张大光看着秦晓卉，"这种心情，搞得我特别痛苦。你知道，这些年，这些日子，我是怎么过来的吗？"

一阵沉默，秦晓卉说："我也想跟你，说一个秘密。"

"嗯。"张大光点头儿。

"那年，我老师买了一辆新车，送他老婆当生日礼物，户名是那个老女人的名字。"秦晓卉淡定地说，"提车当天，他开过来找我，要带我去吃西餐。"

"然后呢？"

"越野车擦洗得干干净净一尘不染。"

"哦。"

"出门倒垃圾，我看到了那台高大威猛的越野车，车屁股后面还背着一个备胎，那个备胎，让我特别来气。恰巧，门口的鞋柜上有一把螺丝刀。两个后轮胎，被我一边扎了一个窟窿，备胎也给捅漏了。"

"为什么？"

"我讨厌那只备胎！"

"备胎？"

"西餐没有吃成，三个轮胎废了，他说损失差不多要一万块钱。"

"可惜了那车。"

"你会不会觉得很恶心？"秦晓卉停顿一下，继续说，"其实……"

张大光伸手捂住秦晓卉的嘴巴："别瞎说。"

"我说的，是真的。"秦晓卉看着张大光说。

"扎了就扎了，心里舒服就好。"

"我觉得，咱俩，真的不是一类人。"张大光说。秦晓卉光彩照人，更是映衬出自己猥琐不堪，就像一个矮个子，不愿意和高大魁梧的人并排走在一起一样。但是，他已经无力挣扎。张大光说："晓卉，我爱你，我深深地爱着你，但是这种爱，简直就是……一场灾难，让自己找不到北，彻底迷失了方向。"

"回屋里睡吧。"秦晓卉轻轻拍拍张大光的脑袋，"别想那么多，今晚别睡沙发了。"

43.今天是愚人节吗

初春的北京，依然寒冷。

张大光骑着电动自行车迎风走过，风从裤脚直接钻到衣服里，前胸到后背一片冰冷，不知不觉走到雪儿家附近。雪儿住的地方属于城中村，偏僻狭窄，街道两边停满全国各地牌照的汽车，路侧到处都是随便丢弃的垃圾，门口还有一堆东倒西歪的共享单车。再一次找到她家的门牌号码，张大光上前敲门。无论怎样用力敲，房间里没有任何动静。

打电话，雪儿的手机还是关机。

又想起那天晚上的情景。雪儿给张大光看病历本，病历本上那两个字着实刺眼：骨癌。年纪轻轻的雪儿，怎么会得这个病呢？雪儿患了绝症，遭遇家暴离了婚，现在又失去孩子。想起雪儿柔弱的样子，心里一阵阵地疼，张大光给她发了一条信息：

> 雪儿，我想见到你。
> 雪儿，你在哪里？
> 雪儿，无论你在哪里，我都要找到你。
> 雪儿，我想陪着你。
> 我愿意，陪伴你生命最后的日子。求你告诉我，大胖说的那些话不是真的。雪儿，求求你，给我回个电话吧。

狠狠抽了自己一个耳光，声音清脆，就像打在别人脸上，毫无疼痛。张大光又揪住自己头发，狠命地揪，甚至揪下来一撮，依然没有任何痛感。继续敲门，狠狠地敲，甚至用脚踹，没有任何反应。

雪儿家里没人。

生活就是一场游戏，而且场景荒谬。和秦晓卉同在一个屋檐下好多年，两个人根本就不是同一个世界里的人。和秦晓卉的相遇、恋爱、结婚，不过是这个游戏中的一个情节，并且，这个情节本身存在着巨大的BUG（缺陷）。这个BUG，让两个毫无关联的人物，产生交集，走在了一起。这个BUG，实在荒唐，没有条理，逻辑混乱。六年前，在秦晓卉家门口被那几个男孩儿用一个穿着内裤的足球砸中脑袋，再被秦晓卉的呼啦圈儿绊倒，头破血流的那一刻，这个美丽的错误就拉开了序幕。和秦晓卉之间，隔着一座看不见的大山。这个游戏最大的荒诞在于——竟然无视这座大山的存在，生活里的一切都被表面的甜蜜掩盖掉。两个人结了婚，虽然日子过得甜甜蜜蜜，但是，这座大山并没有消失，没有融化。生活里的各种鸡毛蒜皮婆婆妈妈，成功地分散了两个人的注意力，让他们暂时忘记这座大山的存在。

但是秦晓卉不这样认为。秦晓卉说，生活的态度很重要，忽略掉一切的黑暗和阴霾，忽略掉一切我们不愿意看到的风景和龌龊，只有这样，日子才会变得更加滋润。

此刻，秦晓卉待在家里，不是收拾屋子就是忙着写文案。

坐在雪儿家门口冰冷的台阶上，捡起一块儿土坷垃，张大光用土坷垃在地面上写下两个字：雪儿。

扔掉手里的土坷垃，张大光拍拍手，站起身来。

"我想和你商量一个事儿，咱俩离婚吧。"张大光给秦晓卉编了一条微信，发了过去。

"今天是愚人节吗？"很快就收到了秦晓卉的回复。

张大光自己都搞不清楚，究竟要做什么。或许是一时冲动，或者纯属有病没事找事儿。总之，思路混乱没有任何条理。混沌不堪的日子，无法忍受，索性快刀斩乱麻。张大光决意要离婚。如果秦晓卉没有怀孕，分开是一件极其简单的事情。连民政局都不用去，只要两个人中间的任何一个人，无论是谁，从租住的房子里搬出去，这段婚姻就算告一段落了。

来北京六年，熟悉这个城市的每个角落。走在街头，张大光越发感觉，和眼前这个城市充满隔阂。离婚这件事情，到了必须解决的时候。

第二天，悄悄跑到民政局。在办理结婚离婚的屋子里，等着所有的人散去了，张大光问婚姻登记处的大姐，离婚得怎么办。

"户口本、结婚证、两个人的身份证，还有商量好的协议。"大姐一脸不屑。

"结婚证？我办离婚啊。"

"办离婚，也需要结婚证。"

"那，没有结婚证呢？"

"没有结婚证？"

"嗯。"

"结婚证丢了？那得先补结婚证，然后再办离婚证。"大姐不耐烦地说，"你们这些年轻人啊，结婚也不想好了，匆匆忙忙就结，真是的，你当过家家啊，还得给政府添麻烦。好了，我下班了，想离婚明天再来。"

"我们，没领过结婚证。"

"没领过？什么意思，捣什么乱！去去去。"

"那结婚的话，都要带着啥？"

"你到底要闹哪样，是结婚，还是要离婚？"大姐把他轰了出去。

和秦晓卉过了这么多年，没攒下什么夫妻共同财产，家里只有一部汽车，是张大光摇号中签后买的，落户在张大光名下。到民政局问这些，不是捣乱。万恶的汽车摇号限购政策，让北京汽车牌照成为稀缺资源。

张大光想把车留给秦晓卉。咨询过了，如果想把汽车牌照转移到秦晓卉名下，有两个办法：一个是夫妻变更，需要两个人带着结婚证去车管所；第二个办法，是夫妻离婚，通过财产分割的形式。

这就有点儿尴尬了。张大光和秦晓卉，显然还不是法律意义上的夫妻。两种办法，对他们都不成立。如果把这辆车换成秦晓卉的名字，需要的不是离婚，而是一张结婚证。

哭笑不得，简单的事情，非得搞得很复杂。

最近一段时间，张大光喜欢回忆。生活里充满着错误。认识秦晓卉是一个错误，当年认识雪儿，也是一个错误。一个错误叠加另一个错误之后，并没有遵循数学里面负负得正的逻辑。

一阵短促而铿锵的手机铃声，打断散漫的回忆，张大光接到一个陌生号码来电。

"你在哪里？"是一个女孩儿的声音。

"你找谁？"

"肯定是找你啊。"

"我不认识你。"张大光粗暴地挂断电话。

手机铃声，继续顽强地响起来。

"我不贷款，不买保险，不买茶叶，不投资不做理财，不买房不卖房。"张大光朝着听筒吼。

"你吼什么吼，我不卖货，啥也不卖。"听筒里女孩儿也开始不耐烦了。

"那你骚扰我干什么，我不泡妞儿，也不缺女人！"

"别吼了，我知道你啥也不缺，你也不缺女人，你女人多着呢，你三妻四妾，行了吧。"

"你……啥意思啊？"

"我想见见你。"

"见我？"

"我欠着你医药费呢，还有一只老母鸡钱。"

医药费，还有一只老母鸡？愣了一下，张大光听明白了，是那天医院里遇见的那个女孩儿。"你怎么知道我电话号码的？"

"这还不简单？现在找个人，有那么难吗？"

女孩儿说得轻描淡写，张大光不置可否。

"你找我，有什么事儿？"张大光怯怯地问。

"没事儿就不能找你了？"电话里，女孩儿声音提高了一个八度。

"我们……也不熟悉。"

"那就是我想找男人了，这么说行不？"女孩儿咯咯咯笑了起来，声音还真有点儿像雪儿。

两个人见面的地点是一家比萨店。张大光推门进屋，慵懒简单的沙发上，女孩儿斜着眼睛盯着他，示意他坐在对面的位置上。

"你是不是觉得，去医院做流产的女人，特别丢人，没有一个好东西？"女孩儿不错眼珠儿地望着他。

"没，没，我不是那意思。"

"那你啥意思？你是不是觉得，我是一个烂女人，到处勾引男人的烂女人？"女孩儿穿着一件暗红色的格子衬衫，脸色红润，一头乌黑的长发垂在脸颊两侧，瞪着大大的眼睛盯着张大光。

一时无语，坐在女孩儿对面，张大光不知道该说些什么。

"就是有点儿好奇。我感觉你遇到了事情，说吧！"女孩儿的语气，变得缓和起来。

"没有啊。"

"没有？一个大男人，慌慌张张跑到产科去，还蹲在地上号啕大哭，能没有事儿？"女孩儿目光凌厉，和那天脸色惨白孤立无助的样子，大相径庭判若两人。

"没……"

"不愿意说？"

"不是。"和女孩儿并不熟悉，张大光不愿意把自己的事情讲给陌生人听。

"难道你是专门来拯救我的天使，你来医院，就是为了帮我买药，送我回家，给我熬鸡汤？"

"那倒也不是。"张大光叹了一口气，仍然不知道该怎么开口。

"我活过来了，不是那天的我了。"女孩儿指了指餐桌上的咖啡，"所以，我要当面来感谢你。"

"感谢我？"

"你放心，不会以身相许的。"

张大光勉强笑了笑。女孩继续说："那天，让你看到我最脆弱、最痛苦的样子，你帮助了我，把我背上六层，也让你看到了我最丑陋的样子。按理说，这辈子，我都不想再见到你。"女孩儿抿了一口咖啡。

"那你，为什么找我？"

"这件事的整个过程，让我疼痛，我对男人彻底失望了，绝望了。"女孩儿继续说，"你还记得，我咬了你一口吗？"

张大光点点头。

"当时，我特别委屈，心里特别恨，我恨男人，恨所有的男人。我用尽力气，把对男人的恨，都咬在你胳膊上了。"望着张大光，女孩儿继续说，"你知道咬完之后，我心里的感受吗？"

"不知道。"

"舒服、轻松，一切都豁然开朗，一切都想明白了。"

"还能这样？"

"要不，你让我再试试，再咬一口？"女孩儿咬咬牙，牙齿之间发出嘎吱嘎吱的声音，张大光感觉胳膊上阵阵疼痛。"那天我特别虚弱，很疲惫，到家之后特别饿，饿得我发疯，就是想吃东西。吃了你做的鸡汤，彻底缓过来，也彻底想明白了，什么爱情，都是扯淡。"女孩儿双手托腮，继续说："我一下子活了过来，一切都想通了。所以，我特别感谢你。"

"感谢我？"

"谢谢你，张大光。"

张大光错愕地睁大眼睛："你还知道，我的名字？"

"都什么年代了，找一个人，或者找到一个人的资料，还不是分分秒秒的事情？"

张大光若有所思。

"我不是找到你了吗。"女孩儿笑得很灿烂，如果不是约好在这里见面，张大光很难把眼前这个姑娘和医院里那张惨白惨白的脸，联系到一起。"不仅找到你的电话号码，知道你叫张大光，我还知道你家住在哪里，还有你的车牌号。"

"真的？"

"真的，很简单。"

哇的一声，张大光趴在桌子上号啕大哭。

第八章

游戏该结束了

44.答案在哪里（上）

　　那两本买来的结婚证，只剩下孤零零的一本，躺在秦晓卉办公室的储物箱里，另外一本拿到派出所之后有去无回。秦晓卉不愿意再想之前的事情，收拾物品的时候，尽量避开这只储物箱。结婚证是假的，但婚姻是真的。这点没有错，不过，这场婚姻，肯定是出了问题。母亲说，有问题就得解决，赶紧回来领个证，摆个酒，然后欢欢喜喜生孩子，平平安安过日子，人生几十年转眼就过去，你俩磨磨叽叽还等个啥？

　　可是，问题出在哪里呢？不光张大光有一种无力感，秦晓卉同样如此。婚姻是什么？关于婚姻的概念，秦晓卉头脑里始终无法清晰。小时候父母整天吵架，家里无尽的吵闹。很奇怪，不知道从什么时候开始，他俩不吵了，变成了唠叨，每天唠唠叨叨比起两个人吵架更令人烦恼。

　　后来，秦晓卉终于逃出家门，逃到了北京，远离唠叨，远离吵闹。但是想起婚姻这个词汇，头脑里的概念，依然是吵闹或者唠叨。

　　大学毕业之后，忙于和生活对抗，无暇顾及爱情和婚姻。身边的同学朋友同事也都一样。婚姻实在遥远，未来不可预测。爱情更是代价高昂，擦出火花的瞬间，无论男人还是女孩儿，都会格外珍惜自己的羽毛，悄悄把呼之欲出的情感熄灭——还是等等吧，也许更好的白马王子或者芭比公主，会在后面的情节里出现呢。眼前的这一个虽然也挺好，但是距离期望值还有些差距。急于求成，会损失更好的机会，不能犯下这样的错误。

　　这是一个充满攀比和欲望的时代。城市生活成本高企，不光因为金钱、房子和工作，还有很多问题不得不考量。于是女孩子变得矜持谨慎，男孩子或者男人们，对待情感的态度模棱两可、飘忽不定、退避三舍，或者急功近利仅限于性需求。或许真正的爱情，仅仅存留于中世纪的文艺作品中。钢筋水泥的现代都市，繁华褪去夜幕降临，却是情感荒漠。城市里的青年男女，职场拼杀过后只有在电影或者情景剧里面，得到些许的情感慰藉，在酒吧、KTV游戏感情，在健身房消耗过量荷尔蒙激发的青春躁动。

爱情，被束之高阁摆在奢侈品的位置。

婚姻更是遥不可及。

千万不要听信男人们的甜言蜜语，也不要被眼前的假象所迷惑。像秦晓卉这样的都市白领，早就练就一双火眼金睛。在秦晓卉们的思维深处，男人就是男人，男人是一种动物，男人是这个世界上不同于女人的另一个物种。各种内卷和职场拼杀，女人们变得独立坚强，男人需要更加完美的质感，需要孔雀开屏般的绚丽外表，需要各种各样的丛林保护色，需要高大健壮拥有完美的侧腹肌，需要热爱生活懂得女人的心思，更重要的是需要有事业和成熟多金。

如果找不到合适的人选，干吗还要找男人呢？

又不是养活不了自己，非得着急嫁人。当然，这些都是秦晓卉们说服自己的理由。爱情和婚姻，本身就是非理性的。

秦晓卉身边的女人，一个个搁浅在自己编织的梦里。

秦晓卉是幸运的。

恰在此时，张大光出现了。

认识张大光，是一种幸运吗？至少，秦晓卉是这样认为的。并且，秦晓卉按照身边女白领们择偶的画像，为张大光编织了一份简历。张大光被描述成哥伦比亚大学建筑系的高才生，住在奥林匹克花园，年轻有为事业有成。

秦晓卉也陶醉在自己编织的梦里。

生活就是这样有意思。上帝创造了男人女人，男男女女互有瓜葛，进入了婚姻。然而，婚姻不是一个游戏，婚姻并不好玩儿。恋爱时刻对于生活的一切憧憬，犹如广场上的商业活动中吹起的一串串气球，五颜六色看上去很美，却随时可能爆掉。

总之，这场婚姻，是有瑕疵的。

现在，秦晓卉怀孕了。孩子的到来，的确是个惊喜，本以为能够彻底拯救婚姻。这些天，从张大光的种种表现看，这只是秦晓卉的一厢情愿。婚姻是两个人的事情，靠秦晓卉单方面的努力，毫无扭转局面的可能。张大光心不在焉，对未来毫无规划，秦晓卉的一腔热情，总是被他躲躲闪闪的态度，迅速化解抵消。

秦晓卉的努力，或许只是枉然。

秦晓卉很苦闷，这种苦闷又无处诉说。

秦晓卉的办公室，上午阳光灿烂，到了下午就没了阳光。大厦的中央空调呼啦啦往外吹着暖风，哗啦啦，呼啦啦，就像一个患有慢性支气管炎的人喉咙里发出的声音，那种声音延绵不绝令人烦躁不安。

王立春约人去打高尔夫了。老板不在，公司里人心涣散，几个高管都不见了踪影。秦晓卉讨厌那种呼啦啦的声音，但是呼啦啦的声音依然此起彼伏。

扔了婚姻关系调查事务所给她的那一沓照片，后来秦晓卉后悔了。并不是想要抓住张大光的把柄，那一沓照片，至少证明婚姻出现了状况。问题出在哪里，或许那些照片，能够检索到答案。婚姻关系调查事务所里，那个自称主任的瘦高个子男人，长得活脱脱像一只螳螂，看着秦晓卉，一双小眼睛眨巴个不停，喷出狠毒的凶光。瘦高个子男人把厚厚一沓照片摆在秦晓卉面前，照片上是张大光和一个女人在一起的场景：两个人在饭店吃饭，女孩儿亲密地为他夹菜；张大光拎着一袋蔬菜水果，走进一个陌生的居民楼；两个人骑着一辆电动自行车，女孩儿坐在后座上，双手紧紧搂着张大光的腰……总之两个人很亲密，亲密得像情侣。

这些照片，让秦晓卉彻底傻眼了。之前种种的假想和猜测，被这些画面填充成具体的形象和事件。就像一个俗语：不见棺材不落泪。彼时的秦晓卉，见了棺材强装淡定。

"你老公的前列腺出了点儿问题。"瘦高个子男人不紧不慢地说。

"前列腺？"

"去看病的时候，认识了一个女护士。"说话的人语气舒缓，始终客客气气，两片薄嘴唇上下撞击的动作，更像是一只螳螂。停顿一下，螳螂的目光里，透出一股寒意，"照片和报告都在这里。电脑里所有的备份文件，我们都删除了。"

或许，他手里还有照片，那些照片肯定还在他的电脑里。虽然说删除了，那不过是一种说辞而已。这些人的话，不能真听。这些唯恐世界不乱的人，就是一群害虫，搞得大家鸡犬不宁，他们趁着混乱赚钱，怎么可能舍得删除那些照片呢。

秦晓卉决定去找那个螳螂，想好跟他再要一份照片的说辞。

秦晓卉终于鼓足勇气，再次来到那家婚姻关系调查事务所。那是一个多月之前的事情。那个像螳螂一样的瘦高个子男人，端着一杯咖啡，很诧异地打量秦晓卉。许久之后，螳螂说："我们要收钱的。收了钱，我们愿意帮助客户解决任何问题。"

"钱肯定没有问题，我只要答案。"秦晓卉说。

"答案有那么重要吗？如果不去刨根问底，这个世界就没有那么多疑问。没有疑问的话，生活会变得简单。"螳螂继续喝咖啡。

"我要答案。"秦晓卉坚定地说。

"月亮河女子医院。"螳螂说，"你去看看吧，至于能不能找到你要的答案，我不确定。这个世界充满着偶然和不确定性，很多事情我们无可奈何、无能为力，包括我们的出生，或许都是个错误……"螳螂有点儿语无伦次。这次螳螂没有收钱。螳螂说："不要总想着我们是坏人，是害虫。我们的存在，只是一种职业。"螳螂的话，误导了秦晓卉。或者，螳螂的话只是不负责任的胡说八道。

头脑出现幻觉。

那次大闹月亮河女子医院，完全是因为螳螂的误导。

难道都是巧合吗？

45.答案在哪里（下）

那个荒唐的情人节游戏，过去很久了。

情人节游戏中的每一个画面、每一个情节，依然记忆犹新。

张大光和秦晓卉说起过，雪儿的眼角儿，有一块紫色的胎记，就像一只紫色的瓢虫，趴在那里。所以，那只瓢虫经常在秦晓卉眼前爬来爬去。

秦晓卉的游戏里，瓢虫贴纸是一个重要道具。

三个女人一台戏。情人节游戏第一个出场的是雪儿，秦晓卉特意把那只紫色的瓢虫贴纸，贴在了眼角儿。游戏中涉及雪儿的章节结束，瓢虫贴纸似乎完成使命，秦晓卉没舍得丢弃，顺手贴在床头柜的灯罩上。还有一个重要角色，那就是女护士。秦晓卉一身护士装扮出现，张大光揭下瓢虫贴纸，重新贴在秦晓卉眉毛下边。这个荒唐游戏的起因，就是因为张大光的生活里，出现了一个女护士。女人天生敏感，秦晓卉感觉到另外一个女人的存在。婚姻关系调查事务所的人，也证实了这点。

女护士，成为整个游戏的焦点。

头绪的确有点儿乱。秦晓卉扮演的女护士，眼角儿被张大光重新贴上瓢虫贴纸。秦晓卉似乎明白了，但又什么也没有明白。其实，生活里的很多事情，似是而非，充满巧合，稀里糊涂，不过如此。

也许，混乱才是这个世界真实的本质。

电脑屏幕上，QQ符号闪烁。

"也许，我们应该见一面。"是踏雪无痕。

"早就知道你的存在，其实我们彼此熟悉，都生活在对方的故事里。"

秦晓卉一边在键盘上敲字，一边思考用什么办法说服踏雪无痕，和她见面聊一聊。谜底必须解开，秦晓卉有好多话要跟这个女人说说，这个世界上最重要的事情，就是保持沟通畅通。解铃还须系铃人，张大光神魂颠倒，游离于这个家庭之外，完全是因为电脑屏幕后面这个女人。去婚姻关系调查事务所，跟那个螳螂磨破嘴皮子，也是为了寻找关于那个护士的蛛丝马迹。思路越来越清晰——情人节之夜，月光酒店里，张大光贴瓢虫贴纸的举动，清晰地指明寻找这个护士的方向。

秦晓卉必须要见到她。

"我去找你吧，我们见个面。"秦晓卉保持语言节奏的缓慢和中性。

"你让我特别自卑。"许久，踏雪无痕说道。

"怎么呢？"

"就连你们公司的大堂，都那样盛气凌人。"

"怎么会呢？"隔着屏幕，秦晓卉揣摩踏雪无痕的心思。作为一名创意策划从业者，秦晓卉阅人无数，如果面对面聊天，对方一张口，就能迅速知道接下来他要说的内容，捕捉到对方语气语调或者肢体语言之外的含义。职场的历练，让秦晓卉具有超凡的语言解读能力。现在，秦晓卉面对的是一个机器，一台冰冷的电脑显示屏，茫然不知所措。

"刚来北京那阵子，我就住在你们公司附近，一个居民楼的地下室，地下室没有窗户，只能放下一张单人床。"

不知道踏雪无痕要表达什么内容，秦晓卉打了个"嗯"。

"你那么漂亮，那么优雅，那么能干。"踏雪无痕说，"你身上的那股劲儿，打击了我。一开始，我就觉得你是一个盛气凌人的女人。"

"你见过我？"秦晓卉问。

"有时候我想，凭什么啊，你们生活在大城市，从小衣食无忧，毕业就能找到体面的工作，有车有房，每天穿着漂亮的衣服到处跑来跑去，还能找到好男人。凭什么啊。你们有的，我也要有，得不到的，想办法也要得到。"

秦晓卉充分调动自己的想象力，试图把电脑屏幕还原成一个女人的形象。不得不佩服，这个美国品牌的电子产品，纤细圆润充满设计感，曲面弧度造型甚至有点儿婀娜多姿。但是这种努力，实在牵强，只能放弃。理解文字和听别人讲话是两码事，和人面对面聊天，表情和语气会出卖对方真实的内心世界。文字则不同，文字是一种客观的陈述，通过文字，无法获取对方真实的想法。踏雪无痕或许在试探，或许这些文字就是一种挑战，试图打败秦晓卉或者试探秦晓卉的底线。

"我就是个普通女人，没啥理想，从小被父母照顾，毕业后打工吃饭，然后嫁人，准备生孩子，成了黄脸婆，现在身材臃肿，长了一脸妊娠斑。"秦晓卉的措辞，努力照顾对面女人的情绪。

"后来我想明白了，那不是盛气凌人，那是一个女人的优雅。"

实在无法理解踏雪无痕的意图，不知道该怎么接她的话茬儿。

踏雪无痕继续打字："你的这种优雅，彻底打败了我。"

"我没听明白。"彻底打败，是一个什么意思呢？记忆中寻找不到任何跟这个女人有关的要素，和这个女人没有交集，打败从何谈起呢。

"你来我家吧。"对话框，出现这样一行字。随后，踏雪无痕敲出一个地址。"我想跟你好好谈谈，你放心，不会被别人打扰，只有咱俩。"

踏雪无痕或者白晓静的邀请，让秦晓卉感觉到突然。

"好的，我马上出发，等我半小时。"谜底即将揭开，秦晓卉浑身颤抖，心跳到了嗓子眼儿，抑制不住激动，拎起外衣冲出写字楼。白晓静给的地址，是四环边一片低矮的平房，旁边还有一条废弃的铁路。估计因为这里地块狭小，开发商腾挪不出价值，被抛弃沦落成为城市里的三无地带。躲避路边乱七八糟的共享单车，躲过坑坑洼洼的路面，秦晓卉终于找到踏雪无痕说的那个门牌号码。

轻轻敲门，屋子里毫无反应。

推了推门，房门虚掩着，没有上锁，秦晓卉推门进屋。屋子里没有人，房间干净整洁。地面上摆着一个儿童安全座椅，还有童车、玩具，床上堆着一堆东西，都是毛巾被、婴儿衣服、鞋袜、奶瓶、尿不湿之类。

既然约了自己，而且门都没锁，主人一定不会走远。狭小的平房，逼仄的空间，就像张大光描述的当年他和雪儿在一起的场景。

阳光很好，有点儿疲惫。

踏雪无痕在哪里呢？

坐在床边，眼皮开始打架，秦晓卉困得不行，索性靠着墙，打起了瞌睡。恍惚中，看见张大光背着一个女孩儿走进屋子。张大光重重地把身上的女孩儿扔到床上。女孩儿眼角儿的紫色胎记，像一只瓢虫，随着床垫的颤动充满动感。女孩儿脱掉吊带，拽掉牛仔裤，像一条泥鳅一样钻进了被子。张大光一把掀开被子，伏在女孩儿身上，像一头野驴，动作笨拙。女孩儿像一条蛇，紧紧地缠住张大光的身体，一步一步引导着张大光。从亲吻开始，两个人的舌头交织到了一起，温热的气息，迎面而来，从头到脚，从外到内，心跳，由远及近，混沌而清晰。

女孩儿的身体剧烈抖动。一只瓢虫从眼角儿跌落床头，纵身跳上张大光的脊背。

迷迷糊糊感觉有虫子在身上爬来爬去，从额头爬到耳朵，又沿着脖子爬到肩膀，再之后爬过腋下、胳膊、肚皮，然后大腿、小腿和脚趾。虫子不紧不慢不慌不忙，节奏控制得很好，用节肢动物特有的那种柔软而又坚硬的肢体，像挠痒痒一样在她的身体上缓缓前行。虫子爬来爬去，走走停停，振动翅膀，嘤嘤嗡嗡，甚至独自跳舞。那种不紧不慢不慌不忙，更像是一种挑衅。浑身痒痒，心里痒痒，是那种说不出来的刺痒，令人崩溃绝望，而且是由里到外的那种痒。

场景幻化成舞台。那只瓢虫身材灵巧轻盈，迎风展翅孤独地跳舞。舒缓的音乐响起，一束灯光打过来，空旷的舞台中央，瓢虫快速地旋转身体，瞬间出现在不同的位置上。瓢虫不再孤独，瓢虫的身影仿佛成群结队——只有一只瓢虫组成的队列，行云流水宛若一道紫色的彩虹。彩虹欢欣雀跃，时而收缩，时而拉伸，收放自如不断地侵略和膨胀，紫色的身影迅速占满空间，偌大的舞台变得动感魔幻生机盎然。一个漂亮的高空翻动作之后，紫色瓢虫摆出一个 Pose（姿势），稳稳地站在舞台中央。

音乐停止。瓢虫高傲地抬起头，望着台下的秦晓卉，目光炯炯充满挑衅。

一切回归静寂。

感觉是一个梦，又像是在看电影。恍惚中听到脚步的声音，秦晓卉慌忙站起来。睁开眼睛，屋子里还是空无一人。很明显，刚才做了一个梦。梦中的场景，居然是张大光和雪儿认识的情景。当年，张大光和秦晓卉说起过这段经历。这个故事，在秦晓卉脑海里迅速转换成电影画面。只是这次梦境里，多出了一段瓢虫跳舞。

入戏太深，秦晓卉自我解嘲。

房门紧闭，屋子里除了自己，再无别人，看了一眼手表，竟然睡了20分钟。匪夷所思，因为陌生人发来的一条QQ信息，就独自一人来到这样偏僻的地方，秦晓卉忽然有点儿紧张。屋子狭小安静，堆满物品。要不要打个电话和张大光说一声呢？一个人来这里，谁也不知道行踪，来了之后，又是踏雪无痕的空城计。

滴滴。

手机QQ响了一声，是踏雪无痕。

"我知道，你来了。"好像能听到踏雪无痕在叹息。

"你在哪里？"秦晓卉回复信息。

"其实，我们真的算是彼此熟悉。"

"你叫……白晓静？"

"我是雪儿。"

"你上次不是说，你叫白晓静吗？"

"你看到的，不一定是真实的。"踏雪无痕继续说。

"白晓静怀孕了，是宫外孕，会不会很危险？"秦晓卉问。

"每个女人，都会怀孕，都要生孩子。"踏雪无痕轻声说。

"我等你，雪儿，我想见见你，我也想跟你做朋友。"秦晓卉用手机急切地敲字。

"我们见过面，而且，我们彼此熟悉。"

"可是，我还没有见到你。"秦晓卉在手机屏幕上打字。

"晓卉，你是个好女孩儿，我知道，你马上做母亲了，真心祝福你。"

"我等你，我们见一下，行吗？"

"屋子里的东西，是我给孩子，为你们的小宝贝准备的礼物。我已经走了。"

"你要去哪里？"

"麻烦你转告张大光，过去的都过去了，眼睛看到的，不一定都是真实的。"

"眼睛看到的，不一定都是真实的？"秦晓卉自言自语。

"大光和你，都是好人，对不起。"

"为什么这样说？"

"你告诉大光，我已经走了，走得远远的。"

停了一会，雪儿继续说："本来想和你见一面，当面跟你道歉。但是羞愧，无地自容，实在没有勇气，只有选择离开，请你原谅我。好了，游戏结束，就当我从来没有出现过。"

屏幕上的图像，变成灰色。

一束阳光穿过窗户，照进屋子，投射在床上。崭新的毛巾被、尿不湿还有婴儿衣服、鞋袜、奶瓶、玩具，在阳光照射下更显得生动清晰。秦晓卉脱掉鞋子，躺在床上，紧紧搂住床上的婴儿用品。

窗外，阳光灿烂。

踏雪无痕、白晓静或者雪儿，还有女护士——这些都不重要了。或者，这也是一个游戏。

所谓真相，已经不重要。

46.欧阳荷花的游戏

就像做了一个梦，恍恍惚惚。

很多事情发生了，却像没有发生一样；根本没有经历过的场景，又在脑海里若隐若现。就像视频剪辑软件上的平行轨道，或者 AI（人工智能）生成的虚拟空间，不同的维度混杂在一起，边界模糊。毫无条理也是一种规则和秩序，有特别的美感，存在即合理，或者说造物主一切的创造和安排都是最好的。

混乱之后，复杂的逻辑变得简单清晰，生活里的一切，又回到原点。

办公室窗外，阳光慵懒。秦晓卉接到欧阳荷花老太太打来的电话。

"秦晓卉，你中午来我家吃饺子吧。"欧阳荷花老太太从未主动联系过秦晓卉。欧阳荷花老太太是一个阅历丰富的人，她把自己包裹起来，包裹得严严实实，坚硬的外壳里面，别人无法觉察没法窥探。在一场大型公益活动中，秦晓卉认识了欧阳荷花老太太，之后去过两次她家里。那个空空荡荡只有一张沙发的客厅，不光证明着生活方式的古怪，也是一种特立独行的存在，是一种绝不妥协的诉说。

"你知道我的屋子里，为什么只有一张沙发吗？"上次见面的时候，欧阳老太太端坐在客厅唯一的沙发上，盯着靠垫儿上的秦晓卉。

"差不多能猜出来。"

"家里只有一张单人沙发，你觉得正常吗？"

秦晓卉不知道该怎么回答。

"只有一张沙发的客厅，不像一个家庭。一个完整的家庭，应该有丈夫、妻子和孩子。"

"嗯。"

"这些还不够，最重要的一点，还要有爱情。"

"这个我知道。"

欧阳老太太缓慢地从沙发上站起来："爱情是什么，不仅仅是两性吸引，还是一种特殊的精神层面交流。性是一方面，爱是一方面，情感是一方面，空间是一方面，生存需求是另外一个层面。所以，我问你，你们爱过吗？有过那种怦然心动，爱得发疯发狂的感觉吗？"

"嗯。"秦晓卉不知道该怎么回答。

"学会爱。现代人需要爱情，需要懂得爱情，需要学会爱和被爱。"欧阳老太太拍拍沙发背，继续说，"这张沙发，我一个人坐了30年，你知道一个人独自坐在这里的滋味吗？"没等秦晓卉说话，欧阳荷花老太太继续说："你当然不知道这种感觉，最好永远也不要体验这样的感受。"

毫无疑问，欧阳荷花老太太是一个出类拔萃而且内心充满骄傲的女人。骄傲的女人才会孤独，并且活该孤独。

买了点儿水果和一束白色的百合花，打车直奔西四环欧阳荷花老太太家。秦晓卉喜欢百合花，这花儿更像要去见的人，无论精神和气质都高度契合。

接过秦晓卉手里的鲜花，欧阳荷花老太太一脸欢喜。

"你是孕妇，你坐。"欧阳荷花老太太把客厅里唯一的沙发让给秦晓卉，然后像犯了错误的小学生面对老师一样，垂手站在秦晓卉对面。

"我没生过孩子，也很好奇，有个女儿会是一种什么感觉。"欧阳荷花老太太说，"可惜，机会我都失去了。"

"我们做个游戏，我来扮演你的女儿。"秦晓卉调皮地眨眨眼睛，"好久没听我妈唠叨了。"

眼前的欧阳荷花老太太，和在讲台上做演讲的时候判若两人。

"人类总要经历生老病死，这是一个生命的过程，谁也躲不过去的，只是没有想到，这个过程这么快，几十年，说过去就过去了。现在，我这老婆子，只等最后的结束了。尘归尘，土归土，最终都会如此。"欧阳荷花老太太满头银发梳理得一丝不苟，眼角儿的皱纹印证着岁月的痕迹。春节前，欧阳荷花老太太给秦晓卉看了一部电影——其实那是一个心理学游戏，通过 AI 技术合成出人物和情节。这个精心设计的游戏，故事情节可以反复修改，一直修改到秦晓卉满意为止。就是欧阳荷花老太太的游戏，启发了秦晓卉，要做一个情人节游戏。

"我老了，不中用了，千万不要听信专家的话，记住，生活不是游戏，游戏代表不了生活。生活就是过日子，一天一天地过，该干嘛就干嘛，错过了就永远没有了。"

"您有过遗憾，或者后悔的事情吗？"秦晓卉问。

"当然有，我也是一个人，是一个女人。"老太太说，"我也曾经错过了爱情，错失了婚姻，到头来转眼成空。"

"嗯。"

"不说这些了，我只告诉你，我帮不了你，游戏帮不了你。"

"嗯。"

"除了上帝之外，这个世界上能帮助你的人，只有一个，那就是你自己。"

"我想，让您帮帮我。"秦晓卉怯怯地说。

"帮不了。我连自己都没活明白呢，就别好为人师了，不能胡说八道耽搁别人。"欧阳荷花老太太说，"早上拌好饺子馅儿了，我们一起包饺子吃。"

"好哇，谢谢欧阳老师。"想不到欧阳荷花老太太居然还会包饺子。

"谢我啥啊，你看我这老婆子，晚年孤独凄惨，应该谢谢你来看我。做个游戏，假装是女儿回娘家，你让我这老婆子，假装有个女儿，体验一下女儿回家来的乐趣。"

说完，欧阳荷花老太太像个孩子似的跑进了厨房。

欧阳荷花老太太动作娴熟，捏出的饺子都很精致。饺子很快就包好，吃饺子的时候气氛很轻松，欧阳荷花老太太彻底变成了孩子。饺子馅儿有羊肉大葱和韭菜鸡蛋两种，欧阳荷花老太太不停地问秦晓卉，哪种馅儿的饺子。

"都好吃。"

"我包的饺子好吃，还是你妈妈包的好吃？"

"我们南方人做面食手艺差，还是你这饺子好吃。"

"有个女儿真好，你妈妈真幸福。"

两个人的饺子宴，是在厨房里吃的。吃过之后，秦晓卉主动收拾碗筷。不过也简单，这顿午餐只用了两个碗，还有一个和馅的盆。欧阳荷花老太太的厨房里，除了一锅、一盆、一个盘子和两个碗之外，再无他物，给秦晓卉用的筷子都是临时找来的一次性筷子。正常情况下，这间厨房里只有一双筷子。

"天底下没有不散的筵席，游戏总有结束的时候，游戏就是游戏，不能替代生活。"吃过饺子，欧阳荷花老太太恢复了之前的严肃刻板，"现在，游戏结束了，你还是你，我还是我，你回你家，我还是这个没儿没女的孤老婆子。"欧阳荷花老太太表情变得黯淡，继续说："我很抱歉，也许是我的专业误导了你，真的抱歉，千万不要中毒太深，游戏就是游戏，不过是水中月雾中花。就算你入了戏，游戏也不能改变生活的任何现状。"

欧阳荷花老太太喋喋不休地说，秦晓卉静静地听。

"告诉你一个秘密，我根本不会包饺子。"

"啥？"秦晓卉大吃一惊。

"这是我第一次包。"欧阳荷花笑着说。

"第一次，怎么可能？"

"现上轿现扎耳朵眼儿，网上找攻略，临时学来的。"

"这么厉害啊。"

"对一个麻省理工和清华大学的双料博士来说，Get（得到）一个新技能，你觉得有那么难吗？"

"真是现学的啊？"

"没错，这是我第一次包饺子，算是向你郑重道歉。"

"道歉？"

"你觉得我的饺子做得好吃？"

"真的好吃啊。"

"有时候，感觉会害人。"停顿一下，欧阳荷花老太太继续说，"就像你，一直以为我是个心理学专家，我真的是吗？"

"当然是啊，顶级专家。"

"是不是只有我自己知道。我照猫画虎包的饺子，你还夸好吃呢。"

"您是学术泰斗。"

"学术泰斗？读再多的书，写再多的论文，能当饭吃吗？到头来连顿饭都不会做的女人，你说，能算是成功吗？"

欧阳荷花老太太微笑着。欧阳荷花老太太始终精致干练、不苟言笑，平时难得见她这样子。

欧阳荷花老太太说，生活不应该过成标本。然后又说，婚姻里总会有各种误解、猜疑、假象或者道听途说，缺少沟通或者信息不对称，就会留下破口，撒旦容不得人好，会乘虚而入，把一个本来美好的婚姻毁掉。"老毛病犯了，不能再瞎说了。"欧阳荷花老太太说，"一个没有婚姻的老女人，给别人关于婚姻的建议，你不觉得可笑吗？所谓'专家'的话，千万别信。"随后，欧阳荷花老太太一阵大笑，把秦晓卉送出家门。

出租车上，母亲打来电话，问秦晓卉想吃啥，有想吃的东西，她会买了快递过来。

"你以为北京还会缺物资？北京啥没有啊，你那里能买到的，我这边都能买到。"秦晓卉嘲笑母亲，真是越来越唠叨。母亲说："你以为买东西只是个东西吗，那是老母亲对女儿的思念。说好回来摆酒，说得好听，就是没有行动。"

秦晓卉咯咯笑着，挂断母亲的电话。

婆婆的电话又打过来，秦晓卉赶忙接起电话。母亲刚才电话里说过的话，婆婆几乎原封不动说了一遍，也问她想吃啥，要买来寄给她。和婆婆说话不能像亲妈那样肆无忌惮，秦晓卉客客气气地说："什么也不缺，您就别操心了。"很奇怪，这两个老太太就像商量好了一样。

"需要的话，我坐火车过去照顾你。"婆婆说。

"妈，不用啊，我自己能照顾好自己。"

婆婆说："那就等开春，天气暖和了，我再过去。"又说："张大光不着调，刚才给他打电话，打了半天也不接，你俩没吵架吧，不会有啥事情吧？"

"哪儿能呢，我俩好着呢。"秦晓卉安慰婆婆说，"不会有事儿的，他可能在家里睡觉，或者开车不方便接电话。"

出租车司机不解地问："你有两个妈妈？"

"当然。"

秦晓卉差点儿笑喷了。这个出租车司机情商太差，竟然没有听明白，两个电话一个是亲妈，一个是婆婆。顾不上和出租车司机解释，秦晓卉拨张大光的手机，一直拨了三次，那边都直接挂断。

不会有啥事儿吧？秦晓卉心里有些慌乱。

这个张大光，越来越不靠谱。

47.我不是一个骗子（上）

张大光确实不方便接电话。

张大光在吃饭。请注意，这是一场很重要的饭局。时间仿佛静止，一切的一切停滞，定格，就像墙上的画。思绪干枯，世界变得混沌，真实与虚幻毫无边界。

饭局是大胖攒的，大胖主动打电话过来，通知张大光这场饭局，以及时间地点。张大光说不想去，没胃口。大胖吼道："甭说没用的，别装蛋疼拿一把，不管你有没有时间，赶紧给我轱辘过来。"

"都有谁参加？"沉默很久，张大光问了这么一句，本意是想问，雪儿参加不参加。

"就我跟一个女的。"电话里大胖声音空洞，有点儿揶揄但语气坚定，"来了就知道了，反正没有你不愿意见的人。"

没有自己不愿意见的人，那会不会有想见的人呢？张大光确实不想见大胖，已经这样了，见了还能说些啥呢，有些话，即使想说，也说不出口啊。自己不像大胖，大胖脸皮厚得像西瓜皮。如果是跟雪儿一起吃饭，三个人坐在一起，该是怎样一种尴尬，场景无法想象。张大光思维麻木，行动迟缓，不敢再往下想，不愿意去思考，如同患上阿尔茨海默病的老人。有没有愿意见或者不愿意见的人，都不重要了。

豁出去了，张大光准时赴约。餐厅优雅别致小资，音乐舒缓，犹如溪水潺潺从远处流过来。也许，这样的环境适合讲故事。现代人物质生活不再匮乏之后，开启了精神上的自我折磨模式。无论餐厅还是咖啡厅，都开始怀旧或者忆苦思甜，俄罗斯风格仓库改造成的餐厅，吧台旁边是一台巨大的锈迹斑斑的车床，几个汽油桶堆砌在一起，组成餐台。整个屋子里，水泥墙壁龟裂，各种管道突兀，氛围绝望而愤怒。墙上的一幅油画，吸引了张大光。油画上，一位老人表情呆滞绝望，但又目光如炬，坚定地注视着远方。

窗外，大胖那台破捷达车，表情呆板虎视眈眈瞪着张大光。

大胖和一个姑娘，坐在卡座里。居然是在妇幼医院里遇到的女孩儿——就是被张大光背上了六楼，然后狠狠咬了他一口的那姑娘。

张大光彻底傻了。这是一种什么组合，这两个人居然混在一起，实在难以理解。大胖穿着一件黄色的帽衫，更显得脖子短粗。不过在这样的环境里，泛着油光的胖脸，居然有了一点点文艺腔调。

"后事都想好了吗？"大胖终于开腔了。

"后事，什么后事？"张大光反问道。

"家里有个秦晓卉，你又惦记着另外的人，你说说你啊，平时还是一副假正经的样子，放着好日子不过，你看看都是要当爹的人了，非得把事情闹到无法收场。"大胖瞪大一双小眼睛，缓缓地说。旁边的女孩儿，面无表情，看着窗外。

"有话直接说，别弯弯绕。"

"我给你讲一个故事吧。"大胖说。

"我说的这个女孩儿，是一个弃婴。从小被人收养，她不知道自己的父母是谁。童年里，经常被人欺侮，她学会保护自己。保护自己的方式有很多种，一种是打架，一种是说谎。等她成年之后，养父母说，总不能白养这么多年吧。她被送到城市，开始了在城市里找食儿的生活。她没有选择的权利，她要生活，要赚钱，要报答养父母。洗头房成了她的第一份工作。男人的钱好骗——在洗头房里，女孩儿明白了这样一个道理。"

"后来，女孩儿流浪到别的城市，摆脱了养父母，重新开始新的生活。"

"大城市里，欲望更加强烈直接，现实很残酷，生存，不过是一个连环的骗局。"

"终于有一天，女孩儿厌倦了，她明白了，自己不过是一个骗子。她想不再做一个骗子。但是一个谎言，需要用另一个谎言去掩盖。"

大胖还在讲他的故事，并且，努力用文艺的腔调讲故事。听起来，这个故事似乎和所有人无关。

"你说的是雪儿吗？"张大光终于开口。

"你说呢？"

"累不累啊，绕这么大一个圈子。"从油画上撤回目光，张大光看看大胖，又看看旁边的女孩儿。

大胖不再说话。

"说吧，雪儿出了什么事情？"

"雪儿说，她最大的愿望，是不再做一个骗子。"大胖继续说，"但是，她没有办法。她说，她尽力了。"

"什么叫没有办法？"

"没有办法就是没有办法，还能怎么办？"

"雪儿到底在哪里，我想……见见她。"张大光语气有些怯懦。

不清楚大胖安排这样一个饭局，目的是什么。既然要说雪儿的故事，主人公却没有出场，还带着这么一个姑娘，有点儿悬疑小说的味道。

"没有必要了，真的。"大胖还是不紧不慢，"雪儿说了，不再相见。"

张大光不说话，仔细琢磨大胖这句话的含义。

"不光你见不到，我也见不到她了。"大胖看着他说，"都过去了。"

"什么意思？"张大光咆哮，"你叫我来，就想羞辱我一番？"

"别激动。"大胖从座位上站起来，绕到张大光身旁，双手按在他肩膀上，"不要激动，我还没说完呢。"

"别绕圈子，我要见雪儿！"

"你早干吗去了？晚了！"坐在大胖旁边始终没有说话的女孩儿，抬起头来，瞪着张大光说，"你以为，你是超人，你是蝙蝠侠，你以为，你能帮助所有的人？"

"这，到底什么意思啊？"

"忘了这一切吧。"大胖回到座位上，"雪儿说，让你忘了这一切。"

"到底咋了，你倒是说啊。"

"雪儿给你留了一句话。"大胖叹了一口气，"你看到的，不一定就是真实的。"

"出了啥事儿，到底怎么了？"张大光一脸绝望，"不会是……雪儿，已经不在了吧？"

48.我不是一个骗子（下）

两个人的叙述神神秘秘，逻辑混乱前言不搭后语。尤其是大胖，小眼睛挤来挤去，一张胖脸表情古怪。认识这么多年，大胖从来没有像今天这样一本正经地说话。大胖和女孩儿一唱一和，张大光心底涌出不祥的预感。

"出了啥事儿，到底怎么了？"张大光绝望了，"雪儿，不会是……已经不在了吧？"

"你想多了。"大胖一脸不屑。

女孩儿看着张大光，继续说："我叫白晓静，我跟雪儿是朋友，也是同事，在同一家医院做护士。"

"白晓静？"

白晓静，护士，雪儿的同事。

张大光思维再次陷入了混乱，脑子彻底瓦特了，内存不足，转不明白。三个人安安静静地坐在座位上，场景如同素描一般简洁坚硬。光线幽暗，环境慵懒，餐厅不像个餐厅。沉闷无聊的气氛，限制了思维和话语的能力。

三个人，谁也不再说话。餐桌对面的两个人，今天要演一出什么戏呢？

他们在编故事吗？

恶作剧还不够吗？

这个游戏不好玩儿，一点儿也不好玩儿。

懒得动脑子，爱啥是啥吧，张大光很愤怒。

"谁买单？我饿了。"张大光问。

没人说话。

"还吃不吃饭？如果不吃饭，我走了。"张大光看着他俩。

"你饿了？"大段的叙述没能打动张大光，大胖一脸惋惜。

"搞这么复杂，干吗呢？"张大光语气平淡。

"这个事儿，本身就复杂，很难说清楚。"大胖故作镇静，白晓静一脸严肃。

在前列腺治疗室，脱了裤子等着护士插尿管。场景尴尬，谁能想到来给自己做治疗的护士，居然是雪儿。张大光根本没有想到，失散多年之后，在北京还能遇见雪儿，而且是在一场骗局中偶遇。生活中的巧合，有时候会超越任何影视剧的情节，荒诞透顶，又合情合理。

"总之，你见不到她了。"大胖说。

"有意思吗？你想娶雪儿，你就娶，跟我没有关系，绕这么大个圈子干吗啊？"

"绕圈子？有必要吗，你以为，我愿意？"大胖从口袋里掏出一个信封，递给张大光。

张大光打开信纸：

大光，你好。

现实里，我们确实无法再相见。

我骗了你，请原谅我用这样的方式，跟你道歉和道别。

我根本没有患上骨癌。大光，你太善良，这已经不是我第一次骗你了，但是你居然深信不疑。再次遇到你的时候，得知你已经结婚，我心如刀绞。我恨所有的人，我恨老天爷为什么眷顾你们，却对我不公。我恨得咬牙切齿，我恨你，我恨秦晓卉，你们有的，我也要有，得不到，我就去抢。

我说的家暴和离婚，都是编出来的。

我并没有结婚，那个男人有老婆，他承包医院，我和他一起骗人。后来，他觉得靠医院骗钱来得太慢，开始新的骗局，我还是和他一起，继续帮助他。

你知道，谎言一旦开了头，就没法收场。欲望从来都是没有止境的，你给我做了一碗烩面之后，我希望你每天都能来陪着我，我希望有个人每天安慰我，和我聊天，陪我说话。遇到你之后，我曾经想改邪归正，动了嫁给你的心思，想离开他嫁给你，所以才编造出这么多的谎言。我也是一个女人，我也想过一个正常女子的生活。我想让你同情我，才骗你说我得了骨癌，说被家暴，说因为你离了婚，又说怀了你的孩子。

那个晚上，你虽然喝醉了酒没有走，和我住在一起，但是你什么也没有做。怀孕和宫外孕的事情，都是凭空编造出来的。

一切都晚了……对不起，大光，这些天，我夜不能寐，生活在懊恼和悔恨之中。我是一个罪人。这个世界，如果有一个神，我会每天向他忏悔，这些都是我应得的惩罚。

虽然，我曾经特别地爱你，曾经一直想要嫁给你，但是恐怕没有希望了。所以从那天起，我决定，不再见你，永远不再见你，就当这一切，是你做的一个梦——我在你的生活中，从来没有出现过。

对不起。

我不是一个骗子，也不想做骗子。

就此告别，永不再见。

曾经的雪儿

许久之后，张大光抬起头来。

"雪儿说，送给我一份珍贵礼物……"

"信里不是说了吗，都是逗你玩儿的，是雪儿编的，那天晚上你喝多了醉成了死狗，啥也没干成！"白晓静翻了个白眼儿，"你居然没看懂？"

"雪儿和那个男人，因为一桩诈骗案，被定性为诈骗团伙。"看着一头雾水的张大光，大胖继续说，"出事儿前，雪儿找到我，让我帮她一个忙。"大胖指了指那封信。

"雪儿，她在哪里？"

"已经不重要了。"

"我想去看看她，可以吗？"张大光小声说。

"见不到了。雪儿走了，去了谁也找不到她的地方。"

"那个骗子实在歹毒，早就跑到国外去了，用电话遥控国内的业务。为了让大家安心，对外一直说雪儿是公司的老板，法人也换成了雪儿。"白晓静补充道，"雪儿成了替罪羊，有苦说不出。如果不走的话，要在监狱里至少待上 10 年。"

"雪儿不想连累任何人。"大胖说，"你又磨磨叽叽，死缠烂打，跟你说不清楚。"

"你们说的，都是真的吗？"嗓子眼儿像是卡了一个东西，张大光自言自语。

"你说呢？"大胖回答。

"还有必要骗你吗？"白晓静补充道。

"怎么会这样？"张大光呆若木鸡，"雪儿在哪里，我要去找她。"

"雪儿说，你就当是做了个梦，就当她从来没有出现过，你从来没有见过她，就行了。"

"你带我去找她。"张大光目光冒火。

"一切都晚了。"大胖说，"你跟秦晓卉好好过吧。"又说："其实，雪儿也是个挺好的姑娘。"

怎么会是这个样子呢？眼前的场景，像是做梦。

"你跟雪儿……"话说到一半儿，张大光又有点儿说不出口。

"我俩没有关系。"大胖说。

"没有关系，是啥关系呢？"张大光看见，坐在对面的大胖两个鬓角居然有了白头发。

"没有关系，就是啥关系也没有。"

"你不是还要跟她结婚呢？"

"这你也相信？"

"世贸天阶，还有求婚仪式。"

"那是演戏，演戏懂不懂？都是想让你断了念想，目的是让你跟秦晓卉好好过日子，所以怎么恶心，怎么来。"

"这……"

"我问你，求婚仪式你看到我了吗？"大胖抬起头，看着张大光。

"那天，碰巧遇到了秦晓卉……"张大光说。

"哪里有那么多碰巧呢？"

"你这人，太好骗了。"白晓静说。

"可是，你去妇幼医院那天……"张大光看看大胖，又看看女孩儿。

"我的确做了一个手术，这个是真的。"白晓静很淡定，"做那个手术，我总不能去自己工作的医院吧，我还没那么超脱，或者傻。而且，我们医院，手艺不咋地，还贵得要死。"

"雪儿呢？"

"出事前就走了，去了一个谁也找不到的地方，再也不会回来。"白晓静说。

"我不信！"

"你不信？爱信不信。"大胖撇撇嘴。

"那，我可以给她打个电话吗？"张大光像是自言自语。

"可以。"大胖说。

张大光笨拙地拿起桌上的手机，拨打雪儿的电话。白晓静的手机铃声响起，很滑稽，铃声是《同桌的你》。张大光瞬间石化，愣在那里。

"你说，我接还是不接呢？"白晓静扭头询问大胖。

"想接就接，不想接拉倒，这是你的自由。"大胖看着张大光说。

白晓静起身，拿起电话走到餐厅远处的角落。

"有事儿吗？"电话接通后很快挂断，听筒里是雪儿的声音。

大胖撇撇嘴巴。

张大光宛若泥塑。

"我现在用的，就是雪儿的号码。"白晓静重新回到座位，"我了解你们之间的一切，熟悉故事里的每个人物，我也曾经好奇你们之间的故事、情感、关系。真正了解之后，得出一个结论，你们活得太累，你们的事情，不好玩儿。"

白晓静说："雪儿跟我说了太多太多你俩的事情。我不光是雪儿的同事、闺蜜、好朋友，而且，你可以把我当成另外一个雪儿。我劝过雪儿，安慰过雪儿，还和雪儿一起编过故事，一起策划了这场闹剧。"

白晓静继续说："雪儿说她怀孕了，原型人物也是我。"

"宫外孕，是我改编的。原来还有个版本，说雪儿因为宫外孕死了，让你彻底死心。"大胖说，"但是雪儿不同意，说那样会折磨你一辈子。"

看了一眼张大光，白晓静放慢语速继续说："有一段时间我恨男人，对男人失望，当然也包括你。那天狠狠咬了你一口，这里面有我对男人的恨，也有为雪儿不值。"

"雪儿说，她不是一个骗子。"

"那……谁是骗子？"张大光目光呆滞。

"你说呢？"大胖回答。

"雪儿确实是不能、也没办法再见你，她让你别恨她。"白晓静说。

"不可能，不可能，这么一个大活人，就没影儿了？"张大光抬起头来，"你们都是骗子，你们都在骗我！"

"骗你，有必要吗，你以为你谁呀？"白晓静冷笑，"雪儿说故事结束了，她不想连累任何人，结局必须这样。"

"到此为止，就当在这个故事里，她从未出现。"大胖补充道。

"从未出现？"

"对。"

"不可能！"

"那又能怎么样呢？"白晓静看着窗外，"这个世界上，不可能发生的事情多着呢。"

"你还想咋样？"大胖瞪起眼睛。

"电话里，声音咋跟雪儿一样？"

"你不知道，有个变声软件？"白晓静扑哧笑了，"AI技术这么发达，骗子公司早就用上高科技了。"

"我吃过饭了吗？"一阵饥饿袭来，张大光问大胖。

"这就给你点，我撑死你！"大胖抓起桌上的菜单。

49.好吃不过饺子

秦晓卉天生喜欢美食。

虽然从小习惯了川菜的麻辣辛香，但并不影响她对其他美食的热爱和追求，走南闯北吃遍天下，无论杭帮菜的精细清爽，闽南菜的原汁原味，本帮菜的色浓味厚，粤菜的清鲜嫩爽，北京烤鸭的宫廷气息，天津狗不理包子的市井味道，还有诸如广式点心、日本料理、韩国烤肉、台湾小吃、意餐、法餐、俄餐、泰餐、越南餐、墨西哥餐，秦晓卉通通都能接受。秦晓卉喜欢一切精致的美食，喜欢不同地域的饮食文化，喜欢各种各样的餐馆和就餐环境。更多的时候，吃饭是一种心情，在不同的环境里，吃饭的心情和感受完全不同。

中午的饺子，味道的确不错。欧阳荷花老太太包饺子，居然是在网上学来的，现学现卖，毫无破绽。无论是包饺子的动作姿态，还是饺子馅儿的味道，没有任何瑕疵，一切都显得很专业。整个过程，绝对像一个老妈妈为回娘家的女儿精心准备午餐。看来掌握一门新手艺，根本算不上难事，年龄不是问题，千万不要小瞧高智商老人的学习能力。

秦晓卉决定，晚上继续吃饺子，买了高筋饺子粉、羊肉、大葱、胡萝卜、生姜、白胡椒粉、小磨香油、生抽、老抽。当然没有去菜市场，一个整天坐在办公室里写方案，或者筹划实施各种活动的人，即便做顿饭包个饺子，也会先弄个计划，完完全全发挥自己的特长——这些食材，都是在手机 APP 上下单，没过半小时外卖小哥就送到了。然后，开始看视频，研究包饺子的技巧。

母亲说过，一个女人，一个合格的家庭主妇，必须懂得过日子，学会精打细算；必须是一个优秀的厨师，伺候好家里男人的胃；这样才是一个贤德的妇人，一个好妻子、好母亲。

短视频里有各种各样包饺子的内容，面要怎么和，饺子馅儿怎么搅，放多少盐和酱油，等等，这些都不是事儿。过日子也要有工程师思维，采买需要计划好时间，买多少食材物资需要做好预算和规划，制作的过程和整个流程需要严格控制细节，所有环节需要精细科学严谨，不能光凭心情。做饭做菜是一门学问，甚至是一个严谨的系统工程。秦晓卉买来的羊肉，是羊后腿肉，特意备注好不要绞成馅儿，攻略里说了绞肉机绞出来的肉馅儿不好吃，必须亲手剁碎。羊肉铺在案板上，先切成小块儿，然后挥动菜刀叮叮当当开始剁馅儿。跟随菜刀的节奏，秦晓卉一边剁肉一边嘴里哼起歌曲。刀起刀落，叮叮当当，厨房瞬间变成录音棚，快乐的音符四处弥散。半只羊腿剁成肉糜，倒进白瓷盆里，秦晓卉打了一个生鸡蛋，又放入葱末、姜末、白胡椒粉，用筷子搅动。和馅之前，打电话给母亲，母亲告诉她，搅肉馅要顺时针搅动，只能朝着一个方向，不要来来回回搅。

顺时针和逆时针，有区别吗？秦晓卉问为什么。

母亲说，长江之水不可倒流，大概就是这个意思。母亲不愧是当老师出身，说不明白的问题，随便找出个词句引经据典来回答，但是并没有解除秦晓卉的疑问。

做出美味的饺子，饺子馅儿最重要。

为什么不能来来回回搅呢？这肯定是母亲故弄玄虚，秦晓卉摇摇头，不再纠结这个问题，继续摇头摆尾搅动肉馅。

羊肉、大葱、姜末、白胡椒、生抽、鸡蛋清，这些本来毫无关联的食材，一股脑丢进一个盆子，东西还是这些东西，搅来搅去就能搅出醇厚的味道来，这是什么道理呢？

搅来搅去间，秦晓卉似乎明白了。婚姻也是如此，把生活里各种乱七八糟甚至毫不相干的事情，扔在一起来回搅动，各种矛盾交织，然后日子越来越醇厚。

秦晓卉笑了，这样想想，确实有点儿牵强。

模仿母亲包饺子的动作，伸出舌头，舔了一下筷子，尝尝咸淡，然后继续用筷子搅动肉馅，完完全全按照顺时针的方向搅动。新鲜羊肉的味道，混合着各种调料的气味，从盆子里飘起。肉馅越来越黏稠，阻力越来越大。手腕儿酸了，额头微微出汗，顾不上这些，秦晓卉一心一意要做出一顿好吃的饺子。

饺子馅儿差不多了。特意买来的高筋饺子粉，加上温水和好揉成团，包上保鲜膜醒一会儿。

"搞成啥样子？没想到我娃还会包饺子。"母亲的电话，又打过来。

"要不要给你俩买飞机票，晚上来吃？"

"那我还不如下馆子呢。有飞机票的钱，找最好的饭店，够我俩吃一星期。"

"饺子馅儿做好了，就是不明白你那句'长江之水不可倒流'，是啥意思啊？"秦晓卉笑着问母亲。

"就是不能来回瞎折腾。"母亲也笑了，问秦晓卉，"说吧，啥时候回来领证，我们等着摆酒呢！"

"着啥子急啊，好饭不怕晚。等我回去，让你俩尝尝我的手艺，我给你们包饺子吃。"然后又说，"不跟你聊了，我的面好了，包饺子去了。"

秦晓卉开始揪面团擀饺子皮。之前包饺子，都是提前在超市买来饺子皮和饺子馅儿。上一次给张大光煮饺子，饺子是母亲临走前包好冻在冰箱里的，只是做了一个煮的动作。这次完全不同，秦晓卉亲自采买，自己剁肉搅馅，亲手和面擀皮，又一个个包出来。全程亲力亲为，这才算是真正意义的包饺子，之前那些，只能算作过家家。无论包饺子还是做饭，倾注热情和不用心思，做出来的味道完全不同。

好吃不如饺子。

饺子包好了，在案板上整整齐齐排好，安安静静地等候男主人回家。

找出喜欢的餐具，一件一件摆好。之后，秦晓卉坐在沙发上，看着墙上的结婚照。结婚前的场景，像电影一样从眼前飘过。秦晓卉在心底默祷：那创造世界万物并赐给我们生命的造物主啊，婚姻是你赐给我们的珍贵礼物，是你赐下的上好祝福。你说两个人总比一个人好，因为二人劳碌同得美好的果效。这是你的设计，求你帮助我们，彼此相爱，相互帮扶；求你给我们力量，让我们不致跌倒，在婚姻与生活的信实中，一起行走；求你赐给我们诸般的爱，求你帮助我们，让我们的婚姻和家庭就像一棵树栽在溪水旁，要按时候结果子，叶子也不枯干。

肚子里的孩子，开始调皮起来，轻轻踢了一脚。

"回家吃饺子吧。"秦晓卉发了一条微信给张大光。

收到信息的那一刻，张大光饿了，瞬间感觉饥肠辘辘。

远处，月光酒店的霓虹灯牌匾亮了起来。

后记：我的故事没有结尾

我不会讲故事，缺少用文字驾驭故事的能力。

一直把写作当作一件很文艺的事情。文字的文艺味道，是任何其他艺术形式无法比拟的。这个小说写作的过程非常纠结，经常是写下一段文字，转天不满意全部删除；今天觉得这段情节特别有意思，过些天又觉得俗不可耐。反反复复、来来回回，强迫症屡屡爆发。

对自己从事过的所有劳动，写作是痛苦指数最高的。

或许写字如砌墙，当你把墙砌得平整光滑了，你就成了工匠。

噼里啪啦敲击键盘，文字在屏幕上雀跃，缺少了纸笔摩擦的触感，也少了很多创作的激情和快感。这个故事，折磨了我好几年。在文字的世界里修修补补，如同在时间的河流里游泳。故事和故事里的人物依旧年轻，文字背后的我却变老了，变得更加纠结，变得更加絮絮叨叨了。

对爱情和婚姻，年少轻狂时有着很多憧憬和各种期望。就像作品中有一段关于向日葵的描写，来源于我18岁时的记忆，来源于当年写下的一首诗《向日葵》。冬日的午后，火炉烘烤的狭小房间里，温暖而温情。用红色的圆珠笔在一张16开白纸上打好格子，画出一张信笺，再用黑色碳素墨水笔一笔一画，在信笺的格子里誊写下这首诗。然后，把它装进信封，托人递给一个女孩儿。几十年过后，写下那首诗的信笺，历经周折又回到了我的手里——纸张焦黄，字迹依然清晰。其间经历过怎样的蹉跎岁月和物是人非，恐怕只有作为亲历者的当年拿到它的人，还有制造了这个事件的我，心里更清楚明白。这首诗歌，从始至终，仅有一个读者；诗情粲然，笔触沧桑，向日葵的印象却模糊遥远。关于这段历史和这个故事，我不想过多分享。不仅仅是有关青春和向日葵的记忆，这里面有内心深处的涟漪和波澜，有关爱情，也有关婚姻。

我的小说里面有向日葵。

很多年之后，母亲摔伤骨折需要手术，你发来信息问候并帮助联络医院和医生，然后说，我们是永远的亲人。我泪流满面。

曾经，我们挥霍青春，视金钱如粪土，走过很多弯弯曲曲的道路，一路高歌一路向北来到北京；自以为超凡脱俗，彼此折磨自我戕害精神和肉体，我们伤痕累累，无法感知疼痛却当作一种乐趣。当年开着一台吉普车到处乱窜的日子，大言不惭地说，要用我的爱，把你拉回幸福的生活中。中原某贫困山区县，那时候我们一起拍摄过多部纪录片作品，那个地方面食味美，芝麻叶面，成为我记忆深处的美味；化工部招待所一间阴暗逼仄的学生宿舍，还有北广图书馆四层的制作机房，我们曾在那里创作纪录片作品。就像一场老电影，记忆深处的影像久久挥之不去。时光荏苒，岁月跌宕，忽然明白当初的信誓旦旦是多么苍白，不过是一句经不起推敲和检验的谎言。

芝麻叶面的味道，写进这部小说，留在了我的文字里。

及至那一年非典，逃难一般把父母和孩子送回了老家村子。北京通州一幢高层建筑，新买的房子里只剩下你和我，我们内心孤独像两只麻雀驻守空巢，钢筋水泥的建筑囚禁我们，我们如同困兽。铺天盖地的新闻播报，是令人烦躁、不断增长的数字。惶恐、焦虑、忐忑、不知所措，我们吵架拌嘴。你把水果刀刺进了大腿，然后，我们开车在京通快速路又遭遇追尾……疼痛的感觉迅速传导，并没有随着时间的推移而模糊或是消退。那段岁月的痕迹宛若伤疤，牢牢地凝固在记忆深处。

如今，你还好吗？

我承认，自己曾经是一个喜欢说谎的人。因为爱的缺失，以至于在很多的岁月里拼命地攫取爱，甚至用不惜伤害别人情感的方式疯狂地攫取。北京的春天，记忆中还没有雾霾，"我家大门常打开"，《北京欢迎你》的歌声不断，街边无数大排档坦陈这座城市的胸襟及烟火气息。那个年代，自由散漫却积极向上的社会氛围，随时随地扑面而来。王府井小吃街，夜半依然人声鼎沸。即使一串冰糖葫芦，也是那样的纯粹和美好。想起那些日子，此刻，心里还在绞痛。那时，自以为聪明，自以为文艺，自以为成功。一个谎言，需要用另外一个谎言去掩盖，彼时以为纯粹美好的场景，现在看来如此荒诞，不堪回首。对不起，只能轻声说，对不起。我知道，那是陷入了撒旦的网罗。

那串冰糖葫芦的记忆，依然清晰美好，就在眼前。冰糖葫芦甜蜜驹人，在我的故事里，我把那串冰糖葫芦送给了秦晓卉。

很多年之后，终于明白了婚姻的含义。或许，那是经历岁月磨砺，走错很多道路之后的幡然悔悟——时间是一条看不见的河流，跌落在情感旋涡里，有水草缠绕或者暗流汹涌，我们游泳漂流抑或迷失方向，溺亡与上岸仅仅是一念之差。在水中挣扎扑腾的人，那时，来不及思考，无法理性选择。

往事不堪回首。

我想说的，还有你。

婚姻不仅仅是一纸契约，还是一种合作，是一次探险，是一场搏斗，更是一种默契。这种合作，难度超越任何团队之间的合作；婚姻经历的过程险象丛生，复杂程度超越想象；这场搏斗，最终永远不会有胜利者。我要感谢你，我们一起在婚姻里挣扎了很多年，无数次想摆脱婚姻的束缚与羁绊，无数次曾想撕毁那张纸。

谢谢你，这么多年的坚守与不离不弃。

一直想写一个有关爱情、婚姻、家庭的故事。创作"情人节游戏"的想法由来已久，之前出版的《月光酒店》，可以算作"情人节游戏"的前传或者上部。《瓢虫贴纸》让男女主人公陷入了婚姻家庭的种种矛盾和纠结。在这个故事里，我愿意和读者一同探讨关于婚姻家庭的种种话题，一起揭开婚姻的伤疤感受疼痛，和小说中的主人公一起经历拯救婚姻付出的艰苦卓绝的努力，一同感受对新生活和新生命的渴望与期盼。

创作时，我在文字中爱意泛滥，在这个故事里孑孓独行。"情人节游戏"的这两部作品以时间为界：《月光酒店》的故事发生在情人节的晚上，串起男女主人公之前的种种经历；《瓢虫贴纸》是情人节游戏之后的情节。游戏戛然而止，这场荒唐的情人节游戏引发残酷的后果，家庭、职场遭遇种种意外和难堪。故事中的女主人公秦晓卉漂亮能干，是一个高级白领和职场精英，在她身上充满着现代都市女性的睿智聪明、活力热情、积极向上的特质。面对职场纷争和婚姻中出现的问题，秦晓卉坚强、坚韧、坚毅，努力化解矛盾，勇敢地捍卫爱情、保护婚姻。《瓢虫贴纸》的结尾，秦晓卉包好饺子，等待张大光回家，颇有平时开玩笑说的"傻老婆等汉子"那种味道。

有朋友说这个结尾过于简单。原来的结尾，其实很复杂：秦晓卉出走，给张大光留了长长的一封信；张大光到处寻找秦晓卉，然后把每个人物串联一番，搞得冗长晦涩，自己都烦了。

某一日，和朋友聊天，说起这个结尾，朋友说，你烦不烦？结尾就是结尾，越简单干脆越好，戛然而止，恍如隔世。懂不懂？

这番话，让我陷入深思。

生活很简单，但是我们很累。我们总是把简单的事情复杂化，包括我的故事和文字，写得磨磨叽叽，没完没了。"情人节游戏"这个故事，一开始我并没有想写这么长，写这么久。最初的想法，是想写成一个舞台剧的剧本，做成一部现代时尚的小剧场演出或者有关婚姻家庭的先锋实验话剧，而且我设计了自认为非常满意的场景：在干冰制造的烟雾中，一束灯光打在舞台正中央，朦朦胧胧中，一对青年男女在灯光、音乐和特效营造出来的舞台空间——月光酒店里，开始了两个人的情人节游戏……想起这个舞台剧的开头，就浑身兴奋，场景香艳充满想象空间。舞台朦胧含蓄，烟雾缭绕、纱帘飘逸、灯光忽明忽暗，两个人在舞台上演绎一段又一段温馨的故事。如果恰巧这个小剧场实验剧又是在情人节这天上演，剧场里，两个人急促的呼吸、兴奋的呢喃、心跳的声音，以及观众的鼓掌和口哨声，此起彼伏，那该是多么美好、多么兴奋、多么刺激、多么美妙的一个场景啊。

我喜欢舞台剧。就因为这，小说中我写了秦晓卉的一个梦，瓢虫在舞台中央孤独地跳舞，目光高傲冷峻充满挑衅。

我这个人，是一个好高骛远的人。我又想，应该写成电影剧本，做成电影。这自然有我的理由。我的脑海里充满画面感——电影开篇，情人节之夜，月光酒店，两个人在洒满月光的房间里，用一个夜晚演绎十年里发生的故事。然后警察出现，游戏被人强行按下暂停键，一地鸡毛，无比尴尬。

简直完美，多么有戏剧性的电影开篇啊。

因为我的好高骛远，所以，"情人节游戏"有了《月光酒店》，又有了这部《瓢虫贴纸》。秦晓卉的游戏并没有结束。所以，我的故事无法结尾。

这个故事，从动笔到现在历时三年多了。中间改了又改，尤其开头和结尾部分，改动若干次。因为我无法说服自己。反反复复之后，最终回到了原点。在定稿的前一分钟，还是狠心砍掉最后一个章节。

之前版本的结尾，其实我特别喜欢；现在的结构，有点儿没头没尾了。但是，自己喜欢不代表读者会喜欢。对一个写字的人来说，卖弄文字属于一种自恋，就像女人卖弄风情。砍掉一些段落或者文字，比割掉身体的某个器官还要难过。读者喜欢的是情节，故事该结束了，作者怕读者看不明白，或者无法理解某种情绪，总想画蛇添足、狗尾续貂。

总之，删改自己的稿件，是一件非常困难的事情。

创作的过程，让我学会了妥协。从《月光酒店》到《瓢虫贴纸》，我沉醉于这个情人节游戏的文字里。每天和我故事里的人物朝夕相处，他们犹如我的同事、邻居、好友、弟兄姊妹或者生活中的一部分。我的故事没有结尾，尽管"情人节游戏"第三部的名字早已想好，梗概也写得差不多了。但我不确定，这个情人节游戏的故事，要不要继续写下去。想放弃了，我愿意解放自己，留给读者更多想象的空间。

总之，生活还在继续，我的故事并没有完结。

去年之前的三个年份，每个人活得都很艰辛，都非常不容易，平白无故我们被偷去了三年时光——历史终将铭记这三年中发生的一切。我小说中的主人公，宛若生活在我们中间，感谢他们的陪伴。这三年里即使在至暗的时刻，我始终内心温暖，渴望阳光，相信爱情，始终有盼望。

患难生忍耐，忍耐生老练，老练生盼望，盼望不至于羞耻。这是真理。很多事情，我们无法定论说不清楚，但并不代表没有发生。

爱情、婚姻、家庭更是如此。小说中的主人公秦晓卉依然相信爱情。

想起很久之前读过的一段文字：

"两个人总比一个人好，因为二人劳碌同得美好的果效。若是跌倒，这人可以扶起他的同伴。若是孤身跌倒，没有别人扶起他来，这人就有祸了！再者，二人同睡，就都暖和。一人独睡，怎能暖和呢？有人攻胜孤身一人，若有二人便能抵挡他。三股合成的绳子，不容易折断。"

我喜欢这段文字，并且相信，这是关于婚姻亘古不变的真理。

我愿意在我的故事里，和大家一同探讨爱情和婚姻的话题，一起揭开伤疤感受疼痛，一起拯救我们的婚姻。今天，物质生活极大丰富，人类陷入一个速食的时代，一切都来得非常容易，一切都可以简单粗暴。生活中所有环节任何事情，如同狼吞虎咽，我们根本来不及细细咀嚼和咂摸滋味，囫囵吞枣成为生活里的常态。

那么，今天我们还需要爱情吗？

走在繁华的城市街头，面对高楼林立、车流如织的忙碌，阳光明媚或者霓虹灯闪烁，城市丛林，恍然如梦。

我们是谁？

登上国贸 CBD 某一座大厦的顶层，透过玻璃幕墙俯视刚才我们走过的地面，渺小如蚂蚁的人们簇拥在一起，来来回回蠕动着奔跑着。

我们眼前这个世界，真实吗？

科技不断进步，生活中我们的关注点不再是柴米油盐、吃喝拉撒。人类进入了一个科技高速发展的时代，AI 技术、大数据、云计算、元宇宙、虚拟现实，等等。满足人类情感需求抑或精神寄托有千般的方式，即便是生殖和繁衍子孙，也可以采用虚拟的方式完成。家庭生活中的伴侣，或许将来也可以通过机器人来替代。

转眼之间，这个世界，变得如此弯曲悖逆、荒谬不堪。那么，我们到底还需不需要爱情、婚姻和家庭？

这绝非一个伪命题。

人类社会繁衍生息走到今天，依然需要爱情，依然需要婚姻，依然需要家庭。婚姻和家庭，同样是造物主的恩赐，就像我们的生命一般。"情人节游戏"是关于爱情、婚姻、家庭的系列小说，我们愿意通过小说中的人物，比如秦晓卉、张大光、雪儿、大胖，甚至欧阳荷花老太太，以及九叔，这些人物的故事，这些人物的喜怒哀乐、生活经历、情感世界，来探讨关于婚姻家庭的一切问题和话题。

我喜欢秦晓卉这个人物。秦晓卉渴望爱情，喜欢纯粹的精神层面的爱情。秦晓卉就像我们身边的一类人，代表着一个群体。我们依然怀念那种简单质朴、纯真纯粹的爱情。我们依然信奉那种精神层面的恋爱，我们依然怀念执手相看怦然心动的感觉，我们依然喜欢两情相悦的那种满心欢喜。

秦晓卉珍惜婚姻，而且一直在努力。

秦晓卉努力拯救婚姻和家庭。

创作过程中，有一次去海坨山参加一个音乐节。仰望星空，听着震耳欲聋的音乐忽生感慨，我们每一个人只不过是一粒尘埃，不过是一种卑微的存在。我们身边有太多的秦晓卉和张大光，生活中有太多的懵懂愚昧和无所畏惧，而这一切，需要信仰的支撑。那一刻，我开始为秦晓卉和张大光祷告，为我小说中的主人公祷告，为生活中像我小说主人公一样的这个群体祷告。

生活还在继续，我们依然相信爱情。

我的故事，没有结尾。

感谢北岳文艺出版社刘文飞副总编辑，因为这部作品，这三四年中电话和微信无数次骚扰他，和他探讨，甚至言辞激烈地争论。相信这个过程，让我们的友谊不断加深。感谢著名电影导演白羽老师，白羽老师的一番点拨，让我对小说的时空、结构以及人物关系豁然开朗。"情人节游戏"的这两部作品在创作过程中，得到了诗人和作家三木子先生、女作家安子和霍君、青年电影导演耿立豪和戏剧导演林子的热情帮助和指导，在此一并感谢。

感谢编辑，感谢读者，我爱你们。

2024 年 2 月 13 日
情人节前夜　北京

瓢虫贴纸

出 品 人│郭文礼　　　　选题策划│刘文飞　　　　责任编辑│刘文飞

助理编辑│郝宇琦　　　　书籍设计│张永文　　　　印装监制│郭　勇

项目运营│有度文化·刘文飞工作室　　　投稿邮箱│liuwenfei0223@163.com

微　　博│http://weibo.com/liuwenfei　　微信公众号│YOUDU_CULTURE